ハッピー・レボリューション

Happy Revolution

星奏なつめ
Natsume Seiso

Contents

illustration♥カスヤナガト
design♥木村デザイン・ラボ

ハッピー・レボリューション

Happy Revolution

星奏なつめ

Natsume Seiso

近い！　近いよオジサン——！

六月も終わりに近付いたある日の、じっとりと熱気がこもる電車内。ドアのすぐそばに立ってぼーっと外を眺めていた夢子《ゆめこ》は、いつの間にやら背後に忍び寄っていたらしいオッサンに眉《まゆ》をひそめる。

今日は少し残業をしたから、帰宅ラッシュの時間には被《かぶ》っていない。座席は全て埋まっているが、普段よりは空《す》いているほうだ。その証拠に、夢子の周囲には誰も立っていない。背後にぴたりと迫るオジサンを除いては——。

この人、なんでこんな混雑時みたいなギリギリの間合いにいるんだろう。ひょっとして痴漢だったり……？　まだどこも触られてはいない。けれど、距離感が明らかにおかしいと夢子は身構える。

それにしてもまるで忍者だ。後ろに立つオジサンからは気配が全く感じられない。だけど、いる——。

気配もないのになぜわかるかって？　だって映ってるから。

さっきから目の前の車窓に、こっちをじっと見つめる、アゴのたるんだ冴《さ》えないオッサンの顔がチラチラと反射しているのだ。窓の外から差し込む街明かりに邪魔され、はっきりとは映っていない。が、確かにいる。夢子のすぐ後ろに——。

ううう、気持ち悪い。ちょっと動いて迷惑だよアピールしてみようかなぁ。もうちょっと離れてくれませんかって……。

そう思って、後方にチラリと顔を向ける。――と、

――あ……れ……？

夢子が振り向いた先にオッサンの姿はなかった。いるのは数人の女性客。その誰もが向こう側のドアを向いている。

おっかしいなぁ、さっきまで後ろにいたのに……。それも、びっくりするほどの近距離に。まさか本当に忍者で、振り向いた瞬間ドロンしちゃったとか？　や、さすがにそれはないか……。

けど、どこに行ったんだろう。確かに見えたんだけど……。首を捻《ひね》りながらも、再び正面を向く。――と、

なんということでしょう。眼前の窓ガラスに、アゴのたるんだ顔色の悪いオッサンが再度映り込んでいるではありませんか――！

わ、やっぱりいた！　だから近すぎるよオジサン……って、うっそ………！

「こっ、これって私………？」

驚愕《きょうがく》の真実に思わず声を上げてしまう。不審がる乗客の視線に刺されながらも、ガ

ラスに手をついて確かめる。

うわぁ……残念ながら間違いない。窓に映り込んでいたのは冴えないオッサンではなく、化粧崩れでアラが出まくった己の姿だったのだ。

そりゃ距離感近いし、気配もしないわけだよねー……って納得してる場合じゃないし！　痴漢とまで疑った不気味なオッサンの正体が自分ってどーゆーこと？　三十路《みそじ》を前にオバサンどころかオッサン化だなんて、悲惨すぎて笑い話にもならない。

「おっ、恐ろしすぎる……！」

あまりのことに狼狽《ろうばい》した夢子はヨロヨロと後退、恐怖を映し出す呪《のろ》いの車窓から距離を取る。ヤバいヤバいヤバい、私の女子力マジでヤバい…………！

『そうか、夢子もついに三〇。本格的に始まっちまうねぇ、恐怖のアラサー恐慌が』

焦る夢子の脳裏に、今日会社で丸宮《まるみや》主任から宣告されたショッキングな言葉がよぎる。わわわどうしよう……！　このままの状態で誕生日を迎えちゃったら私、女子どころかレディですらいられなくなっちゃう！　え、なに私、来週からOLじゃなくてOO……オフィス・オッサンとして生きていくの――？

迫りくる三十路ロードを前に愕然としてしまう夢子。その脳内で、ふっと懐かしい声がした。

『諦《あきら》めるな夢子、戦うのだ。オフィス・オッサン化を回避し、幸せを摑《つか》み取るべく奮《ふる》い立つのだ夢子よ――！』

音芽乃《おとめの》夢子、三〇回目の誕生日を目前にして、頭の中の軍曹が数年ぶりに唸《うな》りを上げた。

第一話　マジでセカオワ三十路前！

脳内の軍曹が目覚める半日前。思い返してみれば、確かに兆候はあったのだ。最近女子扱いされてないぞ、と――。


「音芽乃君、そこ邪魔」

業務用の参考資料を取ろうと、オフィスの隅にある書類棚に手を伸ばしたところで背後から声がした。振り返ると、不機嫌そうに眉を寄せた地黄《じお》部長が腕組みして立っている。

「わっ、すみません気付かなくて！」

慌てて脇によけた夢子が「部長も何かお探しですか？」と先を譲ると、

「でなきゃ書類棚になんて来ないでしょ普通ー。わたしゃ忙しいんだ、君と違ってね」

部長はささやかに残った前髪をサッと払いながら言った。脂ぎった頭皮から過剰な整髪料の臭《にお》いがぷぅんと漂う。

「ははは……ですよねー……。あっ、もしかして、今朝《けさ》の第一マーケとの会議で出てた件の実績探してます？　それならこれ、お先にどうぞ！」

苦笑しつつもキープしていた該当ファイルを差し出す。それを引ったくるようにして受け取った部長は、「それにしてもイイ年してリボンって……。そもそも会社にそんなチャラチャラした飾り付けてくる神経がわからんよ」と礼の言葉もなく、せせら笑いを浮かべながら去っていった。

――チャラチャラって、これが……？

部長の後ろ姿を呆然《ぼうぜん》と見送りながら、髪を纏《まと》めていたリボン付きのゴムをいじる。

濃紺でサイズもかなり小さいそれは、この世に溢《あふ》れる無数のリボンたちの中では一、二を争う地味さだ。オフィスに相応《ふさわ》しくないと非難されるほどのものではない。

もっとも、今日これをしてきたのは決してオシャレなどではなく、寝癖が爆発して収まりが悪かった髪を結んでどうにか誤魔化したかったけれど、丁度いい髪留めが他に見当たらなかったからという、女子力の欠片《かけら》もない事情からなのだけど。

「部長、なんか最近冷たくなった気がする。前はあんなじゃなかったのに……」

ぽつりと呟《つぶや》きながらも資料探しを再開した夢子は、使えそうなファイルを数冊引っ張り出して自席へと戻る。――が、整髪料の香りプンプンの、とある人物が邪魔で椅《い》子《す》が引けない、座れない。

「美月《みつき》ちゃーん、今日のそのリボン可愛《かわい》いねぇー」

夢子の席の真ん前に陣取って、隣席の新入社員、美月ルミにわざとらしい猫なで声で話し掛けているのは、あろうことか先ほど忙しいだのなんだの言っていた地黄だ。

部長……さっき私の地味リボン、チャラチャラしてるって注意してきたとこですよね？　美月ちゃんがしてるやつ、ショッキングピンクだしデカいしラインストーンメガ盛りだし、クイーン・オブ・リボンって感じの、リボン界で一、二を争うほどの存在感なんですけど、それはお咎《とが》めなしでむしろ褒《ほ》め称《たた》えてるってどーゆーこと……？

あまりの対応の差に唖然《あぜん》としていると、気付いた部長は、

「じゃ、美月ちゃん頑張って。何か困ったことがあったら遠慮せずに相談するんだよ」

と美月にニヤけ顔でエールを送ったあと、

「音芽乃君、なにボサーっと突っ立ってんの、どいてよ」

と手で蚊を追い払うような仕草で夢子を退かせ、ようやく席へと戻っていった。

――うわっ、私の扱い雑すぎ……！

思わず口を覆いつつ、邪魔者のいなくなった席に着く。

よいしょっ、と取ってきたファイルの束をデスクに置いて右隣をチラリ。ゆるふわカールした髪をクイーン・オブ・リボンでポニーテールにした美月（しかも耳よりかなり高い位置で結んでいて少女っぽい！）が、ニコニコ業務に励んでいる。

正直、美月は女の夢子から見ても文句の付けようがないくらいに可愛い。そのキュートな美貌《びぼう》もさることながら、頭のてっぺんから足の先まで全身女子って感じでオシャレ全開、守ってあげたいオーラに溢れている。

その上、ピッカピカの社会人一年生である彼女は、入社八年目の夢子が失ってしまったものを有り余るほどに持っているのだ。

それは仕事への熱意かって？　ノンノン、それなら夢子だってそれなりにまだ持っている。美月にあって夢子にないもの、それは――

「どうしたんですかセンパイ、私の顔に何かついてますー？」

夢子の視線に気付いた美月が、綺麗《きれい》にカールされた睫毛《まつげ》をパチパチと瞬《まばた》かせる。

「やだ、もしかして前髪変ですか？　昨日カットしに行ったんですけど、思ってたのより短くされちゃってー！」

もー、早く伸びないかなぁーと恥ずかしそうにオデコを隠す美月。その一挙一動がキャピキャピピチピチ、とびきりのフレッシュさに満ちている。こんな反応されたらそりゃ部長もデレデレ鼻の下伸ばしたくなっちゃうよねーと妙に納得してしまう。

そう、夢子と美月の間にある決定的な差、それは若さだ。美月のツヤツヤプリップリな肌は、薄化粧でも真珠のように輝いている。きっと雨だって涙だって、防水加工したみたいにパッチーンと勢いよく弾《はじ》いてしまうに違いない。

「いいなぁー、若いって。美月ちゃん、自家発電できるんじゃないかってくらいキラキラ輝いてるよ、電気自動車とか二、三台くらいなら充電できそう」

「えー、なんですかーそれ。私、もうそんなに若くないですよー？」

「いや、若いから！　若くなきゃそんな少女みたいなポニーテールできないから！　私なんてもはや高い位置で結ぶの恥ずかしくて耳の下でくるしかないから！　今日なんて寝癖爆発でポニーテールどころか暴れアライグマテールって感じになっちゃってるし、この年になると血行悪くなるせいか、あんま高い位置で結ぶと首がパンパンに凝《こ》って眩暈《めまい》とかしてきちゃうからっ！」

美月の若さに当てられ、思わず一気に捲《まく》し立ててしまった。ハァハァと息を切らせる夢子に、美月は相変わらずキャピキャピと答えて、

「えー！　この年って、センパイだってまだ若いじゃないですかぁー」

「そっ、そう？　でも私、来週には三〇だし、もうイイ年ではあるんだけどねぇー」

口ではそう言いながらも、三〇なんてまだまだ若いよねー、確かに美月ちゃんみたいなピチピチ感はないけど、オバサンなんて呼ばれるには全然遠いし、二〇代延長戦って感じ？　などと内心のんん気に構えていたら、

「えっ、夢子センパイってもう三〇なんですか……？」

美月の表情から一瞬にしてキラキラが消えた。えっ、なにその反応！　ちょっ、お願いだからそこで黙らないで！

「もっ、もしかして三〇ってヤバい？　若い子から見て終わってるって感じ？」

「えーっと、そうですねぇ……終わってるっていうか、女子としては終わり……は言い過ぎですねごめんなさいっ！　終わってはないけど幕切れ……じゃなくて末期？」

夢子を傷付けないよう言葉を選んでいるようでいて完全に失敗している美月は、「まあとにかく女子的には終点じゃないですかー」と開き直って、

「なのにセンパイってば全然焦ってないし、危機感とかないのかなーって。そういう意味ではかなりヤバいですよねー！」

じょっ、女子的には終点って……。や、そりゃ『女子』って主に一〇代の子を指す表現だってことは重々承知だよ？　でも最近じゃ『三〇代女子』なんて言葉も市民権を得てきてるし、自ら強く主張することはなくても、一応は女子の端くれ的な気分で

いたんだけどな……？　不意打ちで発表された女子終了のお知らせに絶句していると、

「そうか、夢子もついに三〇。本格的に始まっちまうねぇ、恐怖のアラサー恐慌が」

突如《とつじょ》口を挟んできたのは、向かいの席で煎餅《せんべい》を囓《かじ》りながら仕事をしていた丸顔二重アゴの丸宮怜《れい》主任だ。アラフォー女性にしてパッツン前髪――アーティスティックなおかっぱボブが、煎餅の咀嚼《そしゃく》に合わせてゆらゆらと揺れる。

「アラサー恐慌……？」

わけもわからず繰り返す夢子に、丸宮は「そっ」と頷《うなず》いて、

「これまで若さで底上げされていた女としての評価が、二五を過ぎたあたりから徐々に低下――下降を続ける女子力はひとたび三〇を迎えようものならあとは……」

あとは……？　ゴクリ、と唾《つば》を飲む夢子。丸宮は湯呑《ゆの》みに入った緑茶をズッとすすると、いともあっさりと――

「暴落するのみさ」

ぼぼぼっ、暴落って何それ恐ろしすぎ……！　死刑宣告のような脅《おど》しに粟立《あわだ》つ両腕を、ゴシゴシとさすってなだめる。ビビる夢子に丸宮はさらに続けて、

「若さはメッキなんだよ。何もしなくてもキラキラと表面上を輝かせてくれる期間限定のコーティング。だから若いうちはなんやかんやでチヤホヤしてもらえる。それが

アラサーを迎え、メッキが剝《は》がれていくうちにだんだん雑に扱われるようになるんだ。今までチヤホヤされてきたのは単に若さゆえで、己自身には何の魅力もなかったのだと知って泣きむせぶオーバーサーティたちの呻《うめ》きはまさに阿鼻《あび》叫喚《きょうかん》……地獄絵図さ」

緑茶をクイッと飲み干した丸宮が、遠い目でふるふると首を振る。かつての己を思い出しているのだろうか、その表情に絶望と哀愁が滲《にじ》んでいる気がする。

「ちょっ、やめてくださいよ、そんな世界の終わりみたいに言うの！」

主任ってば大げさなんだから。笑い飛ばそうとした夢子だったが、言われてみれば身に覚えがあると、胸の奥がズキーンと痛む。

そういえば最近、女子扱いされなくなった気がする。なんか昔より無下にされてるっていうか、世間の風当たりが強くなってきたっていうか、ついさっきも部長から酷《ひど》い扱い受けたばっかだし……。

思い返してみると、確かに昔はわりとチヤホヤしてもらえていた。今でこそ人を蚊のように扱ってくる地黄部長だって、以前はもっと優しかったのだ。入社当時は営業部に所属していた夢子がこの第三マーケティング部に異動になったのは二四のとき——あのころの部長はめちゃめちゃフレンドリーで、先ほど美月に絡《から》んでいたように、頼んでもないのにいろいろと相談に乗ってくれていた。それが、メッキが剝がれてきたらしい今では話し掛けても邪険にされて終わりだ。

そういえばこの前の、第一から第三マーケティング部全体での飲み会のときだって、美月のような若い子ばかりがもてはやされていた。彼女たちはただそこに存在するだけで華といった感じで、上司にお酌《しゃく》しなくても怒られなくて、なんなら逆に『これ食べる？』なんて若さに飢えた男性陣に料理を取り分けてもらったりしていた。

そのとき同席していた夢子はといえば、誰にも料理を勧められることなく（付け合わせのレタス一枚すら！）、仕方ないのでひたすら自分でおつまみをつまみつつ、その合間には気を利かせたつもりで部長にビールを注《つ》いであげたら、ちょっとやめてよ、そういうのはどうせなら美月ちゃんにやってもらいたいんだから、とでも言いたげな視線で迷惑がられたりしていた。昔は『わぁーごめんね、ありがとねー』なんて喜ばれてたんだけどな……。やだ、思い出したらなんか泣けてきた。けどそっか、今思えばあれもアラサー恐慌の一端だったんだ？

「わっ、よく考えたら私って今かなりヤバい……？」

急に焦り始める夢子に、「えーっ、今さらですかー？」と美月が驚く。

「そういうのって普通、もっと早くに気付いて対策するものですよねー」

「そっ、そうなんだ？　そんなこと考えたこともなかった……」

「それマズいですよセンパイ！　世の女子たちは普通、二五を過ぎたあたりから常に危機感持って生きてるんです。このままじゃ自分の市場価値は下がる一方——だから一刻も早くお嫁にいきたいなーとか、キャリア積んでパワーアップしよーとか思っていろいろ努力するんじゃないですか。婚活とか資格の勉強とかー」

意外とズバズバと物言う美月はさらに続けて、

「センパイ、休みの日とか何してるんですか？　あっ、もしかして彼氏さんとイイ感じに結婚まで進みそうとか、そういうことですか？　だからそんなにも余裕ぶっこいてるんですよね？　ねっ、ねっ、そうですよねっ？」

そうに違いない、むしろそうであってくださいと、畳み掛けるようにキラキラを飛ばしてくる美月。ごめん、期待に添えなくて悪いんだけど……

「実は今、彼氏いないんだよねー。だから休日は基本、家で借りてきたＤＶＤ見たりしてるよ、流行の海外ドラマとか！」

「えっ……今彼氏いないってどれくらいいないんですか？　二ヵ月とか、三ヵ月？」

「や、それよりはちょっと長いかなー。えーっとねー、一年……や、二年……ん、三年……？　違っ、あのころはまだ営業部にいたから……うそっ、六年近くも前っ？　えっ、あいつと別れてからもうそんなに経《た》ってたの——？」

あれ、私ってばいつの間に玉手箱開けちゃったのかなー、あははは……。

もはや笑うしかない夢子に、「センパイってバリキャリ系じゃないですよねー？　それなのに六年も彼氏ナシで、婚活も自分磨《みが》きもスルーしてきたなんてありえなーい！」と、今にも卒倒しそうな美月が額を押さえる。

「センパイってばマイペースすぎっていうか意識低い系？　もしかして世捨て人だったりします？　華麗なるキャリアも温かい家庭も捨てて山奥に籠《こ》もっちゃう系の？」

それってどういう系の人なのよ。内心ツッコミつつも「確かにバリキャリ系じゃないけど仕事は頑張ってるつもりだよ？　結婚だっていずれはしたいと思ってるし」と訂正を入れる。それを聞いた丸宮はバリっと勢いよく煎餅を囓って、

「それ一番ダメなやつじゃないか。どっちも中途半端に終わるよ、気付いたら独身ノンキャリでアラフォー迎えてるパターンさ。ていうかあんた、そんなゆるいスタンスで今までどうやって生きてきたんだい？」

どうって言われても……。戸惑いつつもこれまでの自分を振り返ってみる。

「うーん……そういえば昔からそんなに深くは考えてこなかったような？　自分で言うのもなんですけど、流され体質なんですよね、私。だから自分で考えてっていうよりも、みんなの動向に流されて生きてきたっていうか……」

そうなんだ。昔から周囲の視線が気になってしまって、みんなと同じことした方がいいのかな、しなきゃいけないのかなって、追従してしまうところがあった。

小学校のころは、みんながやってるからって理由で特にやりたかったわけでもないピアノを始めたし、中学校のころも、特に興味はなかったけど、みんなが入るからって理由でテニス部に入部したし、高校のころは、勉強なんて全然好きじゃなかったけど、みんなが受験頑張るっていうんで塾にまで通い始めた。さらにいえば志望校だって、みんなが受けるからって理由で、自分が何を学びたいかとか、将来何になりたいかなんてことはよく考えずに、とりあえず人気の大学を片っ端から志願していた。

我ながら主体性ないなぁと苦笑していると、不思議そうに首を捻った丸宮は、

「ウチの会社ってそこそこのレベルだろ？　超一流企業ほどじゃないにせよ、競争率高かったんじゃないかい？　ゆるゆる流されてただけでよく勝ち抜いてこれたねぇ」

そう、夢子たちの勤める日用品メーカー、ミモザ・プディカは国内でもそこそこ名のある人気企業。ただ流されているだけでは到底入社できないはず――なのだが、

「自慢じゃないですけど私、ゆるい方にも激しい方にも流されちゃうみたいで……。受験のときも就活のときも、殺気立って必死に頑張ってるみんなに流されて乗り越えてきたっていうか、ガツガツいくときは一心不乱にガツガツできちゃうんで、結構無

理めなハードルでも、うりゃー！　って強引に飛び越えてきちゃってて……」

「そういえばあんた、ハードな営業部でスパークしすぎて体壊したんだっけか」

「ええ、あのときは営業部の先輩たちの猛烈すぎるやる気に呑まれちゃって、ゴォォォって華厳《けごん》の滝に流されてる感じだったんですよね。自分の頭で考えるっていうより、朝から晩までただ闇雲《やみくも》に働きまくって、結果ぶっ倒れてみんなに迷惑かけちゃって……」

「で、社内でも一番ゆるーいウチに異動になって、今度はそのままゆるゆる流されてきちゃったわけか。なるほど、そりゃ生粋《きっすい》の流され体質だねぇ」

一度は納得した様子の丸宮だったが、「ん？」と再び不思議そうに首を捻って、

「けどそれじゃあなんでアラサー恐慌対策の波には乗れなかったんだい？　周りの子たちみんな、二五くらいから焦り始めてただろう？」

「それが、恐慌の波は完全に見逃しちゃってたみたいで……。もしかしたらみんな騒いでたのかもしれませんけど、社会人になってからは忙しさもあって、友達とは疎遠になってたんですよね。昔みたいに毎日顔を合わせるような環境にいたら、アラサー恐慌激ヤバ！　戦わなくちゃ現実と！　って波に流されてたんでしょうけど……」

それに、営業からここに異動になってからは、社内一ゆるい部署とはいえ、新しく

覚えることもそれなりにあってしばらくは大変だったし、二〇代後半は良くも悪くも仕事一筋だった。そりゃ加齢にビビってる子たちは会社にもいたけど、なんでみんなそんなに焦ってるんだろうって、いまいちピンときていなかった。

　人の目は気にするくせに、人のすることは不思議と気にならない、我ながらおかしな性格なのだ。みんなと同じにしなきゃマズいって焦燥感《しょうそうかん》に呑まれるまでは、人は人、自分は自分って感じにのん気でいられる、のだけど——

「わっ、今思えば去年あたり、やたら転職するだの結婚するだのいう報告メールが来てたけど、みんな恐慌に備えて対策してたってこと——？」

　今さら気付いて目を剝《む》く夢子に、そうですよー、と不満そうに唇を曲げた美月は、

「もうっ、センパイってばなんで自分磨き始めなかったんですか？　ここ、他部署に比べたら残業もそこまで多くないみたいだし、時間、ありましたよねー？　異動したてのころは慣れるまで苦労したのかもしれませんけど、今はもうベテラン級じゃないですかー。キャリアアップとか考えなかったんですか？」

「それが、それまで忙しくしてきた反動でしばらくはゆっくりのんびり過ごしたいなーなんて思っちゃって、営業時代流行《はや》ってたけどチェックできなかった海外ドラマとか見始めちゃったんだよねー、シーズンワンからファイナルシーズンまで全部……」

「休日は家でＤＶＤっていうのはその名残《なごり》だったんですね……」

「まっ、休日出掛けないのは、友達と遊びたくてもみんないつの間にか結婚しちゃってて、全然構ってくれなくなったからってせいでもあるんだけどねー、あはっ！」

「あはっじゃないですよセンパイ！　友達がいつの間にか既婚になってる時点でもっと焦るべきだったのにー！　あーもう、ありえなーいっ！」

なんだか怒らせてしまったようだ。美月のキラキラがギラギラ化している。恐慌を生き抜くハンターの目だ。聞けば意識高い系の彼女は若さの浪費が許せない主義らしく、まだ戦えたはずの二〇代後半戦を、のうのうとドラマ鑑賞で潰《つぶ》してしまった夢子に苛立《いらだ》ってしまったようだ。私ならもっと上手《うま》くやれたのに——と。

「センパイ、来週にはもう三〇なんですよ？　主任の言う通り、アラサー恐慌が本格化しちゃう——女子力大暴落な日を迎えるっていうのに緊張感が足りないです！　そんなんじゃ幸せ逃しちゃいますから！」

「うぇっ！　やだやだ、私もみんなみたいに幸せを摑みたいっ……！」

真っ青になった夢子は、オーバーサーティの先輩でもある丸宮にＳＯＳ！

「主任、何かいい方法ないんですか？　急落する女子力を止める秘技はっ？」

「んなもんないよ、時の流れを止めるなんて誰にもできないしねぇ」

業務を再開したらしい丸宮の席から、バリバリカタカタ、煎餅の咀嚼音とキーボードの打鍵音——なんとも奇妙なハーモニーが聞こえる。恐慌だなんて散々煽《あお》っておきながら、随分あっさり突き放してくれる。

かくなる上は、女子力絶賛高止まり中の美月に頼るほかない！　忍び寄る暴落の影におののいた夢子は改めて隣席を見つめ、

——美月ちゃんっ、私に女子力を分けてくれぇぇぇ！

ただでさえ可愛いルックスを流行のメイクでさらに強化している彼女に向かって、元気玉製造中の悟《ご》空《くう》よろしく両手を掲げる。——と、

「何やってんすか、飢えた熊が人を襲うみたいなポーズして。新手の新人イジメ？」

他部署との打ち合わせから戻ってきた大喜名《おおきな》彰吾《しょうご》が、ニヤニヤと夢子を見下ろす。今年で入社四年目の彼はやたらと足が長く高身長なため、常に見下ろされてる感があって夢子としてはなんとも腹立たしい。

「これはね、集めてるのよ女子力を」

「集める？　逆じゃなくて？」

そんなんじゃ女子力だだ下がりですよ、ただでさえ枯渇《こかつ》気味なのに、と無遠慮に吹き出す大喜名。年下のくせに先輩を敬《うやま》わない生意気な態度が、控えめに言ってもイケ

メンの部類であるその顔と相まって憎らしい。以前はもっと素直で謙虚な好青年だったはずが、最近では夢子をバカにするような発言が多い。新人時代の彼を指導したのは他ならぬ夢子なのだが、どうやら育て方を間違えてしまったようだ。

「笑いごとじゃないっての！」

　大喜名の発言に苛立ちつつも女子力玉製造に失敗した手を下ろす。あーもう、こんなことしてる間にも女子的に世界が終わっちゃう。とはいえとりあえず仕事しなきゃ就業時間が終わっちゃう。嘆息をもらしながらも取ってきたファイルを開くと、

「どうしたんすか先輩、普段女子力とか気にしないタイプじゃないっすか。あっ、もしかして男にフラれたとか？」

　己のデスク――夢子の左隣の席に腰をおろした大喜名があれこれ詮索《せんさく》してくる。

「フラれてないし！　てか別に今好きな人いないし！　ただ……」

「ただ……何すか？　先輩がそんな浮かない顔してるのなんて初めて見ましたけど」

「それがさ、私、来週頭には三十路になっちゃうのよ、怖いでしょ。てかもう週末だから明々後日《しあさって》にはグッバイ二〇代なのよ、絶望よ……」

「なーんだそんなこと。心配して損した」

「そんなことって言わないで！　女はね、二五過ぎたあたりから女子力暴落のリスク

マネジメントに励んでるのよ。いつまでもキャピキャピはしてられないっていうか、代わりにお肌がカピカピしてくるっていうか……」

先ほどまでのゆるゆるな己を棚に上げつつ抗議しているさなかも、ああ、さっそく肌の乾きを感じる。この席、ちょうど空調の吹き出し口が上にあるから、すんごい乾燥するんだよね……と、水分を失った頰《ほお》を押さえていると、

「カピカピ？　えっ、どのあたりが？」

興味津々な様子の大喜名が夢子の顔をじろじろと観察し始める。遠目だとわかりづらいなー、うーん、と唸り声を上げた彼は、何を思ったのか椅子ごとスイっと近付いてきて——わっ、ちょっとそれ近すぎない？　やだやだ、毛穴まで見えちゃうじゃん！　って距離から、どれどれ、と改めて夢子を見つめてくる。

「ちょちょちょちょ、ちょっとやめてよ恥ずかしい……！」

あまりの接近具合に慌てて顔を隠そうとしたけど、「いいじゃないっすか」と言う大喜名に手首を掴まれガード失敗。きゃっ、男の人に触れられたのって何年ぶりだろう……なんて変な緊張が体を駆け抜ける。が、そんな夢子の動揺などおかまいなしに大喜名はどんどん距離を詰めてきて、気付けばその顔がただの先輩後輩じゃありえないくらいの眼前に迫っていた。

──うわぁ……！　性格はともかく、やっぱ整った綺麗な顔してるわ、この子……。

間近で見る大喜名の端整な顔立ちに思わず息を呑んでしまう。少年のようなあどけなさを残すぱっちりとした瞳《ひとみ》と、キリッと凛々《りり》しい形の良い眉との絶妙なバランスがなんとも妖艶《ようえん》で色っぽい。っていうかなにこの白目、めっちゃ澄んでる！　充血とか変な濁《にご》りとか一切なしで、ライトを反射したレフ板みたいにピッカーって輝いてる！

くうっ、これが若さかっ……！　観察される側だったはずなのに、逆に見入ってしまっていると──

「先輩、そのままじっとしてて──」

いつになく真剣な表情で囁《ささや》く大喜名。その熱い眼差《まなざ》しは夢子の頬に向かっていて──えっ何これ、もしかしてほっぺにキスとかされちゃう感じ──？

思わせぶりな仕草に、年下は恋愛対象外な夢子もドキリとしてしまう。

ささっ、最近の若い子ってこんなカジュアルにチューとかしちゃうの？　何そのアメリカンスタイルっ！　……って今仕事中だしみんな見てるし、普通に考えたらそんなことあるわけないでしょ、気をしっかり持つのよ夢子！

頭ではわかっているのに、心臓がバクバクと早鐘《はやがね》を打つ。

あ、ダメ……。戸惑う夢子の頬を、大喜名の白く長い指がそっとなぞる。うそ……

この流れはやっぱり――？　まさかの甘い予感に赤面してしまう夢子だったが、

「あー、シミできちゃってますよ、頬骨のトコに小さいのがポツポツっと三つ。ゴミかと思って払ってみたんですけど、微動だにしませんでした。シミ確定っす！」

まさかの激辛指摘に「はぁぁ？」とドスの利いた声を上げてしまう。

「あ、気にしてました？　けど言うほどカピカピはしてないっすよ、どっちかというとカピバラ？　あっ、いい意味で！」

大喜名が憎らしいほどイケてる顔で、フォローしてるんだか、さらに傷を抉《えぐ》りにきてるんだかわからないようなことを言ってくる。くそう、私のドキドキを返せっ！

「打ち合わせで不在にしてた分、仕事溜《た》まっててんじゃないの？　バカなこと言ってないで早く業務に戻って」

大喜名なんぞに一瞬でもときめいてしまったことが悔しくて、必要以上に冷たく言い放ってしまう。

だがその後も彼は、「ちょっとググったんすけど、シミにはビタミンCがいいらしいっすよ」とか「美肌には一日一五〇〇ミリグラム以上必要なんすねー。レモンなら七五個分……大変そうだけどファイトっす！」などと、嫌がらせとしか思えない助言でニヤニヤからかってきたが、夢子はその全てをスルーして黙々と業務に没頭――少しの残業ののち本日の業務を終えた。

あー疲れた。年々残業がつらくなるなー。週明けに備えて立て込んでた案件ちょこっと片付けただけなのに体が鉛《なまり》みたいに重い。営業時代に比べたら全然楽な業務量のはずなのになぁ……。

そうだ、レンタルショップに寄って新作の海外ドラマでもチェックしよっ！　疲れたときはリフレッシュ大事だし、ＤＶＤ見ながらまったりだらだらんしたーいっ！

帰宅途中の電車内で、性《しょう》懲《こ》りもなくそんなことを考えていた夢子だった——が、ついにそのときが訪れる。

近い！　近いよオジサン——！

ドアのすぐそばに立ってぼーっと外を眺めていた夢子は気付いてしまったのだ。背後に立つ怪しいオッサン……もとい、オッサンと見紛《みまが》うほどに女子力の低下してしまった自分に——。

わっ、わわわわどうしよう……！　主任や美月ちゃんの言った通り、来てる、来てるよアラサー恐慌っ！　このままの状態で誕生日を迎えちゃったら私、女子どころかレディですらいられなくなっちゃう——！

愕然とする夢子。その脳内で突如荒々しい声が響いた。

『この愚か者め！　己の姿を変質者と見紛うとは何事か――――！』

稲妻が落ちるような、激しくも懐かしい怒声にビリビリとその脳を震わされた夢子は上擦《うわず》り声で、

「ぐっ、ぐぐぐ軍曹っ………？」

『夢子よ、口に出して応答するのはよせ。周りの乗客に、うわっ、このオッサン顔のＯＬ、独り言が多くてキモくね？　とか思われるぞ。ただでさえ頭の中に軍曹が住み着いているキモい女なのにな』

数年ぶりに夢子の脳内に出現して早速毒舌をぶっかましてきたのは、白髪《はくはつ》＆黒人の厳《いか》つい鬼軍曹マックス・リボーンだ。すぐ人に流されてしまう意志薄弱な夢子がそこそこの大学、そしてそこそこの会社に潜《もぐ》り込めたのは、全てこの脳内軍曹のおかげと言っても過言ではない。

試験勉強ダルい、やりたくない！　でもみんなに取り残されるのは絶対に嫌だし、私だけ進路決まらないのヤバすぎるっ！　そんな焦燥感に呼応するようにして現れる

軍曹は、『諦めたらそこで人間終了だぞ、社会的に！』なんて厳しい叱咤《しった》で夢子を奮い立たせ、数々の難局を乗り切らせてきたスパルタアドバイザーなのだ。

ちなみに前世は犬——夢子が小さいころ可愛がっていたブラック&ホワイトチワワのマックスだ。その愛らしい外見とは裏腹に凶暴な一面を持っていたマックスは、夢子がピアノの練習や学校の宿題をサボってダラダラしているのを見つけると決まって『キシェエエー』と牙《きば》を剝き、容赦なく嚙《か》みついてきた。

残念ながら夢子が高校生のころ寿命で天に召されてしまったのだが、中身からっぽの流され体質な主人を心配してか、こうして精神的に嚙みついてくる物言う脳内軍曹——マックス・リボーンとして転生してきたのだ……と、夢子は信じている。

もっとも、高校時代にこの事実を友人に打ち明けたところ『夢子、脳みそヤバいんじゃね？』と一蹴《いっしゅう》されてしまったので、それ以来他人には秘密にしているが……。

——ぐっ、軍曹……おっ、お久しぶりです……！　しばらくお姿をお見かけしませんでしたが、お元気そうでなによりです。確か営業時代以来……ですよね……？

戸惑いつつも今度はちゃんと脳内で返すと、ハッと冷笑した軍曹は、

『お前がのんべんだらりと生きていたせいだ。私の原動力は焦燥感——本体であるお前が焦らんことには出るに出られないのだ馬鹿者め！』

──なっ、それはそっちにも責任あると思うけどな！

一方的に責められ、カチンときた夢子が反撃に出る。

──入社したてでテンパってた私にビシバシ鞭打《むちう》ってプレッシャー与えまくってきたのはそっちでしょ？　軍曹のハードモードに合わせたせいで私、体壊して異動になっちゃったんだから！　そりゃちょっとは休もうかなって気にもなるし、少しくらいダラダラしたってバチは当たら……

『ほーう、己の未熟さを私のせいにするとはいい度胸だな。ちょっとと言いながら何年も怠惰《たいだ》に過ごしてしまう軟弱さ！　だからお前はアホなのだぁーっ！』

頭が割れんばかりの叱責に、背中がアイロンをかけられたかのようにピシイッと伸びる。すっ、すみませんでした軍曹、全て私が悪かったでありますっ！

へこへこと謝る夢子（あくまでも脳内で）に、『うむ』と満足そうに頷いた軍曹は、『夢子よ、私が再び現れた意味がわかるな？　お前は女子として瀕死《ひんし》の危機にある』

──はい軍曹っ！　自分は今、アゴのたるんだオッサン化の波に流されつつあり、ぶっちゃけ超テンパってるでありますっ！　遺憾《いかん》ながら若さのメッキはどんどん剝がれている模様。それなのに三日後には本格的なアラサー恐慌が到来──マジでセカオワ三十路前でありますっ！

報告しつつも、うわーん、どうしよう……！　涙目になってしまう夢子に、

『泣くな夢子、私が来たからにはもう安心だ。私とお前がタッグを組んで乗り越えられないことがあったか？』

軍曹が力強くも優しい声音で語り掛けてきた。

『諦めるな夢子、戦うのだ。オフィス・オッサン化を回避し、幸せを摑み取るべく奮い立つのだ夢子よ――！』

ああ、やっぱり持つべきものは軍曹だ。マックス・リボーンからの温かい激励に、夢子はアイアイサー！　と勢いよく敬礼する（あくまでもやっぱり心の中で）。

かくして、脳内軍曹による脱アラサー恐慌幸せ作戦が開始されたのだった。


『夢子よ、まずは現状の把握だ』

軍曹からの指示に従い、帰宅するなり姿見の前に立つ。女子力の在庫状況を視認し対策を練るためだったのだが、鏡に映る己を見るなり夢子は「やったぁ！」と歓喜の声を上げてしまう。

「見て軍曹！　鏡だと私、まだちゃんと女に見える……っ！」

職場で散々アラサー恐慌だの女子力暴落などと脅されたあげくに、電車では自分を

キモい痴漢と勘違いする痛恨のミスをおかしてしまったのだ。某お笑い芸人ばりにヤバいよヤバいよ状態だった夢子にとって、目の前に映るちゃんと女性っぽい己の姿はまさに地獄に垂らされた蜘蛛《くも》の糸――一縷《いちる》の希望だった。

「ほらほら軍曹、私ってばどう見ても女！　NOTオッサン、NEVER変質者っ！」

『BUTオバサン一歩手前だ』

夢子が掴んだ蜘蛛の糸を、鬼軍曹が容赦なくぶった切る。

『もう一度鏡を見てみろ。今度は間近でじっくりとな！』

語気を強める軍曹に促《うなが》され、姿見に近付いてみる。――と、

「あれ……私の輪郭こんなに丸かったっけ……？」

改めて見ると、以前よりアゴの下がタプっとしている。今はまだたるみと呼べる範囲だが、放置しておけば二重アゴ化する恐れのある、危険なタイプのタプタプだ。

『ようやく気付いたようだな。オッサン化は辛《かろ》うじて免《まぬが》れているが、アゴのたるみは紛れもない事実だ。それを忘れて糠喜《ぬかよろこ》びするとは何事か、この愚か者めっ！』

軍曹の怒号が飛ぶ中、鏡に映る己を引き続きまじまじと見つめると――

うわぁ、変化があったのはアゴだけじゃない。生意気な後輩、大喜名の言う通り頬にシミがポッポツっと茶色い三連星しちゃってるし、崩れたファンデがシフに溜まっ

て泥水の干上がった川みたくなっちゃってるし、わわっ！　よく見たら首にもシワっぽいのできてない……？　ぎゃー、何これっ……！

首にうっすらと浮かび上がった忌まわしき線を「消えろ消えろー」と必死に伸ばす。うえっ、力入れすぎて吐き気してきた気持ち悪い……。首を押さえつつよろめいた夢子は、想像以上に老け込んでいた己に、はぁーっと嘆息する。

「もうこれっぽっちも輝いてない気がしてきた。いつの間に剝がれてたんだろう、私のメッキ……」

自分で言うのもなんだけど、入社当時は外見的にも内面的にも、もっとキラキラしていたように思う。若さや初々しさが、野暮ったいスーツ姿さえも眩《まぶ》しく彩《いろど》っていたし、上司や先輩の言葉にニコニコキャピキャピ、いちいち元気に応えられていた。

それがいつからだろう。男性社員と肩を並べてがむしゃらに働いてるうちに、その手の若々しさはいつの間にか消滅してしまっていた。一頑張りにつき一キャピキャピ――ハードワークの対価としてキャピ力が消費されていたのかもしれない。

『すまんな夢子、新人時代に私がムチを振るいすぎたせいで、必要以上の女子力を削らせてしまったようだ』

落ち込む夢子を心配してか、珍しく謝ってきた軍曹だったが、相変わらずの毒舌は

休まることを知らずに、

『もっとも、私が休眠していた数年間は随分と暇だったようだし、失ったキャピをリカバリーする時間は十分あったはずだがな』

「ないない！　人が一生のうちに作り出せるキャピには限りがあるんだから！　営業のころ軍曹に死ぬほど働かされたせいで、キャピどころかテヘッもウヒョッも生産終了、もう一滴だって残ってないっ！」

『ウヒョッはいらないだろう、ウヒョッは！　いいか夢子、あと数日もすればお前は三〇、本格的なアラサー恐慌の波に呑まれてしまうのだ。今さらキャピったところで痛々しいだけだし、はなからそれは期待していない』

「じゃあどうすればいいの？　筋トレに励んだとしても、アゴのたるみに効果が出るのはまだまだ先の話だし、当面はメッキボロボロの状態で戦うしかないってこと？　月曜には私、女子力大暴落でみんなから袋叩《ふくろだた》きにされちゃうんだよっ？」

『誰もそこまでは言ってないだろう。それに、メッキが剝がれたのなら新たなメッキを纏えばいいだけの話だ』

新たなメッキって？　怪訝顔《けげんがお》の夢子に、軍曹が不敵な笑みを浮かべる。

『それはズバリお洒落《しゃれ》だ。ファッションの力を借りてアラを誤魔化す――手っ取り早く女子力を上げるには打って付けの方法だ。あくまで表面上の変化だが、筋トレの成果が出るまでの時間稼ぎくらいにはなるだろう』

「オシャレかぁ……確かにいいかも！　最近服には気を遣ってなかったし……」

会社に行くときはネットで適当にポチったセール品をフル活用——ブラウスにカーデを羽織ってボトムスはパンツってスタイルを何パターンかひたすらローテーションしているだけだ。休日も悲しいかな基本一人でＤＶＤ三昧なため、ゆるっと部屋着で過ごしてしまうことが多く、女っぽい服装とは無縁の生活だった。

「そういえばスカートとか全然穿《は》いてないなー。あれぞ女子の象徴って感じなのに」

言いながらクローゼットの洋服をあさる。

「わっ！　これ懐かしーっ！」

引っ張り出したのは一枚のワンピース。元彼とのデートにも着ていったものだ。そういう可愛い系の服も似合うねって、褒めてもらったたっけ……。今となっては甘塩《あまじょ》っぱい思い出に浸《ひた》りつつも、あの日の輝きをもう一度——と、試しに着替えてみる。

スースーする足元の感覚が久々でなんだか落ち着かないけど、同時にワクワクもしてきた。うふふっ、一〇代の乙女みたいに若返っちゃってたらどうしよー！

軽い足取りで姿見の前に立った夢子だったが、鏡に映る想定外の事態に「何これ……」と、絶句してしまう。

　白地にミントグリーンの水玉模様、少女のような丸襟《まるえり》に、ウエストラインを飾る繊細なレース――かつては己を可愛く見せてくれていたディテールが恐ろしいほどに似合わないのだ。ワンピそのものは昔のまま可愛い。が、着ている本体の顔が変わりすぎていて、若返るどころか逆に老けて見える。

「そっか、これ着てたのってまだ二〇代前半のころだもんね。そりゃ三十路前にもなれば顔も変わるよね……」

『以前より逞《たくま》しくなった二の腕のせいで、女装したオネェ感すら漂っているな。安っぽいペラペラな化繊素材もアラサーには痛々しい。夢子、その服は諦めて次だ次っ！』

　冷静に分析して着替えを促す軍曹。その率直で辛辣《しんらつ》な言葉にグサグサと傷付きながらも、後のない夢子は「アイアイサー！」と高らかに返事する。

「こっ、このスカートなら無難なチェック柄だからまだイケそう……ってウエストパンパンでチャックが閉まらなーいっ！　ここっ、こっちのヒップハンガーのスカートなら入るんじゃ……ってアラサーが膝《ひざ》出しミニ丈とかありえなーいっ！」

　クローゼットから往年のスカートたちを出しては投げ、出しては投げを繰り返すも、三十路まっしぐらな夢子の女子力を上げてくれる代物は見つからない。絶望的なまでに似合わないスカートたちに、さすがの軍曹も相当なダメージを受けているようだ。

『ゆっ、夢子よ、ボトムスは諦めるのだ。トップスを……イケてるトップスを纏って精神を落ち着けねばならぬ……っ』

息も絶え絶えな軍曹の指示に従い、今度はブラウスやカーデをあさってみるが、

「何この発表会みたいなフリル！　こっちのはハート型のボタンとかついちゃってるし、可愛いけどこの年で着たらもう犯罪って感じ！　あっ、でもこのサマーニットは上品なラメが入ってるだけでシンプル……」

『……って後ろにでっかいリボン付いとるやないかーいっ！』

ダメージを受けすぎておかしな喋《しゃべ》り方になった軍曹が夢子の本体を操作、『ええい、こんなファンシーなものいらぬわーっ！』とニットから豪快にリボンをもぎ取る。

「軍曹パトラッシュ……僕もう疲れたよ……」

無惨な姿になったニットを手に、ネロ夢子はその場に倒れ込む。

『夢子よ、今はただ眠れ……。明日は土曜で会社も休みだ、小洒落た洋服屋にでも出向いて新たな戦闘服を……メッキ代わりの鎧《よろい》を探しに行こうじゃないか。誕生日目前にもかかわらず誰とも約束がない、寂しいお前には打って付けのミッションだ……』

フラフラになりながらも、毒舌は忘れないスパルタ軍曹だった。

翌日、新たな鎧を求めて辿《たど》り着《つ》いたファッションビルの入り口で、夢子はすっかり気圧《けお》されていた。別に《女子力暴落民お断り》なんてバリケードが立《た》ち塞《ふさ》がってるわけじゃない。けれど、その全面ガラス張りのスタイリッシュな外観や、虹色のライトに照らし出されたハイセンスな入り口を前に、異様に緊張してしまうのだ。

ここってちょっと老朽化した古くさい感じのビルだったのに、いつの間にリニューアルしたんだろう。今日は一人での気楽な買い物だし（脳内に秘密の相棒はいるけど）、そこまで粧《めか》し込《こ》まなくてもいいだろうと適当な服装に、確か流行ってたよね？　と、アラレちゃん眼鏡《めがね》を合わせてきたのだが、周囲にそのような者はおらず、皆気合いの入ったファッションでその身をキラキラと飾り立てている。

なんか浮いちゃってるし、今日のところは退散しようかな……。そろりと後ずさると、『敵前逃亡など許さん、進軍あるのみだ夢子よ！』と軍曹が発破《はっぱ》を掛けてきた。

――この戦いに勝ったら私、女子力増強でほぼオッサン状態卒業するんだ……！

そう心に誓って、ようやくビル内へ足を踏み入れると――

「わぁー、懐かしーっ！」

通りかかった店に掲げられた見覚えのあるブランドロゴに心が躍《おど》る。昔好きでよく通っていたお店だ。といっても、凝ったデザインの製品が多いその店では値段的に手が出せず、ウィンドウショッピングで終わることが多かったのだけど。

昔よりはお財布に余裕があるし、女子力回復のための勝負服はここでゲットしちゃお！　そう思って店に入るなり夢子は、

「きゃー、これ可愛いー！　こっちもあっちも、見渡す限りみーんな可愛いーっ！」

店内に溢れるキュートな洋服たちに思わず歓声を上げる。パステルカラーのカットソーにふわりと広がるチュールスカート。わわっ、これなんてハートのチャームが可《か》憐《れん》すぎるし、こっちのリボンもたまんなーいっ！

『夢子よ、興奮中のところを悪いがそれを着るつもりか？　今のお前が？』

正気か？　とドン引きの軍曹が、脳内でダバダバと溢れ出すドーパミンを機敏に避《よ》けながら指摘する。

――うっ！　そうだった、ハートもリボンも昨日重傷を食らわされた、アラサー的には禁忌のモチーフなんだった……！

『かつて憧《あこが》れていたブランドの商品――値段的には手が届くようになったが、今度は顔が遠のいてしまったようだな。悲しいことだがその距離はもう永遠に縮むまい』

やめて、それ以上言わないで……！　軍曹からの精神攻撃に頭を抱えていると、

「何かお探しですかぁー？」

店頭に並んでいるのと同じワンピを華麗に着こなした店員が声を掛けてきた。

「あっ、はい、新しい鎧……じゃない、女子っぽく見える服をっ！」

「女子っぽいって……うふふ、おもしろいこと仰《おっしゃ》るんですねーっ！」

美月と同じくらいの年頃だろうか。若さはじける笑顔で明るく答えた彼女が「これなんかどうですかー？」と、襟元にフリルのあしらわれたブラウスを掲げる。

「今一番売れてるやつなんですけど、オフショルダーにして着るのがオススメでー、可愛い中にもセクシーさが出るので、お姉さんにも似合うと思いますー！」

おっ、お姉さん……？　サラッと言われてビックリしてしまう。『夢子よ、お前いつの間に妹ができたんだ、よもや生き別れか？』と軍曹までもが混乱する始末だ。

思えば、以前ウィンドウショッピングしていたころは店のスタッフは皆同年代か年上――友達感覚で接してくれていた。けれど、今目の前にいるこの店員は年下。もう友達のようには接客してもらえないのだ。当然といえば当然だが、彼女から下された明らかな年上判定に動揺してしまう。

無言で固まっていると、ブラウスへの興味なしと判断したらしい店員は話題を変え、

「今年はカーディガンも優秀でぇ、UVカット機能までついてるんですよー！」

へー、それって便利かも！　食いついた夢子に、商品を売るべく戦闘モードになった店員はオススメのカーデを取り出して、

「こちらとかよく出てる人気の形なんですけど、あ…………！」

炸裂《さくれつ》しかけたセールストークが突如不発に終わる。

「……っと、お姉さんには別の方がいいですかねぇ。これとかー？」

店員が素早い動きでイチオシだったはずのカーデを撤去、違う商品を出してきた。

えっ、何、何事っ……？　なぜ突然販売を拒否られたのかと、引き離されたカーデを遠目にチェックする。色は上品なペールブルー。お尻まで隠れるロングな着丈で形もシンプル。パンツスタイルとの相性もバッチリでオフィスでも活躍しそう……なのになんで私にはオススメしてもらえないの？

不審に思ってさらに目を凝らす――と、勧めてもらえない犯人を見つけてしまった。ポケットにリボンが付いていたのだ。といっても、大きさも形状も大人しめ――『わらわはリボンじゃ、皆の者ひれ伏せっ！』みたいな主張の強いやつじゃなくて、『すいません、私なんかがリボンで……』みたいな控えめで謙虚な佇《たたず》まい。明後日には三〇な夢子が着ても、あと二、三年は許されそうなデザインだ。それなのに……。

店員の方は気を利かせてくれたのかもしれないが、こうもあからさまに引っ込めら

れると、えっ、お姉さんもうリボン付けちゃダメなの？　と傷付いてしまうよ妹よ。

ああでも、昨日も部長にダメ出しされちゃったんだっけ、髪ゴムに付いてたリボン……。いくら地味めでも、アラサーがリボンしてると傍目《はため》にはイタいのかなぁ。

店員が、代打で出してきた別のカーデ（リボンなし）を解説してくれているけど、全然頭に入ってこない。――と、不意に他の客の視線を感じた。

若い女子二人組が夢子を見ており、そのうちの一人は、ひれ伏せオーラ全開のわらわリボンの付いたキャミソールをしかと握り締めている。どうやら購入する気マンマンらしいが、今日は休日ということもあって店には夢子たち以外にも多数の客がいる。店員は皆接客中のため、買うに買えない待ちの状態にイラついているらしい。「早くしてよ」というヒソヒソ声まで聞こえてきて、さらには、

「今どきあんなでっかい黒縁メガネですっぴん隠しとか古くなーい？」

べべべ、別にすっぴんなわけじゃないよ、アイメイクはお休みしたけどファンデはちゃんと塗ってる！　てか塗らざるを得ないの、ほっぺで大暴れしてる茶色い三連星隠さなきゃいけないからね、悲しいけどこれ老化なのよね！

心の中で反論しつつも、しょうがないなぁ、ここはオススメされてる方のカーデちゃっちゃと買って順番回してあげるか……なーんて考えていると、

「てゆーかここってあんなオバサンの来る店じゃなくない？」

『ててて、撤収だ夢子っ！　もはやここは我々の戦場ではないっ！』

待ちぼうけ女子からの奇襲に慌てふためいた軍曹が退避命令を出した。


『危ないところだったな、退避があと数秒遅れていたら致命傷を負わされていたぞ』

軍曹に急《せ》かされ、一つ上の階に来た夢子だったがその表情は硬い。「ねぇ、このフロアなんか暗くない？」と思わず声に出してしまう。

もしかして節電してる？　とも思うが、照明らしきものはみな点《つ》いており、それなりに客もいて閑散としているわけでもない。それなのにフロア全体がなんだか沈んで見えるのだ。さっきまでの階はここと比べものにならないほど輝いていたのに……。

『夢子よ、言っておくが先ほどまでいたのは若者向けの売り場だ。そしてここはキャリアファッションの階。お前の本当の居場所はここだぞ。よもやこの期に及んで自分はまだ若いなどと思っているわけじゃなかろうな。明後日には三十路なんだぞ』

ためらってどの店にも入れずにいた夢子に軍曹が釘《くぎ》を刺す。はいはいわかってますよ、とすぐそばの店を覗《のぞ》くと、店頭に並んでいる商品はどれも白や黒、グレーにネイビーといった大人しめな色目が多く、先ほどの店で目にしたような可愛い系の色――

中でもパステルカラーがすっかり駆逐されていた。デザインの方もいたってシンプル。わらわリボンはもちろん、謙虚リボンの姿さえない。

なんかテンション上がらないなぁ……。そう思いつつも、手近な棚にあった生成りのカットソーを広げてみる。特に何か飾りがあるわけでもない、どこにでもありそうなデザイン。女性らしいパフスリーブが女度を高めてくれる気もするけど、そう飛びつくほどの魅力は感じられない。まぁ無難っちゃ無難だし、一枚あっても困りはしないけど……と値札を見てみると——

うっそ、二万円……？　この味気ないカットソーが二万円？　こんなのカットソーだなんて気軽に呼び捨てにできないよ、カットソー様だよ！　と商品を手にしたまま震えていると、同年代くらいだろうか、落ち着いた佇まいの店員が話し掛けてきた。

「そのカットソー、イタリア製の特注生地で作ってるんです。ストレッチが利いていて動きやすいし、シルエットも綺麗で合わせやすいので今すごく人気なんですよ」

ほーう、言われてみればイタリア製っぽく見えてきた。肌触りもいい気がしてきたし、値段相応に良い品にも思えてきた……けれど、この服じゃなきゃダメって感じはしなくて、二万も出してまで買う気にはなれない。ネットで買うときみたいにセールでお安くなってるとかならまだしもプロパーではちょっと、と戸惑っていると、

『しかし夢子よ、アラサーともなるとこういう本物志向なシンプルなものを身に付けた方が女子力が上がるんじゃないか？』

軍曹に聞かれて、そうなのかなぁ？　と首を捻ってしまう。正直なところよくわからないというのが本音だ。悩みながらも引き続き店内を物色、他の商品を探してみるが、ヤングフロアのように『きゃー、可愛いー！』と興奮してしまうような服は見当たらず、無難で地味めなものばかりが並んでいた。が、三十路予備群としては、ここにあるような大人しめの服を選ばなければいけないような気もしてくる。

シンプルイズベストって言葉もあるしなー。でもこのお店にあるの、全体的にあんまり好みじゃないっていうか、ぜひとも着たいって服ではないんだよね。だけど年齢的には大人らしい選択が迫られてる局面だったりもして、うーん……。

いろいろと考えすぎてしまった夢子は、いったい何を着ればいいのか、自分のことなのにさっぱりわからなくなってしまい、ついには——

「すみません、年相応に女子力を保てる服をください！」

軍曹との話し合いの末、ショップ店員に判断を委《ゆだ》ねることにした。

「またのお越しをお待ちしております！」

にこやかな店員に見送られながら、夢子は大きなショッパーを手に店を後にする。

ああ、買っちゃった……という少しの後悔も一緒に。

購入したのは買うほどじゃないとスルーしていたはずの例のカットソー様と、今一番売れているらしい店員イチオシのスカーチョだ。足の短い夢子が穿くと裾《すそ》の広がりに圧迫感が出てスタイルが悪く見える気もしたが、試着時に店員から『女子力が溢れ出ていますね！　先ほどご覧になっていたカットソーを合わせていただくとより素敵ですよ！』なんて乗せられてしまって、つい両方お買い上げしてしまった。

『どうした夢子、戦利品が気に入らないのか？』

――戦利品って、普通にお金出して買ったし！　しかも予想外の大出費！

『ちゃっかりカットソー様まで買っておいてなんだその言い草は。おおかた店員の世辞を本気にして、私ってばまだイケてるじゃーん、などと血迷ってしまったのだろう』

ううう。図星を指されてぐうの音も出ない。いいじゃん、何はともあれ最新鋭の女子力放射器を手に入れたんだし、漲《みなぎ》る女度で幸せをガッツリ摑んでやるんだからっ！

来たるべきそのときに向けて、雄々しさ全開で闘志を燃やす夢子だったが、その胸中にはモヤモヤも依然として残っていた。

あーあ、気分の上がらない服に何万も注ぎ込んじゃった。どうせお金を出すなら……。頭をよぎるのは若者向けフロアにあったリボン付きカーディガンだ。もう三〇だからと敬遠していたくせに、まだ謙虚リボンのことを気にしてしまっている。

結局のところ夢子は、アラサーになった今でも可愛いものが好きなのだ。だからリボンやハートなどといった、今さら子どもっぽいようなモチーフに心が躍ってしまうし、自然と目が向いてしまう。

『そのわりにあまりそれ系の服は着ていなかったんじゃないか？　クローゼットに眠っていた若き日の女子服もそれほど出番はなかったようだしな』

夢子の思考を読み取った軍曹が訝《いぶか》るように聞いた。そっか、軍曹は知らないんだっけ、私が可愛い服を着たくても着られなかった理由……。

あれは軍曹が脳内に住み着く前、チワワのマックスがまだ元気だったころ——夢子が中学生のときだ。当時からリボンやフリルの付いたガーリーな服が好きだった夢子は、友達と遊ぶ際もそのような格好をしていた。が、ある日言われてしまったのだ。

『夢ちゃん、その服子どもっぽくない？　もう中学生なんだし、リボンはそろそろ卒業でしょ？　なんか一緒にいると恥ずかしいよ』

『そうそう。もっと大人っぽい服着なきゃダメだよ、私たちみたいにさぁー』

子どもなんだから子どもっぽい服でもいいじゃん！　今ならそうツッコめるけど、

当時みんなは背伸びがしたいお年頃。結局彼女たちに流された夢子は、そっかぁ、もう可愛い系の服はダメなんだ……と、自分の趣味を封印、いわゆる女子ウケしそうな服ばかりを好きだと偽って身に付けるようになった。

『なるほどな。だが、彼氏の前では自由にしてもよかったんじゃないのか？　デートのときも可愛い系の服はそれほど着ていなかったような気がするが』

――それが……ほら、私が付き合ってた相手って、みんな年下だったでしょ？

『みんなって、交際していたのは三〇年間で二人だけだろう、経験豊富そうに語るな』

思い出話にも容赦のない軍曹。いや、注目すべきは人数じゃなくて年下ってとこだから！　それとまだギリギリ三〇にはなってないから！

弁解を入れつつも夢子はさらに続けて、

――高校のとき初めて付き合った彼は二歳下の後輩、その彼と破局したあと大学のとき付き合い始めた彼も三歳下の後輩。だから一応付き合ってはいたけど、恋人っていうか姉弟って感じで、なんか姉っぽいポジションになっちゃってたんだよね、実際私、弟いるし……。

デートだからって、調子に乗って可愛い系の格好ばかりしてると、年上なのに若い子ぶっててイタいと思われないかな、とか、年上の私と付き合ってるってことは大人っぽい女の子が好きなんだから、もっとお姉さん風の服着た方がいいのかな、とか気にしてしまって、シャープなタイトスカートとかモノトーンコーデとか、好みとは違う服ばかりを選んでいた。

それなのに、買い物に行くとつい可愛い系の服を衝動買いしてしまって、着ていく予定のないその子たちはすっかりタンスの肥やしと化していた。

今思えば、まだ顔がついていくうちにあの子たちをたくさん着ておけばよかった。リボンやレースが使われているとはいえ、ドン引きするほどブリブリなわけでもないし（女子アナなら余裕で着こなせるレベル）、営業を異動になってからは内勤だったのだ。上手くコーディネートすれば、クローゼットに眠る子たちを職場に連れていくことだってできたはずなのに、それまでの経験からなんとなく気後れしてしまって、ブラウスにパンツなんて無難な服ばかりをローテしていた。無難な服なんて、年を取ってからいくらでも着られたのに。もったいないことしちゃったなぁ……。

今さら後悔したところで時間も若さも戻せない。今となってはたとえ趣味でなくても、テンションが一ミリたりとも上がらなくても、僅《わず》かばかりに残った女子力を上げるべくシンプル綺麗な地味服を纏うしかないのだ。

『結局のところ、お前はいつも人の目を気にして純粋にお洒落を楽しんでこられなかった、というわけか』

軍曹が嫌味ではなく、少し労《いたわ》るようなトーンで言ってくれたので、沈んでいた気持ちが少しだけ軽くなる。

ありがとう軍曹。でもなんで私の脳内にいるのに君って男なんだろうね……。オスだったマックスの生まれ変わりだからなのか、軍曹が出現した当時から私の女子力が低かったからなのか……。

まあなにはともあれ、軍曹と協力して今後本格化するアラサー恐慌を生き抜くべく頑張ろう――そう心に誓う夢子だった。

翌日の日曜――二〇代最後の一日は、行きつけのオシャレなカフェに出掛けて、もうすっかり顔なじみになったイケメンのマスターに淹《い》れてもらった美味《おい》しい紅茶を飲みながら、読みかけてた洋書をパラパラとめくっていたら、「明日、お誕生日でしたよね？」なんてマスターからの突然のサプライズ――ハッピーバースデーの歌に乗せて、マスター手作りのケーキが運ばれてくる……

『……ような生活してたら、こんな女子力の欠如したオッサン予備群にはなっていなかっただろうな。というか余計なことを考えるな、集中しろ集中っ！』

軍曹の罵声《ばせい》で妄想イケメンマスターの顔が吹っ飛ぶ。あーもう、軍曹ってばひどーい……フンッ！　苦しいときは楽しいこと思い浮かべたいじゃん……フンッ！　てかあと何回これ続ければいいのよーっ……フンッ！

念のため弁解しておくと、この『フンッ！』という音は、別に怒ってそっぽを向いている効果音ではなく、腹筋で体を起こす際に出てしまう声だ。

行きつけのオシャレなカフェも、洋書を読めるほどの英語力も、誕生日を祝ってもらえる当てすらもない夢子は、こうして鬼軍曹指導の下、アゴや腹などのたるんだ贅《ぜい》肉《にく》を鍛えるべく筋トレに励んでいるのだ。

『付け焼き刃ではあるが、明日に控えた大規模恐慌に備えて体を引き締めておく必要があるからな。さあ休んでいる場合ではないぞ夢子よ。GOだGO、GOGOGO！』

軍曹に急かされ、夢子はひたすら腹筋を続ける。

『つらいか？』はいっ！『だが続けろ！』ひいっ！『休みたいか？』はいっ！『だが許さん』わおっ！　……などと、非常にくだらないやり取りをしながら二〇代最後の休日を過ごした夢子だったが、

――ダメだ、あんなに体を動かしたのに全然眠れない……！

明日に備えて英気を養うのだと早々に活動停止した脳内軍曹に反して、本体の夢子

はギンギンに目が冴えていた。今日はＤＶＤ鑑賞もなしで午後一〇時にはベッドに潜り込んだのに、なかなか寝付けないまま時だけが過ぎ、あと一五分でウェルカム三十路な時間だ。

わぁーん、世界が終わっちゃうよー！　このまま一人寂しく恐慌へのカウントダウンとかしたくないよーっ！

これが友達でもそばにいてくれたら、『もう三〇歳とか意味わかんないよねー、キャー！』とか騒ぎながらもそれなりに楽しく過ごせていたのかもしれない。けれど現実は一人――ブレーンの軍曹すら応答してくれない状態だ。

女子力を失った自分の存在がなんなのかさえわからず震えてしまう、一五ならぬ二九の夜。まさか盗んだバイクで走り出すわけにもいかず、スマホを取り出して、

『三〇代　女子力ヤバい　対策』

でネット検索しているうちにあれっ、いつの間にか日を跨《また》いでしまっていた。

なんてあっけない三十路の到来だろう。今のところまだ、世界は終わりそうにない。

まあ当然ながら、三〇を迎えても朝はいつも通り普通にやってきた。昨夜散々ビビっていたのが嘘《うそ》みたいな穏やかなスタートに、なんだか拍子抜けしてしまう。

だけど、寝起きすぐに感じた口臭や胃もたれに、「うわっ、ここにも老化の波が来てるっ！」とか怯《ひる》んだり、通勤途中にぶつかってきた子どもに「わっ、すいませんオバサン！」とか謝られて、もし昨日だったら『お姉さん』って呼んでもらえたのかなーなんて妙に悲しくなったり、オーバーサーティの洗礼をそれなりに受けてはいた。

もっとも、今まで特に意識していなかったから気付かなかっただけで、以前から少しずつ老化は進んでいたのだろう。

いったいいつからだったんだろう。やっぱりアラサーに突入したころから？

気にし始めたら止まらない、相変わらず流されやすい性質の夢子だったが、新たなる鎧のゲットに筋トレ――恐慌の本格化に向け、やれるだけの対策はしてきたと、胸を張ってオフィスビルへと足を踏み入れる。

ちょうど来ていたエレベーターに乗り込むと、狭い密室に鼻の曲がるようにキツい整髪料の臭いが立ちこめていた。発生源は、今にも散りそうなうっすーい前髪をちょいちょいと弄《いじ》っている地黄部長だ。「おはようございます」と挨拶《あいさつ》する夢子に、「なんだ、音芽乃君か……」とつまらなそうに顔を歪《ゆが》めた彼は、

「そういえば君、とうとう大台に乗ったんだって？　ぷぷっ！」

ぷぷって何よ！　なんで私より年上の、とっくに大台乗り越しちゃったリアルオッ

サンにバカにされなきゃいけないのよ！　心の中では苛立ちつつも「乗っちゃいましたねー、あはは」と当たり障りのない返事をする。と、地黄は怪訝な顔で、

「にしてもその変なズボンは何かね」

「ズボンじゃなくてスカーチョです。今流行りなのご存じないんですか？」

ここぞとばかりに得意気に言ってみる。そう、今日はさっそく先日買った鎧でキラキラ補整してきたのだ。くらえっ、溢れ出る女子力攻撃！

「流行りって、そういうのは若い子のためのもんでしょうが。美月ちゃんなら今どきの奇抜な服着てても目の保養になるし士気も上がるけど……ねぇ……」

細い目をさらに細めて含み笑いする地黄。なによ、私が着ると目が潰れるし死期も近付くってか！　笑うに笑えず黙り込んでいると、

「まぁ三〇にもなって独身だし、悪あがきしたい気持ちもわかるけどさぁー、そういうのってはたから見るとイタいよ？」

地黄がぷぷっと笑い声を上げたのと同時に、エレベーターが職場のある階へ到着。

「まっ、せいぜい頑張って」と先を行く彼の頭からは例の整髪料の臭いが漂ってきて、ううっと鼻が歪みそうになる。

私のオシャレが悪あがきなら、そっちの頭髪セットだって同じでしょ！

遠ざかる地黄の後ろ姿——主に頭頂部を眺めながら夢子が毒づく。

『全く以《もっ》て失敬な輩《やから》だな。夢子よ、奴の毛根が滅びるよう呪いをかけてやるのだ！』

朝から血気盛んな軍曹がとんでもない提案をしてきたけど、いや、それはさすがに可哀相《かわいそう》だよ毛根が、と大人の余裕で却下する。

三〇を迎えて感傷的になっているせいだろうか。部長のオデコに必死にしがみついてる毛根たちの姿に、僅かばかりに残った女子力に必死にすがろうとしている自分を重ねてしまって、どうにも無下にはできなくなってしまったのだ。毛根に親近感覚えちゃうなんて、我ながらどうかしてるし、いよいよ女子力ヤバい気もするけど。

苦笑しつつも自席へと辿り着くと、

「わっ、どうしたんすかその服！」

先に出社していた大喜名が驚きの声を上げた。ふふふ、もしかして若者にはわかっちゃったかなー、この最先端なナイスファッション！

女性らしいサーモンピンク色のスカーチョを見せつけながら、「うふふ、褒めてもらってもよくってよ？」とイイ女風に髪をかき上げる。——と、

「褒める……つーか、でっかいキュロットっすねー、それ」

ぶはっと笑った大喜名は、ただでさえニヤけた顔をさらにニヤつかせて、

「あっ、確かシータがそんなの穿いてませんでした？　ほら、ドーラおばさんに借りた服！　先輩ラピュタでも探しに行くんすか？　巨大な女子力石を求めて？」

よもやの指摘に『はぁぁ？　貴様の毛根にバルスだ！』と軍曹が荒ぶる。だけど言われてみればちょっと似てるかも……？　無難なグレーと迷ったんだけど、あっちはあっちでジオングが頭をよぎってやめたんだよね。なのにこっちはこっちでドーラおばさん被りのトラップが仕掛けられてたなんて――！

愕然とするも、表面上は余裕たっぷりなオシャレ女子を装って、

「これはね、スカーチョっていうのよ。今流行中の大ヒット商品なんだから」

隣席の美月に「ねーっ」と同意を求めながら席に着いた夢子だったが、「うーん、センパイの努力は認めますけど……」とそのキュートな眉をひそめた美月は、

「スカーチョってもう旬は過ぎてますし、流行りすぎてて逆に微妙っていうか、やっつけ感ありますよねー、とりあえずこれ着とけばいいんでしょ的な？」

キラキラの笑顔で斬り掛かってきた美月は「あっ、でも綺麗にはまとまってるんじゃないですか？　大人女子のコスプレって感じで！」とフォローも入れてくれたけど、

美月ちゃんごめん、これコスプレじゃないよ！

「大人女子ねぇ……。そのわりには少女趣味入ってないっすか、そのキャラ」

クスッと鼻で笑った大喜名が、夢子のデスクを覗き込む。視線の先にあるのはリラッククモという、やたらリラックスしたゆるーい雲のキャラクターが描かれたペンだ。夢子の席にはこれ以外にも電卓やファイルなど、数多くのリラックモグッズが存在する。仕事をする上で欠かせない、夢子愛用の品々だ。

というのも、ここ第三マーケティング部は、第一&第二マーケティング部のサブ的な仕事が多く、面倒な雑務を回されて気が滅入《めい》ることもしばしばだが、そんなときこの脱力系な雲キャラ――リラックモグッズを使うといい具合に力が抜けてくる。愛嬌《あいきょう》たっぷりな姿に癒《い》やされながらも厄介な仕事を乗り切ることができるのだ。

「何よ、いい年して子どもっぽいとか思ってる？　いいじゃない、誰に迷惑かけるでもなし、この子たちのおかげで仕事頑張れるんだから！」

「別に批判してないっすよ。俺はただ、いくら三〇過ぎたからって急に服装変えたり無理に大人ぶらなくてもいいんじゃないかって……って、そうだ！」

何かを思い出したらしい大喜名が、机の脇によけていた紙袋を少しはにかんだ様子で差し出してきた。

「これ、ほんの気持ちですけど……」

えっ、うっそ！　サプライズ誕プレ？　まさかまさか、妄想イケメンマスターの正体はあんただったの……？

意外すぎる大喜名の行動に驚きつつも「あ、ありがとう」と素直に受け取る。

ふふふ、大喜名ってば普段は生意気だし失礼なことばっか言ってくるけど、先輩思いな面もあるいい子だったんだわ。誕生日を迎えた私を気遣ってくれるなんて――。

すっかり上機嫌になった夢子が、弾むような気持ちで袋の中身を取り出す――と、うわぁ、やられた。新手の嫌がらせだわこれ……。

出てきたのはビタミンCのサプリが入った小瓶――薬みたいな無愛想なカプセルがぎっしり詰まっている。これでせいぜいアンチエイジングに励めって？　こんなの気遣いじゃなくてただの嫌味でしょっ！

「それ、一日たった三粒で美肌に必要な量のビタミンCが摂《と》れるらしいんすよ。だから先輩にぴったりかなーっと思って。だって一日に七五個もレモン齧《かじ》ってたらシミがなくなる前に唾液なくなっちゃいますからねー、酸っぱすぎて！」

無駄に整った顔で、いたずらっ子のように笑う大喜名。こんなのいらないからっ！

と夢子が小瓶を突っ返すと、

「えー、いいんですか？　今対策しないとどんどん増える一方っすよ？」

ニヤリと口角を上げた大喜名は、いつかのように夢子の顔をまじまじと観察してニンディションチェック。「よかったっすねー、今のところまだ増えてはないみたいですよ」と診断を下しつつも、某料理番組に出てくる巨匠のような口ぶりで「シミ、三つです！」と声高に現状報告してきた。

「ちょっ、やめてよ！　他の人にまでシミの数がバレちゃう！」

「いーじゃないっすか。これ飲めばシミなんてオールクリアっすよ」

ほら、今ならまだギリ間に合うんすから！　と再度サプリを差し出してくる大喜名。清々《すがすが》しいほどイケてる笑顔と、男のくせにつるスベな白肌がなんとも憎らしい。

「ギリって言うな！　てかほんとにいらないからっ！」

吐き捨てるように言った夢子は、あーもう、ほんと育て方間違えたわ、新人のころはもっと優しい素直な子だったのに！　と大きく息をつく。

その後、始業時間が始まってからも、事あるごとにしつこくサプリを勧めてくる大喜名だったが、「余計なお世話よ！」と、夢子は断固その受け取りを拒否し続けた。

そんなわけで、最新鋭の女子力兵器『スカーチョ』を投入してみたものの、三〇歳の初戦は無惨な結果に終わってしまった。

『夢子よ、諜報《ちょうほう》活動をするのだ！　キラキラ情報を元にしたさらなる武装で恐慌に立ち向かわねばならん！』

帰宅途中に軍曹から命じられた夢子は、久々にファッション誌でも読んでみるかと書店に寄り道、馴染《なじ》みの雑誌を手にしてみる。——が、
この表紙の子誰？　なんか若すぎない？　わっ、中に出てくる子もみんな若っ！　私が知ってるモデルさん一人もいないんだけど、みんなどこ行っちゃったの……？

すっかり様変わりした誌面に戸惑いつつもページをめくっていくと、『三〇までにやっておくべきマストテン！』なんて特集があって、ああそっか、私もうこの雑誌の対象年齢から外れちゃってるんだ、と刻《とき》の涙を見てしまう。

昔のノリでついいつも買っていた雑誌を手にしてしまったが、表紙にもちゃんと書いてあった。『二〇代の支持率No．1雑誌　私たち永遠の二五歳！』だって。

えー、じゃあどれを参考にすればいいのー？と、年齢層高めのファッション誌を試し読みしてみるも、なんだかイマイチ惹《ひ》かれない。先日ファッションビルで見かけたような、夢子的には価格アップで可愛さダウンな服ばかりが紹介されていた。

もういっそ『私たち永遠の二五歳』派閥に交ぜてもらっちゃう？　と、かつての愛読誌に手が伸びそうになったところで、

『血迷ったかこの馬鹿者めが！　今後その本に触れることはたとえ書店員が許しても

私が許さん！』
　軍曹に一喝《いっかつ》され、諦めて別の雑誌を購入。表紙には『仕事も恋も諦めない！　幸せ
　三〇代女子必携バイブル！』なんてキャッチコピーが躍ってるし、これを信じて進め
ば間違いないっしょ！
　それからの夢子はというと、手に入れた雑誌を熟読、誌面を飾るキラキラ読モたち
のリアルライフに倣《なら》うべく、朝食は野菜とフルーツたっぷりの特製スムージーで美容
と健康に気を遣い、会社では大人シンプルな服装（雑誌に載ってたコーデ完コピ）でバ
リバリお仕事モード、帰りには流行りのボルダリングジムに寄って適度に汗を流す
――なんて女子力高めな生活を始めてみた。
　さらには、ただ若作りするだけじゃなくてイイ感じに大人へもクラスアップしなく
ちゃ！　と、貯金に手を付けて高級ブランド、ルブニャンの靴まで買ってみた。
　早速会社に履いていくと、ファッションに疎《うと》い部長や大喜名は全く気付かなかった
けれど、オシャレセンサー美月は夢子の足元の異変を早々に感知して、
「その虹色のソール、ルブニャンですよねー！　私も欲しいんですけど、最低一〇万
はしちゃうから手が出せなくってー。夢子センパイってばすごーいっ！」

美月ちゃんにこんなに褒められるのってこれが初めてかも……！　調子に乗った夢子は「うふふ」と足元のルブニャンに視線を送りつつ、大人の余裕を演出してみる。

「確かにちょっと値は張るけど私ももう三〇だし、そろそろ上質なものを揃《そろ》えたいなーって思って。いい物を身に付けると、その質に引っ張られて体の細胞まで活性化してきちゃうとこあるでしょ？」

「あ、わかります！　そういうのってありますよねー！」

わ、わかるんだ……？　正直私、自分で言っててよくわからないよ、だって全部受け売りだもん。この前買った幸せ三〇代女子必携バイブルに書いてあったんだよ、『身に付けるだけで細胞から品が溢れ出す！　三〇代はハイブランドで淑女《レディ》ＧＯ！』って！　さすがに一〇万超えは躊躇《ちゆうちよ》したけど、『プチ贅沢は幸せへの投資』って謳《うた》い文句につい乗っちゃった。だって幸せになりたいんだもんっ……！

「センパイ、最近見違えるように女子力上がってますよねー！　靴だけじゃなくて、服装のコーディネートも短期間ですっごく垢抜《あかぬ》けたし、私嬉《うれ》しいです！」

両手を祈るように組んだ美月が、普段より一段と眩しいキラキラを飛ばしてくる。

どうやら彼女の中で夢子の評価が急上昇しているようだ。

「実はね、ツイッターも始めてみたんだ。前から気にはなってたんだけどやる機会なくて、でもこのままじゃ時代に取り残されちゃうと思ってついに登録しちゃった！」

「えっ、マジっすか？　アカウント名教えてくださいよ！」

どこから話を聞いていたのか、突如大喜名が会話に割り込んでくる。まさかツイッターでも上から目線で生意気言ってくるつもり？　嫌な予感しかしない夢子は「プライベート用だから会社の人には教えませーん！」と一蹴、「あっ、でも美月ちゃんになら教えたげるよ！」と彼女に微笑《ほほえ》みかけるが、

「や、いいです！」

今度は夢子の方が一蹴されてしまった。

「やだ、センパイ落ち込まないでくださいよ、単に私がツイッターやってないってだけなんで。インスタとかフェイスブックならフォローできますけど？」

「ご、ごめん、そっちは私がやってない……」

ってていうかできない！　や、試しに登録はしてみたんだけど、私には無理だなって思って、どっちもすぐに削除しちゃったんだよね……。

というのも、インスタグラムは写真が前提で投稿するネタがなさすぎる。現在彼氏ナシで友達とも疎遠になっている夢子には、『今日はみんなで女子会！』なんて賑《にぎ》やかな写真をアップする機会はまずない。とはいえ『今日は脳内軍曹と決起会！』なんて

脳みその自撮りをシェアするわけにもいかないし、てかそんなことしたら『いいね！』どころか『やばいね！』って通報されちゃう可能性大だし、どう考えたってインスタ向きのライフスタイルじゃない。

かといってフェイスブックはなおのこと無理だ。実名登録だから縁遠くなっていた知人と繋《つな》がれる利点はある――けれど、ちょっと検索しただけでもやれ結婚しましただの、前よりイイ会社に転職しましただの、リアルな幸せ投稿が並んでいる世界は、この数年特に何も成し得ていない夢子が足を踏み入れるにはハードルが高い。

本来なら純粋に祝福できるような報告も、アラサー恐慌の件で焦ってしまっているせいか手放しに喜んであげられない、そんな自分が情けなくもなってくる。

ほんの気まぐれに元彼の名前を検索してみたら、いつの間にやら二児のパパになっていることが発覚して（私より三つも年下なのに！）、休日に家族仲良くお出かけしてる写真を見せつけられた瞬間「ひぃぃっ！」と思わずブラウザを閉じてしまった。

未練なんてものは微塵《みじん》もない。けれど、別れてから二人同じだけの年月が平等に流れていたというのに、向こうは既婚で子どもアリ、こっちは未婚で軍曹アリなんて悲しすぎる差が生じてしまっている事実を直視できなかったのだ。

せめて、今の自分はこうです！　と胸を張って言える何かがあればよかったのだが、ここ数年力を抜きすぎていた夢子にそんなものがあるわけもなく、結局匿名かつぽっちでも始めやすいツイッターに落ち着いてしまった。

「――で、ユーザー名なんすか？　本名……じゃないみたいっすね」

大喜名がスマホを片手に夢子のアカウントを探し始める。だから教えないって言ってるじゃん！

「どんなに探したって無駄よ、簡単に特定されるような名前にはしてないから。すっごーく高尚なネーミングだから絶対に辿り着けないわ」

……って、特にピンとくる名前が浮かばなかったから、『夢子』を英訳しただけなんだけどね『ドリームチャイルド』って。

「ちぇっ、つまんねーの！」

どうやら諦めたらしい大喜名が、スマホをポケットにねじ込む。それを確認した夢子が「さあて、仕事に集中しなくちゃ」とパソコン画面に向き直った瞬間――

「あなた、何がしたいの？」

鋭く射貫《いぬ》くような声が後方の営業部の島から響いてきた。チラリと様子を窺《うかが》うと、雷田幸子《らいでんさちこ》が自席に座ったままデスクの前に立つ男性社員にダメ出しを飛ばしていた。

「こんなぼやけた案じゃ霞《かす》んで何も見えてこないわ。ふわっとしたイメージはもう結冷たい声音でそう言って、手にしていた書類を男性社員に突き返す雷田。刃《やいば》を振るうかのようなその動きがシュパっと空を切り、なんとも言えない緊張感が走る。

「相変わらずすごいですよね、サッチャー様！」

夢子の耳に小声で話し掛けてきたのは美月だ。ちなみにサッチャーというのは雷田のあだ名で、由来はイギリス初の女性首相——鉄の女マーガレット・サッチャーだ。幸子という名前と、その何事にも屈しない強固な姿勢から社内ではそう呼ばれている。愛称というわけではなく、男性社員からは皮肉混じりに使われることも多い呼び名だが、雷田信者である美月の場合は敬意を込めて『様』付けまでしている。

「並み居る男性社員を押し退けて社内初の女性統括にまで上り詰めちゃうなんてカッコ良すぎですよねー、サッチャー様！　アラフォーとは思えない衰え知らずの美貌もたまらなく素敵だし、バリキャリの鑑《かがみ》って感じで、ため息出てきちゃいますー！」

雷田に向けて、遠くからうっとりと尊敬の眼差しを向ける美月。

パリッとした高そうなスーツに身を包んだ雷田は、三九という年齢を感じさせないシャープな体型で、豊かな髪をＣＡのようにピシッと纏めている。

今年の四月に第一から第五まである営業部の統括部長に就任した雷田が社内で笑顔

を見せることはない。馴れ合いを良しとはせず、誰に対しても厳しい態度で臨む彼女は孤高の人といった感じで近寄りがたい印象だが、その妥協を許さない仕事ぶりに惹かれる美月のようなファンも多い。

「夢子センパイ、昔は営業部にいたんですよねー？　そのときのサッチャー様ってどんな感じだったんですか？」

「実はあんまり話したことないんだよね。同じ営業でもセクション違ったからほとんど関わることなくて。でも当時から一匹狼《いっぴきおおかみ》っていうか、クールビューティーって感じではあったかな」

そう答えつつも、正直ちょっと苦手だったかも、と思い返す。

どんなときも冷静沈着、決してヒステリックな態度に出ることのない雷田は、それゆえに不気味なほどの威圧感を放っていた。今日のように『あなた、何がしたいの？』と部下に冷たく言い放つ姿は当時からよく目にしていたが、その言葉を耳にするたびに、関係のない夢子までもが咎められているような気になり、ザワザワと落ち着かない心境に陥《おちい》ってしまっていた。

「一匹狼かぁー。やっぱりカッコいいなぁ、サッチャー様」

キラキラと瞳を輝かせてそう言った美月は、今度は急に声のトーンを落とし、「主任も見習えばいいのに」と斜め前の丸宮の席を見やる。

打ち合わせで不在中の丸宮——彼女のデスクにはお椀《わん》に盛られた煎餅やら、愛用の湯呑み茶碗《ぢゃわん》やらが置かれたままで、その一角だけ昭和の卓袱台《ちゃぶだい》感が漂っている。

「主任ってサッチャー様と同じくらいの年だし、二人とも独身ですよね？　条件は同じなのに差が開きすぎじゃないですか？　あちらは女性初の統括部長だっていうのに、主任は課長にすらなれてないんですよ？　もうちょっと頑張れなかったのかなーって思っちゃいます。センパイのことアラサー恐慌だなんだって煽ってたわりに、主任ってばそれこそ意識低すぎると思うんですけど。独身でキャリアもなしだなんて、恐慌を乗り切れずに幸せを掴み損ねた典型じゃないですか！」

本人がいないのをいいことに毒を吐きまくる美月を、「まあまあ落ち着いて」と夢子がなだめる。

「確かにサッチャーと比べちゃうとキャリア的にはアレかもしれないけど、丸宮主任だって基本やる気はないけど頼りになることもたまにはあるよ……？」

あれ？　あんまりフォローになってない……？

「そりゃ主任にはいろいろお世話になってますし、悪い人でないのはわかりますけど、センパイ、彼女みたいになりたいって思います？」

「う……うーん、あの独特なおかっぱと珍妙な喋り方は誰にもマネできない……」

「思いませんよね？　キャリアバリバリなサッチャー様には憧れても、煎餅バリバリな丸宮主任みたいにはなりたくない！　その事実が全てなんです！」

やんわり誤魔化そうとする夢子を遮《さえぎ》り、可愛い顔してズバズバ斬り込んでくる美月はさらにヒートアップして、

「後輩にそんな風に思わせちゃうなんて罪ですよ罪！　この会社に入れるくらいの実力があったならなんでもっと上を目指さなかったのかって話ですよ！　それに、外見だってもっと気を遣えばいいのに！　主任ってば目鼻立ちはっきりしてるし、若いころはきっと美人さんだったはずなんです！　それなのに毎日毎日ぐうたら主婦みたいに煎餅ばっかり食べてて、顔とか真ん丸になっちゃってて見るからにオバちゃんって感じじゃないですか！　髪型も独自路線いっちゃってるし、あー許せない！　才能と美貌の無駄遣い許せなーいっ！」

何事にも上昇志向が強いらしい美月は主任の手抜きが許せないらしい。キラキラな瞳をギラギラと滾《たぎ》らせながら、鼻息荒く捲し立ててきた彼女は、「あーもう、あれさえなければ主任はシャープなアゴを保ててたかもしれないのにっ！」と、丸宮の煎餅に敵意のこもった眼差しを向けた。

「私がサッチャー様のように出世した暁《あかつき》には、主任の煎餅をぜーんぶ没収してやりますよっ！　夢子センパイも一緒に頑張りましょう！」

謎の闘志を燃やした美月がキラッとギラッと笑顔を見せる。ちょっと怖いけどやっぱり可愛い。美意識も仕事への意欲もかなり高い彼女は、キラキラとギラギラがいい塩梅《あんばい》に同居したキラギラ系女子といったところか。

でもごめんね美月ちゃん、私このままいくと明らかに丸宮主任ルートなんだけど。ああ見える、将来昇進もせずに机で煎餅囓ってる自分の姿が……！

輝けるバリキャリならぬ煎餅バリカリ女子まっしぐらな己を思い浮かべ、私の幸せはどこに……と遠い目になってしまう夢子だったが、

「大丈夫ですよ！　センパイ、崖っぷちでの意識改革が功を奏したのか最近すっごくイイ感じだし、きっとすぐに幸せ摑んじゃうと思います！」

「そっ、そうかな？　やった！」

幸せという言葉に夢子は思わずガッツポーズ。だけど、あれ……そもそも私が摑もうとしてる幸せって何だっけ？　それってこうやって無理やり女子力上げてれば手に入るものなのかな……？

ふっと頭をよぎった疑問に戸惑う夢子だったが、『女子力を上げてこオッサン化を防ぐ、

それすなわち幸せである！』と断言する軍曹に、うんうんそうだよね、と頷く。

大丈夫、美月ちゃんも褒めてくれたし、この調子でいけばきっと幸せになれる……よね？

一抹の不安が残りつつも、明日からも女子のフリして頑張ろうと心に誓う夢子だった。……ってフリって何よ、フリって！

ああ、お腹《なか》すいたな……。溜まりに溜まった疲労でフラフラしちゃってるし、早くお家《うち》に帰りたい。重たい足でやっとこさ会社のエレベーターに乗り込んだ夢子は、中に誰もいないのをいいことに「ふぅ、疲れた……」と壁際にもたれかかる。これでやっと帰れると思った？　残念、まだ出社前でした！

そう、散々働いた残業後みたいなテンションになってるけど、実はまだ始業前。なのになんでこんなグロッキーなことになってるかっていうと、女子力増強にと連日通っているボルダリングが思いのほかしんどくて、体のあちこちがピキピキいってるから。それに、朝食の特製スムージー生活も地味につらかったりする。

そりゃ朝から新鮮な野菜やフルーツをミキサーでガーッとしてクイーッて飲むのは健康的だし美容にもいいしで、女子力がガンガン上がっている気はする。けれど、夢子の逞しい胃袋はそれだけでは満足できず、もっと何かよこせー！　とギュルギュル唸りを上げてくるのだ。

　このままじゃ買い置きのお菓子に手を出してしまいそうだと早めに家を出たものの、ボルダリングで溜め込んだ疲労とルブニャンのピンヒールで足元はグラグラ……ってダメじゃん！　階数ボタンまだ押してなかった。

　一向にエレベーターが動かないことに気付いた夢子が、壁に寄りかかったまま操作盤に手を伸ばす――と、閉まっていたドアが不意に開いた。

　颯爽《さっそう》とした足取りで入ってきたのはサッチャーこと雷田幸子だ。エレベーター内にピリリとした緊張感が走る。

「おっ、おはようでありますっ！」

　寄っかかっていた壁から慌てて体を起こした夢子は思わず敬礼してしまう。うわ、間違えた！　脳内軍曹相手じゃあるまいし、何やっちゃってんのよ私！

　ううう、恥ずかし過ぎて消えたい……。せめて笑ってくれればいいのだけど、雷田はクスリともしない。氷点下二度くらいの声で「おはよう」と告げると、夢子が押しそびれていた階数ボタンを押して沈黙。エレベーター内に気まずい空気が流れる。

　うわぁ、サッチャーと二人きりになるのって初めてかも。美月ちゃんなら泣いて喜びそうなシチュエーションだけど、私の場合怖くて涙出てきそうなんですけど！

直属の上司でもないのになんなんだろうこの圧倒的な威圧感。張り詰めた空気に全身がピリピリと痛い。少しでも変な動きをしたら氷漬けにされてしまいそうな気がする。雷田の横に立って不自然なほどに姿勢を正していると、

「いいのよ、疲れているなら無理しないで。壁にもたれているといいわ」

先ほどのダルダルな夢子を見て気にしてくれたのか、ふっとそんなことを言ってきた雷田はさらに続けて、

「あなた、まだあんな無茶な働き方をしているの？」

どうやら営業部から過労で異動した夢子の前科を覚えていたのだろう。咎める風ではないが冷たいその響きに、

「あっ、いえ違うんです！　さっきへばってたのは仕事のせいじゃなくて、最近始めた女子力向上活動が殊《こと》のほかキツくて……！」

慌てて弁解した夢子は何をどう説明していいやらわからず、

「ボッ……ボルダリング、最初は意外と簡単にスイスイいけたから調子に乗って中級者コースに挑戦してみたんですけどこれがまあハードで、でも全然筋肉痛にならないや、私まだまだ若いじゃんってノリノリで続けてたら数日後にドカンときて、うっそ、

こんなところにも老化の波があぁぁって悶絶《もんぜつ》してたんですけど、消えゆくキラキラを補充するためにはどうしても登らなきゃいけない壁なんだって毎日休まず頑張ってて、でも朝食がスムージーオンリーになっちゃってるのもあって、体に力が入らなくて無駄にヨロヨロしちゃってるだけなんで大丈夫です……！」

緊張も手伝ってどうでもいいことまでペラペラ喋ってしまった。そうこうしているうちにエレベーターが着いて、ポーンという音とともにドアが開く。

ふぅ、これで謎の緊張感から解放される、と胸を撫《な》で下《お》ろしていると、

「あなた、何がしたいの？」

鋭く射貫くような声が、エレベーター内にこだまする。聞き覚えのある、雷田お決まりのフレーズ。だけど、まさか自分が言われる日が来るとは思わなかった。全てを見透かすような、美しくも恐ろしい雷田の瞳が夢子をまっすぐにとらえる。まるで雪の女王のようなその迫力に気圧された夢子が、何も言えずに立ち尽くしていると、

「お先に」

雷田はそれだけ言い残して、エレベーターを降りていった。凍《い》てついていた空気がようやく溶けて自由を取り戻す。が、夢子の心はピキンと氷結したままだった。

――あなた、何がしたいの？

何がしたいのって、女子力を上げたいっていうか、幸せを摑みたいんです。

そう言い返せなかったのは、自分でも迷っているからだ。胸がざわざわする。いつも誰かが言われていたのを傍で聞くだけでも苦しかった言葉を思いきり投げつけられて、動揺しきっている。私が摑もうとしてる幸せって何だっけ？　いつか感じた疑問が再び頭をもたげる。

『夢子よ、不安に駆られるのは努力が足りないせいだ。早急に女子力を上げよ！　もっと、もっとがむしゃらにだ！』

軍曹にムチを打たれても、胸にずっしりとのしかかる疑念は消えない。重い足取りでオフィスフロアへ向かうと、第三マーケティング部にはまだ丸宮の姿しかなかった。

主任はどうやってアラサー恐慌を乗り切ったんだろう。いや、乗り切れてないのかな？　美月ちゃん言ってたっけ、独身でキャリアもなしなんて、恐慌を乗り切れずに幸せを摑み損ねた典型だって……。

でも主任、そこまで不幸そうにも見えないけどな。キラギラ女子の美月ちゃん的には評価が低いみたいだけど、なんかすごい自由人だし、私的にはアリだなー。たるんだアゴは残念だけど、独特のヘアスタイルが年齢不詳感出してるし。ていうか主任、プライベートは何してるんだろう、謎が多すぎるんですけど……。

席に着くなり向かいの丸宮をガン見していると、気付いた彼女は片眉を上げて、

「何だい、煎餅が欲しいのかい？」

「や、別にそういうわけでは……」

ってか始業前から煎餅バリバリとか何やってんですか主任……。朝からフリーダムな丸宮に唖然となる夢子だったが、彼女の席から広がる香ばしい香りにギュルルっとお腹が鳴ってしまう。そうだった、スムージーオンリーで空腹感マックスだったんだ。

「遠慮しなくていいよ、赤い粉がかかってるのが辛《から》そうで辛くない煎餅、ザラメっぽいのが付いてる方が甘そうで甘くない煎餅。どっちでも好きな方を取りな」

えっ、何その選択肢！　煎餅のセレクトからして謎すぎる主任に驚くも「じゃっ、じゃあ甘そうで甘くない方を……」と、ずいと差し出されたお椀に手を伸ばす。

間食するまいと思って早く家を出たのに、早速誘惑に負けてしまった。こんなところ美月ちゃんに見られたらキラギラ光線で煎餅もろとも焼かれちゃう！　身の危険を感じつつもバリバリバリ――わっ、ほんとに甘そうで甘くないっ！

「これってザラメじゃなくて岩塩？　絶妙なしょっぱさが美味しいです！　それにやっぱり噛むって大事ですね、咀嚼万歳！　ノーモアスムージーっ！」

思わぬ多幸感に狂喜していると、フンと笑った丸宮は、

「なんだい、ダイエットでもしてたのかい？　三〇にもなると食事抜いただけじゃ綺麗に瘦《や》せないよ。頰が瘦《こ》けたりして、瘦せたというよりやつれた感が出るからねぇ」

「ダイエットっていうか、女子力を上げるために試行錯誤中で……。ほら、アラサー恐慌に立ち向かわなきゃって、これを参考に頑張ってるところなんです」

バッグの中から常備している例の幸せバイブルを取り出した夢子は、パラパラとページをめくって見せながら、

「服はここに載ってるのをそのまま着回してるし、靴もハイブランドのものをゲット、ここに挙がってる映画や音楽は全部チェック済みだし、いろいろ努力はしてるんですけど、女子力上がってる実感がいまいち湧《わ》かなくて不安になっちゃうんですよねぇ」

軍曹の言う通りまだまだ努力が足りないってことなのかなぁ。だからさっきサッチャーも、中途半端なことしてんじゃないわよって苛立って、あんなことを言ってきたのかもしれない。

「はぁー、どうしたらいいんだろう。あっ、もしかしてここに載ってる『三〇代女子が輝く最幸の資格ベストテン』ってやつ全部取れたら幸せになれたりして……？」

「そんなことより、いま縄文女子が熱いらしいよ？　情報通から仕入れたネタなんだけど、モデルたちの間でオリジナルの土器やら貝塚やらを作るのがブームみたいでさ、

服装も原始を意識した愛され狩猟系が流行るみたいなんだよ。全ての資格を取得するのは大変だろうから、とりあえず土器作りから始めてみたらどうだい？」

「わっ、貴重な情報ありがとうございます！　いち早くトレンドを摑んで実践する――これぞ女子って感じですよね！　早速今日から最幸の土器制作に入りますっ！」

にしても縄文女子だなんて、流行は繰り返すって言うけど、まさか原始時代にまで遡《さかのぼ》るなんてねー。驚きつつも新たな目標を見つけて瞳を輝かせる夢子に、

「バカだねぇ、んなもん嘘に決まってんだろ」

プハッと呆れたように吹き出した丸宮は、ズズッと緑茶をすすって、

「なるほどね、あんたが流され体質だってのはよくわかったよ。けどさぁ、もう三〇なんだし、そろそろ自分の頭で考えた方がいいんじゃないかい？」

「自分で……考えてるつもりですけど……？」

軍曹にはかなり頼ってるところあるけど、彼も一応自分の一部だし……。発言の意図がわからず首を捻っていると、「全然ダメー！」と手でバッテンを作った丸宮は、

「あんたさぁ、今まで受験でも就活でもひたすら参考書通り忠実に対策練ってゴールまで突っ走ってきた口だろ？　だから今回もそのバイブル盲信してついていけば幸せに辿り着けると思ってる、違うかい？」

「はぁ、まぁそうですけど……何か問題でも？」

「問題も問題、大問題だよ。言っとくけどあんたが信じてるそれ、ぶっちゃけ広告集でもあるからね？　そのまま実践したところで幸せになれるとは限らないよ」

「ななな っ、なんてこと言うんですか！　これをそんじょそこらの情報誌と一緒にしないでください。幸せ三〇代女子必携バイブルですよ？」

反論しつつもパラパラと誌面を確認。肌トラブルQ&Aの後にはガッツリ化粧品の広告が、先ほど見た最幸の資格ベストテンの次にはちゃっかり該当講座の宣伝が入っている。丸宮に指摘されるまでは『さすがは幸せバイブルね、悩ましい問題提起に続いて必ず解決策が示されてる親切設計だわ！』と感動していたが、売りたい商品に上手いこと誘導されていただけなのかもしれない。

「うえっ！　じゃっ、じゃあここに書かれてる『女っぷりを上げるならジム通い！』のボルダリング編を実践しても幸せにはなれな……い……？」

「好きでやるぶんにはもちろん構わないけど、あんたちゃんと楽しめてるのかい？」

「ぜんっぜん楽しくないです！　ボルダリングなら友達いなくても一人でできるし、始めるのに専用の道具揃える必要もないから気軽でいっかなーって選んだだけなんで！　ぶっちゃけ家でゴロゴロDVD見てる方が性に合ってるっていうか……」

正直に打ち明ける夢子に丸宮はピシッと人差し指を向けて、

「ズバリ、あんたが乗り越えなきゃいけないのは人生の壁であって、クライミングウォールじゃない！　つーか努力の方向がお門違いなんだよ。今のあんたは女子力アップしてるんじゃなくて、雑誌の情報に踊らされてるだけ。仮にもマーケティングに携わる者がまんまと引っ掛かっちゃってさぁ」

「うぇっ！　薄々気付いてはいたけど、そんなにはっきり言わなくても！　てゆーかここに書いてあること真に受けて服とか靴とか散財しまくっちゃったんですけど！」

愕然となる夢子に丸宮は、「まぁ雑誌を参考にするなとは言わないし、適切に使えば有用な情報源ではあるんだろうけどさ」と前置きしつつも、

「今の自分に本当に必要なものを選ぶってのも女子力のうちだと思うよ？　自分がイイと思えないもの着たりやったりしてもつまんないだろ？　幸せなんて人それぞれ、他人の用意したバイブルなぞったって、上っ面の女子力しか上がんないよ」

いつもいろいろからかってくる丸宮が、珍しく真剣な表情を見せる。

自分に本当に必要なものってなんだろう……。夢子が思いを巡らせていると、

「みなさんおはようございまぁーす！」

朝から元気いっぱい、キラキラ笑顔の美月が出社してきた。

「夢子センパイ、今日のコーデも素敵ですねー！　そのシャツ、大人っぽいし流行りにも合っててイイ感じです！」

「あはは……ありがとう……」

喜んでもらえて何よりだけど、ただ雑誌に載っていることを忠実に再現してるだけで、中身は昔と変わってないんだよね……。

ズバズバ本音を言えてしまう美月だ。恐らくお世辞ではなく、本気で褒めてくれているのだろう。けれど、この武装は自分にとって本当に必要なものなのだろうか――疑問を持ち始めてしまった今、彼女の言葉を素直に喜ぶことができない。

夢子の心は先ほど食べた煎餅と同じくらいしょっぱい気持ちでいっぱいだった。


ああもうなんの因果なんだろう。心も体も重い、そんな日に限ってヘビーな案件ばかりが降りかかってくる。第一&第二マーケから押しつけられた……もとい、回ってきた面倒くさいデータ処理を粛々とこなしているうちに定時が終了。けれど今日中に片付けなければならない仕事は山積みだ。今日は大喜名が販促のヘルプに出ており、彼の分の業務も引き取っているためにイレギュラーな作業も多い。

とはいえフルパワーでやればそう遅くならないうちに終わりそうな量ではある――

のだけれど、気持ちが落ちてるせいなのか、年齢的に体力が続かないのか、疲れがどっと出てしまってキーボードを叩く手の動きが錆《さ》び付《つ》いたブリキみたいに鈍《にぶ》い。連日のボルダリング通いのせいで、腕の変なとこが筋肉痛なんだよね。ま、ちゃんと体調管理できない自分が悪いんだけどさ……。

反省しつつ、どんよりした顔でパソコンに向かう夢子の前では、業務を終えたらしい丸宮がチャチャッと机周りを整理、「じゃ、お疲れ！」と席を立とうとする。——と、

「ちょっと丸宮君、そりゃ無責任なんじゃないかねー」

少し離れた部長席から地黄が苦々しげに言った。

「新人の美月ちゃん、まだ残ってんじゃないの。それを置いて一人でさっさと帰るの、主任としてどうかと思うよ？　ねー、美月ちゃーん」

美月に媚《こ》びるような笑みを浮かべながら丸宮を咎める地黄。基本残業はしない主義の丸宮が皆を置いて帰るのは今に始まったことではない。が、己の仕事が難航しているらしい地黄は彼女に八つ当たりしたいようだ。

「ったくそんなだからいい年して寂しい独り身なんだよ。背負うものがないやつは気楽でいいねー。こっちは養わなきゃいけない家族がいるから手も抜けやしない」

うわ、なんでそういうこと言うかなぁ。主任が独身なことと残業しないことは全然

関係ないじゃん、部長ってば最低！

　地黄の物言いに、他人事ながらも夢子が苛立っていると、

「なんだい部長、私が羨《うらや》ましいのかい？　なら背負ってるもん捨てちまえばいいじゃないか。その覚悟もないのに他人の人生にごちゃごちゃケチつけてくるなんて、いい年してダサいんじゃないかい？　ねー、美月ちゃーん」

　地黄の口まねで飄々《ひょうひょう》と返した丸宮は、

「んじゃま、主任らしくいいことを教えてやるよ。明日できることは今日するな！　以上、解散っ！」

　と彼女なりの助言を美月に送ると、今度は夢子に向き直って、

「あんたのは今日中に仕上げなきゃダメなやつだよね。もう頭もげそう！　ってくらいの大変さなら手伝うけど？」

「やっ、さすがにそこまでじゃないんで大丈夫です！」

「だと思った。悪いね、今日は山伏《やまぶし》たちとの会合があってさ、どうしても外せないんだよ。これ託すからガンバ！」

　そう言って丸宮が差し出してきたのは煎餅の入った菓子鉢だった。っていうか山伏たちとの会合って何……？　鉢を受け取りつつも首をかしげる夢子。

相変わらず謎の多すぎる丸宮は「じゃ、あとよろー」と、おかっぱ頭を揺らしながらフロアを後にする。その悠然とした背中を、何も言い返せない地黄は悔しそうな顔で睨《にら》み付けていた。

やっぱり自由だなー主任、サッチャーとは違う意味でスゴいわ……。

夢子が丸宮の一連の言動に圧倒されていると、

「さっきの主任、ちょっとカッコ良かったですね」

フフッと笑った美月が地黄に聞こえないくらいの声で囁いた。

「丸宮主任のこと、意識低い負け組かなって思ってたんですけど、あれはあれでアリな気がしてきました。我が道を行くって感じで」

「だよね、部長に言い返してくれて、なんかスッとしちゃった」

「あっ、でも私は断然サッチャー様派ですよ？　ってかセンパイ、その煎餅食べるなら今日のお夕飯、炭水化物抜いてくださいね。やっとシェイプされてきた顔がまん丸になっちゃう！」

丸宮への評価を上げつつも、煎餅への目は厳しい美月がなんだかおかしくて、夢子は思わず吹き出してしまう。だけど、この煎餅をどんなにバリバリしたところで、自分は丸宮のようには強く生きられないだろうとも思う夢子だった。

「……ってか無責任なのは部長の方じゃん！」

自分以外誰もいなくなった第三マーケティング部の島で、夢子は一人声に出してツッコんでしまう。結局あのあと、美月はほんの少しの残業を終えて帰宅（そもそもは明日のデートに備えて今日のうちにできる仕事は片付けておきたかっただけらしい）、それを確認した地黄部長は、待ってましたとばかりに自分の抱えていた業務をまるっと夢子に押しつけて帰ってしまったのだ。

いつも『管理職だから残業代が出ない』と愚痴っている彼のことだ、本当はすぐにでも夢子にバトンタッチしたかったのだろうが、美月が見ている手前、あからさまに押しつけるのは憚《はばか》られ、仕方なく残っていたのだろう。

部長ってば、美月ちゃんの前ではカッコつけたがるんだから。あれでよく主任のこと批判できるよね……。

丸宮の場合、部長と違って普通に残業代が出る。にもかかわらず、絶対に時間外労働はしないのだ。それでも、残った仕事を他人に押しつけるなんてことはこれまで一度もなかった。そういう意味では地黄よりも丸宮の方がよっぽど信頼できる上司だ。

なのになぜか主任止まりなんだよねー……。そんなことを考えながらもカタカタとデータを入力、大喜名の分の仕事も部長にぶっ込まれたエクストラステージもキッチリ片付けてようやく本日の業務は終了。ぐーっと伸びをして時計を見ると、時刻はもう二〇時を回っていた。

大変、ボルダリングジムが閉まっちゃう！　今日はもう間に合わないかも……と、一瞬焦ってしまったが、今朝の丸宮との会話を思い出して首を振る。

「もういっかな……。元々好きで始めたわけでもなかったし……」

ボソリと呟いて帰宅の準備をした夢子は、疲労困憊《ひろうこんぱい》で鉄鍋みたいになった体を引きずってオフィスビルを出る。

丸宮の指摘は図星だ。今の自分はバイブルを元に上っ面をどうにか整えているだけで、中身は空っぽ——完全に借り物の状態で、幸せなんてものにはほど遠い。

今身に付けている服も靴も、お金をかけたわりには好きになれなくて、そりゃこんな高価な武装を纏っていたら気持ちは引き締まるし、大人っぽくアップデートされた気にはなるけど、決して楽しいわけじゃない。

アラサー恐慌ヤバいよヤバいよって流されてきちゃったけど、趣味じゃない服を着てまでしたかったことって何だろう。そうまでして女子力を上げたって、幸せになんてなれない。冷静に考えたらすぐにでも気付きそうなことなのに、それでも上っ面の補整にすがるしかなかった。他にどうしていいかわからなかったから……。

しゅんと肩を落とし、会社の最寄り駅までとぼとぼ歩いていると、

『何を迷っているのだ夢子よ。女子力を上げてオッサン化を防ぐ、それすなわち幸せだろう？　振り向かずに走れ、今からでも三分くらいならボルダれるかもしれん！』

ボルダるという新たな動詞を駆使した軍曹が予定通りにジムへ向かえとムチを打つ。脳内ＢＧＭにおもちゃの兵隊マーチ（三分クッキングのテーマ）までかけてくれるほどの熱意だけど、ちょっと待って、それで本当にいいの？

『どうした夢子、我々が協力し合えば乗り越えられないものはない。だろう？』

でも、こんなモヤモヤ抱えたまま突っ走れないよ。このまま闇雲にボルダって、その先に何があるの？　私もうあのバイブルを信じては進めないよ！

『なんだその弱気な姿勢は！　そうか、今回は参考にした本が悪かったのだな？　ならば次だ次！　別の雑誌……いや、占いはどうだ？　ほら、よく政治家のバックに高名な占い師がついているというではないか！　彼らなら進むべき新たな道を示してくれるやもしれん。よし、ジムはやめて今から占いに……』

――違うよ、そういうことじゃないよ！　このまま変な方向に突っ走ったら私たち、またおかしくなっちゃう！　だって今あのときと同じ気持ちだもん！　これで本当に

いいのかよくわかんないけど、とりあえず頑張ったらきっとどうにかなるって盲進してた、あのときと同じ状況だもん……！

心の中でそう叫んだ夢子。その脳裏には営業で無茶をしすぎて体を壊した、あのころのことが浮かんでいた。

――ねぇ軍曹、昔は私たち受験とか就活とか、予《あらかじ》め決められたルートを二人でがむしゃらに走ってきたけど、それは合格だとか内定っていう間違えようのない答えが用意されてたからなんだよ。だけど今朝主任も言ってたみたいに、この先の人生には参考書なんて――確かな見本なんてないんだよ。働き方にも年の取り方にも正解がないの。だから今までみたいにただ頑張ってるだけじゃダメなんだよ……！

『ならばどうすればいいというのだ……』

軍曹がこれまでに聞いたこともないような弱々しい声で言った。

――ごめん、わかんない……。

偉そうなことを言っておきながら、結局のところどうしていいのかわからない。そして、主である夢子自身にわからないことが軍曹にわかるわけもないのだ。

『私はもうお役御免ということか――』

寂しそうに呟いた軍曹は、生前のころのようなチワワの姿に戻って、くぅーん……

と悲しげに鳴いた。

――ごめん、ごめんね軍曹……。軍曹が悪いみたいに言っちゃったけど、軍曹は……マックスは、意志の弱い私を励まして、奮い立たせてくれてたんだよね。それなのにいい年してダメな私は…………ってうわっ！

最悪だ。感傷に気を取られていたら足元まで取られてしまった。側溝の網にルブニャンのピンヒールがスポッとはまり込み、バランスを崩した夢子は、片足だけパンプスの脱げた状態で道端に倒れ込んでしまう。

ううう……痛い……。こんな派手に転ぶのいつ以来だろう……。

若いころなら『大丈夫？』と手を差し伸べてもらえたシチュエーションでも、アラサー恐慌真《ま》っ只中《ただなか》の身に待っているのは厳しい現実だ。転んだままの体勢で痛みをこらえる夢子。そのすぐそばを、駅へと向かう人々が見て見ぬふりで通り過ぎていく。助けてくれないのならそのまま静かに退場してくれればいいのに、中にはクスクスと無遠慮に笑ってくる輩までいる始末だ。もうやだ恥ずかし過ぎて死にたい！

顔は上げたくない、けれど一刻も早くここから逃げ出したい！　このまま強く念じてたらどうにか家までワープできないかな……なんて、車にはねられた蛙《かえる》みたいな格好のままバカなことを考えてしまう。

ほんとに私ってば何やってんだろ。もう三〇だっていうのに芯がなくってフニャフニャで、どんどんシビアになってく周囲の目に上手く適応できないでいる。

ひょっとして私、このまま年老いて、今度こそ本物のオッサンと化しちゃって、『あの人最後まで意識低すぎだったよねー。近年稀《まれ》に見る恥ずかしい大人って感じー？』なんてみんなに蔑《さげす》まれながら一人寂しく死んでいくんじゃないの……？

「いやーっ！　そんなのいやーっ！」

悲しすぎる最期を想像してガバッと顔を起こす——と、そこには想像だにしない人物が立っていた。

「あなた、何がしたいの？」

美しくも冷たい雷田の瞳が夢子を見下ろす。ふうっと一息で氷像にされてしまいそうな雪の女王的貫禄《かんろく》の前に、夢子は起き上がることもできない。『こんな道端で醜態を晒《さら》すなんて会社の恥ね、消えておしまい！』なんて氷漬けの呪いをかけられて、そのままパキーンと粉砕されちゃったりして……。

そんなありえない妄想にぶるぶると縮こまってしまう夢子だったが、

「今日はよく会うわね」

表情も変えずにそう言った雷田は、側溝にはまったままだったルブニャンをスポン

と引き抜いて、夢子の前まで持ってくると、

「これ、たくさん履いてあげるのはいいけど、手入れはきちんとなさいね。大人の品ってそういうところに出るものよ」

差し出されたパンプス。そのヒール部分は、網に引っ掛けたせいで革がガリッと剝げてしまっていた――が、それ以前にできたであろう傷も散見される。底のゴム部分もかなり磨《す》り減《へ》っており、中の金具が見えてしまっていた。

思えばこのルブニャン、美月に褒められたのをいいことに、特にメンテもせずヘビーユーズしていた。何足か揃えてローテーションすればよかったのだが、ルブニャンともなるとそうポンポンは買えない。

すみません……と、謝りつつ受け取った夢子。その手を見た雷田は、それもどうにかなさい、と不愉快そうに首を振る。

ここ最近ボルダリングに励んでいた夢子の手は、滑り止めのチョークでガサガサに荒れており、爪の部分もホールドを摑む際に割れたり剝がれたりしてボロボロになっていた。きちんと毎日お手入れしていればこんなことにはならなかったのだろうが、疲れを言い訳に後回しにしてしまっていた。

うわぁ、いつの間にこんな悲惨なことになってたんだろう……。改めて見るとパン

プスも手も爪も、いろいろと酷すぎる。ハイブランドの靴にボルダリングジム通い。どちらもバイブル通りに振る舞うことだけに躍起になっていて、基本的なケアをすっかり怠《おこた》っていた。女子力を上げるつもりがこれでは本末転倒だ。

「いくら内勤とはいえもう少し気を遣ったら？　どんなに高価なものを身に付けていてもそれじゃあ台無しだわ、いい大人がみっともない」

正論すぎるほどの正論にぐうの音も出ない。

いい大人がみっともない――まさしくその通りなのだ。現状を見事に言い当てられてしまった夢子。その瞳には大粒の涙が浮かんでいた。

「……なれないんです……いい年して大人になれなくて……なのに恐慌は容赦なくて私はオッサンで……唯一頼れる軍曹までチワワに戻っちゃって……その上この醜態……ほんとになんて情けなくて惨《みじ》めなんだろうって……ああもういっそ氷で固めちゃってくれませんかねぇサッチャー様ぁぁあっ！」

落ち込みすぎて、もはやわけのわからないことを叫びだしてしまう夢子だったが、
雷田は相変わらずの冷静さで、

「かなり混乱しているようね。転んだときに頭でも打ったのかしら」

「打ってないです、この混乱具合はデフォルトですっ……！」

だから病院に行けとか言わないでっ！　涙目で訴える夢子に、「そのようね」と肩をすくめた雷田は「少し飲まない？」と爪の先までキリリとした手を差し伸べた。

「ただし、スムージー以外で」


「すみません、先ほどは取り乱してしまって。統括部長のこと、サッチャー呼ばわりまでしちゃって……」

駅近くにあるダイニングバー——そのカウンター席に移動した夢子は、隣で黙々とワインを飲む雷田に戦々恐々としてしまう。

他部署とはいえ上司も上司、大上司様だ。今日は不覚にも朝から無様な姿ばかりをプレゼンしてしまった。それがいきなりサシ飲みなんて、上司不敬罪でクビとか宣告されちゃわないかな……？

内心ヒヤヒヤで、頼んだビールにも手を付けられずにいると、

「別にいいわよサッチャーで。自分がどう呼ばれているかくらい十分承知してるわ」

男性社員からの皮肉を思い出しているのだろうか、雷田はフッと鼻で笑った。

「ち、違うんです！　私、別にバカにするつもりでサッチャー扱いしてたわけじゃなくて！　統括部長のこと、尊敬して様付けしてる子もいるんですよ？　なんなら首相

「首相はやめて。様付けも困る」

「じゃっ、じゃあサッチャー姐《ねえ》さんと呼ばせてくだせぇ！」

舎弟のように、ははーっと頭を下げる夢子。それを見た雷田は、ばかね、と小さく笑った。彼女の笑い顔を目にするのはこれが初めてかもしれない。いつもクールで近寄りがたい印象の彼女だが、その笑顔は思いのほかチャーミングで、緊張でガチガチだった体がふっと雪解けていく。

「今日は変なとこばっかり見せちゃいましたよね……。それも仕事上での問題ならまだしも、アラサーの壁にぶつかっちゃっただけっていう、しょうもないことで……」

「しょうもなくないわ、人生に関わること――でしょう？」

雷田は夢子をバカにすることなく、真剣な眼差しで言った。その厳しくも優しい瞳に、ようやくグラスに口を付けて一息入れた夢子は「もうどうしていいかわからなくて……」とアラサー恐慌に流されている己の身の上を打ち明ける。

「年の取り方がわからないんです……。もう三〇で女子力大暴落で、イイ感じに大人な女にステップアップしなきゃいけないのに迷走ばかりしちゃってて……」

「なるほどね、道理で最近おかしなことしてると思ったわ。服装もちぐはぐだし」

「うぇっ、そんな妙でした？　一応ファッション誌の通りには揃えてたんですけど」

「妙ではないけど楽しんではない、違う？　服に着られてるようにしか見えなかったわ。そんなに好きじゃないんでしょう、今日の服装も朝から変なところに折りジワが入っていたし。お気に入りのものって、もっと大切に扱うと思うのよ。その靴もね」

　雷田はそう言って、夢子の履いている傷だらけのルブニャンを見やる。

「正直、何を着たらいいかわからなくなっちゃったんですよね……。もう大人なんだから本物志向な高い服とか買わなきゃいけないのかなとも思うんですけど、あんまり好みじゃなくて。ならいっそ雑誌に紹介されてる流行りものをそのまま真似てれば間違いないんじゃないかって暴走しちゃって……」

「あなた、昔からそういうところあったわよね。営業にいたときも、無駄にガッツだけはあったみたいだけど全てが空回りしてて――危ういなって思ってたわ」

　うわぁ、見られちゃってましたか、恥ずかしや……！　黒歴史に思わず顔を覆ってしまう夢子の肩に、大丈夫よ、とそっと手を置いた雷田は、

「本物志向な商品も流行りものも、無理して買う必要なんてないわ。値段に見合うだけの価値があると感じたとき、初めて手にすればいいの。あなたにはないの？　これなら倍の値段を出しても惜しくはないと思えるもの」

倍の値段を出してまで欲しいもの？　雷田の質問に夢子は首を捻る。

ここ最近揃えた服はどれも定価で買ったものだが、購入する際に少し……いや、かなり躊躇した。バーゲン価格でならまあ買ってもいいかな、というくらいの品で、雑誌に載っていなければ見向きもしなかっただろう。

私が本当に欲しかったものは――。頭に浮かんだのは、三〇になる前のあの日、ヤング向けのファッションフロアで見かけたカーディガンだった。あれなら定価で買っても、なんなら予算をオーバーしてもよかった。けれど実際は――

「この前すごーく気に入った服があったんですけど、買えなかったんです。ポケットにリボンが付いてて、むしろそのリボンがあるから惹かれたんですけど、もう年齢的にそういう可愛い装飾ってイタいのかなって気後れしちゃって……」

「あなた、いったい誰に遠慮して生きてるの？　いくつになったからこれはダメだとか、皆一律にこっちを着なさいなんて決まり、どこにもないのよ？　リボンはオーバーサーティには校則違反？　ばかばかしい、年を取ってまで制服みたいに揃えてたんじゃつまらないじゃない」

「でも……周りの目は気になっちゃうじゃないですか。この前部長にも言われちゃったんですよね、いい年してリボンなんてって……」

「そういうこと言ってくる人は何着ててもケチ付けてくるわよ？　年齢なんて関係ない、着たいときが着どきよ」

うう、確かに……。部長、リボンだけじゃなくてスカーチョにもダメ出ししてきたし、地味にしてたらそれはそれで『ババ臭いよ、音芽乃君！』とか言ってきそう……。

想像してむぅと唇を曲げていると、「いい？」と夢子に向き直った雷田は、

「オシャレなんて所詮は自己満足。何を着たいか迷ったときは、着ていて心がときめく方を選びなさい。そういうものを身に付けるとそれだけで気分が明るくなって、自然と魅力が溢れてくるものよ。気に入らない服を着てムッとしているよりはよっぽど」

「なるほど！　でっ、でもさすがにリボンはマズいんじゃ……」

なおも気にしていると、これ見て、と雷田がバッグからポーチを取り出す。エレガントな黒のポーチ――その正面を飾っているのは金色に輝くリボンプレートだった。

「営業だと服装ではあまり遊べないでしょう？　だから小物くらいはって、ついこういうワンポイントあるものを選んじゃうのよ。いい年したオバサンのくせにって引く？　鉄の女のくせにって？」

「やっ、全然！　だってこのリボン、少しも子どもっぽくないし！」

漆黒の生地の上で繊細な輝きを放つそれは、洗練された上品さを持つ――喩《たと》えるな

らそう、王室御用達リボンだ。これならアラフォーが持っていてもおかしくないし、いつまでも女性らしさを忘れない感があってむしろ素敵だ。それがいつもお堅いイメージのある雷田の持ち物だと思うと、親近感を覚えてなおのこと微笑ましい。

「どうせ最期はみんなお揃い――白装束着せられて旅立つんだから、それまでは各々《おのおの》好きな服を楽しめばいいじゃない。あの世にリボンは持っていけないわよ？」

そう言っていたずらっぽく笑う雷田はとてもキュートで、それでいてやっぱりカッコよかった。鋭くも深みのあるその瞳は、自分と違って芯のある――譲れない信念や美学を持っている大人の目だ。女子力なんて言葉では括《くく》れない気高さと美しさに彩られている。

「姐さんはやっぱりすごいです、仕事でもファッションでもちゃんと輝いてて……。私なんてもう三〇なのにこれが自分だって胸を張って言えなくて……こんなんで幸せを摑めるのかなって不安になってきちゃいます」

もっとも、みんながいろいろ努力していた二〇代後半戦を、ひたすら無為に過ごしてしまった自分が悪いんだけど……。自嘲的《じちょうてき》な笑みを浮かべる夢子に、二杯目のワインに口を付けた雷田が「あなた、何がしたいの？」とお決まりの言葉で問いかける。

「幸せを摑むって具体的にはどういうこと？　大富豪を摑まえて結婚すること？」

「うーん……違うと思います。そりゃ貧乏にはなりたくないですけど、お金持ちになりたいってわけじゃなくて、ただ普通に幸せな家庭が築ければいいなーって……」

「その普通に幸せってのがクセモノなのよ、普通って何よ。あなたの幸せのビジョン、漠然としすぎて全然伝わってこないわ、やり直し！」

明日までにもう一度練り直して再提出してちょうだい！　今にもそんなことを言い出しそうな鉄の女モードで雷田が吼《ほ》える。夢子は「ひっ！」と身を竦《すく》めながらも、

「それが、自分でもわからなくて……。今考えるとバカな話なんですけど、それまで周りに流されつつも上手い具合に生きてこられたんで、自然な流れに身を委《ゆだ》ねていれば、いつかは結婚もキャリアも普通に手にできるだろうって根拠もなく思っちゃってて、ふんわりした幸せが自動的にふわーっと降ってくるような気でいたんです」

だけどももちろん現実はそうじゃなかった。気付いたらアラサー恐慌の真っ只中に放り込まれていて、降りかかってきたのは老化とそれに伴《ともな》う待遇の変化のみ。そこそこイイ感じの人生を送っていたはずが、いつの間にやら幸せとはほど遠い場所にいて、何も持っていないペラペラなオバサン……てかほぼオッサンに成り下がっていた。

これじゃマズいと久々に焦って軍曹まで起こしてしまったものの、この先の人生には確実な答えも攻略法もないってことにようやく気付いて当惑してしまっている。

「バカみたいですよね、この年になって、今さら自分の幸せがわからないなんて……」

「だけどわからないということがわかった、それはチャンスよ。それに、自分の進退を迷えるって、実はそれだけで幸せなことなのよ？　迷えるほどの選択肢が残されてるってことだもの」

穏やかな表情でそう告げる雷田に、夢子の心が少しだけ軽くなる。そっか、迷うって必ずしも悪いことじゃないんだ……。

「もっとも、決められた答えがないぶん大変でもあるわよ？　たくさんの選択肢の中から自分にとっての最適解を導き出さなきゃいけないんだもの。周りに流されて闇雲に暴走してるだけじゃ、本当に欲しいものは手に入らないわ」

「み、耳が痛いです。いつかは結婚したいし、仕事もそれなりに頑張りたいとは思ってるんですけどね。その二つが揃えば幸せを実感できるんじゃないかとも……」

「だからそういうふわっとした考え方はやめなさい。明確なビジョンを持つこと、それが幸せに近付く第一歩よ。結婚するにしたってどんな人と結婚してどんな家庭を築きたいのか、具体的なイメージがなきゃパートナーも探せないし、仕事で成功するにしたってどんな分野でどんな成果を出すことが成功なのか、自分なりの指標がなきゃ行動に移せないでしょう──

生徒をたしなめる教師のように語気を強めた雷田はさらに続けて、

「服も人生も同じよ。自分にとって必要なものだけ手にすればいいの。ある程度狙《ねら》いを定めれば、自分がどうすべきか自《おの》ずと課題が見えてくるわ」

凛とした表情でそう語る雷田の瞳は、闇夜を一瞬で照らし出すような煌《きら》めきに満ちていて、夢子は思わず感嘆の声を上げる。

「さすがはサッチャー姐さん、まるで幸せの伝道師……！　私、もう若くもないし人生崖っぷちだなーってヘコんでたんですけど、おかげで元気が出てきました！」

「もう若くもないって、だったら私はなんなのよ。こっちはあなたより一〇年近くも長く生きてるけど、まだまだ若いつもりよ？」

「す、すみません、そういうつもりじゃ……！　それに姐さんは別格じゃないですか。綺麗だし仕事もできるし、全然年を感じさせないっていうか、私とは大違い……」

「違わないわ。私もあなたと同じよ、何も特別じゃない」

そう言って首を振った雷田は、

「外見に関してはそうね……昔と比べて劣化したとか、鉄の女から鉄が錆び付いた女にグレードダウンしたとかよく言われるし、仕事面にしたって今でも叩かれているわ。統括になれたのも今流行りの女性活躍アピールの一環で実力じゃないとかね」

「うぇえ！　姐さんレベルでもそんなこと言われちゃうんですか？」

「言われるわよ。これでもあなたくらいの年のころには、周囲の心ない言葉に傷付いたりもしたわ。だけど今は何を言われても聞き流せる」

「どうしてですか？　やっぱり慣れとか、特別な修行を積んだり……あっ、もしかして脳内軍曹が上手いこと処理してくれてるとかですか？」

それはないわ、と即答しつつも、そうねぇとアゴに手を当てた雷田は、

「自分が消耗品じゃないとわかったから、かしら。どんなに若作りしても限界はあるでしょう？　いくら現状維持に努めても、いつまでも若い子と同じではいられない。外見だけにしがみつくとジリ貧状態に陥っちゃうのよ。でもね、気付いたの」

過去の己を思い返すようにワイングラスを見つめた雷田はさらに続けて、

「年を取るって失うことだけじゃないわ。頭でっかちだった若者時代にはなかった、経験に裏打ちされた自信や、月日を重ねたからこそ生まれる余裕みたいなものがたくさんあるんだもの。見かけの若さを失っても決してマイナスにはならない。そう気付いてからは、外野に何を言われても気にならなくなったわ。仕事のことだって、常にベストを尽くしている自負があるから、陰口もただの嫉妬《しっと》ねって流してしまえる」

若いころは自分に自信がなくて虚勢を張っていたから、ちょっと攻撃されただけで

すぐ傷付いたり、過剰に嚙みついたりしていたけれどね。

　そう言って、少し恥ずかしそうに過去を振り返る雷田の横顔には、近くで見ると当然のことではあるが、年相応にシミやシワが浮かんでいた。けれど、そんなのどうでもいいと思えるほどの気高さや誇りが内面から滲み出ていて、それが彼女の深みや美しさに繫がっているのだろう。

「姐さん、やっぱりカッコいいです……！」

「ありがとう、それは私にとって最高の褒め言葉だわ。私ね、もう若いころのように過度に人の目を気にしたりはしないけど、それでもカッコいい大人ではいたいのよ。私がいつまでもカッコよくあることで、若い子たちの年を取ることへの恐怖心を減らしてあげられればって思うの。いわゆるオバサンと呼ばれる年代になっても、卑屈にならずに堂々と振る舞うことで、見た目は変化してもいつまでも輝けるんだってことを示してあげたいの」

「何それ超素敵です！　ウチの丸宮主任なんてガンガン恐怖心煽ってきますよ？　アラサー恐慌だなんて恐ろしい言葉まで持ち出してきて、そのくせ自分は煎餅バリバリ高みの見物って感じで！」

「ふふっ、怜さんらしいわね。でも悪気はないの、彼女なりのエールじゃないかしら」

サッチャー姐さん、主任のこと怜さんって呼ぶんだ！　もしかして仲良かったりするのかな。普段全然接点ないし、水と油くらいわかり合えなそうな二人だけど……。

気になった夢子が二人の関係を聞くと、「怜さん昔は営業部にいたのよ、私の尊敬する先輩。新人のころはとてもお世話になったわ」と雷田が微笑む。

「うぇぇぇ？　あっ、あの仕事中煎餅ばっかり食べてて残業は一切しない主義の丸宮さんが鉄の女の先輩？　けっ、ケンカとかにならなかったんですか？　ゆるすぎる主任に姐さんが怒りのアイアンクローとか……？」

「人聞きが悪いわね。そんな新人のころから鉄鉄しくなかったわよ。それに怜さん、以前は仕事に熱中しすぎて食事を忘れるほどだったのよ？」

かつての丸宮は今と違ってアゴもシャープ——煎餅バリカリではなく本物のバリキャリで、若手社員たちの憧れの的だったという。外回りが終わった後も、会社に戻って顧客のニーズを研究したり、売り上げ傾向を分析したりと、今からは想像もできないくらいの働きぶりだったらしい。それが一〇年前、ある一件で現在の部署に異動になって以来、プライベート重視の我が道を行くスタイルに変わったようだ。

「もし怜さんがあのまま営業部にいたら、統括部長は間違いなく彼女だった……いえ、もっと上に行っていたかもしれないわね」

「ええっ、主任ってばそんなにやり手だったんですか？」

「もちろん。今だって、あれでいてえげつない量の仕事をこなしているはずよ？　主任にしておくのはもったいないって、第一マーケから昇進の誘いがきてるみたいだけど、本人は頑として聞き入れないのよ」

「うぇぇぇっ！　第一マーケってみんなが憧れる花形部署じゃないですか！　第三みたいな下積み仕事だけじゃなくて、大きなことガンガンやれる晴れ舞台ですよね？」

そんなとこからのオファーを断っちゃうなんて、主任ってば何考えてんだろう……。

美月ちゃんが聞いたら、ありえなーい！　と白目を剝いて倒れてしまうだろう。

「彼女には彼女なりの事情があるのよ。怜さんはずっと一人で戦い続けているの。だけどもしかしたら……」

雷田はふっと夢子に向き直って言った。

「彼女にも変化があるかもしれないわね、あなたが変わることで——」

「私が……？　それってどういう意味ですか？」

意図がわからず小首をかしげる夢子。雷田はそれには答えずに「もう一度乾杯しましょうか」とグラスを掲げる。

「女は三〇過ぎてからが本番よ。若さという無条件に与えられた鎧を脱いで、本当の自分で勝負するの。だけど何も恐れることはないわ。幸せの指針さえしっかりしていれば、外野に何を言われてもその道は揺るがない。恐慌を戦い抜いた先には明るい未来が待っているわ。どうか実りある人生を――」

グラスを傾けた雷田は、夢子の未来を祝福するように優しく微笑んだ。

その翌朝は、適度なお酒が利いて熟睡できたせいか、ここ最近溜め込んでいた疲れが嘘のように消えていた。この調子なら今日の業務はフルパワーで挑《いど》めそうだと軽い足取りでクローゼットに向かう。

さてと、何を着ていこう。昨日までなら迷わずバイブルを確認するところだが、今自分が着たいものを選ぶのが一番だよね――と、昨日の雷田のアドバイスを思い出して洋服たちを見渡す。

直感的にこれだ！　と、ときめいたのは、紺色の生地に色鮮やかな花が舞うミモレ丈のフレアスカートだ。何年も前に一目惚《ひとめぼ》れして買ったものの、いざ着るとなると派手すぎだと言われそうで、なかなかチャレンジできずにいた。

だけど今朝はビビッときてしまった。人の目なんて気にしててもしょうがない。よし、今日はこの子にしようと、さっそく足を通す。気掛かりなのはチャックが閉まるかどうかだけど、こういうのも怪我《けが》の功名っていうのかな。連日のスムージー&ボルダリング効果でどうにか関門突破、トップスには花柄が引き立つようシンプルなカットソー様を合わせる。

うん、いいかも！　姿見に映る自分に頷いて、さあ出社しようと鍵を手にしたところで、『待て！』と軍曹が唸った。

——何よ、元気になってくれたのはいいけど、そのスカートは三十路にはイタいぞ夢子よ、なんてお説教なら御免よ？

先回りで釘を刺すと、『そうではない。せっかくだからリボンも付けていけ』なんて予想外のアドバイスが。アイアイサー！　と満面の笑みで敬礼した夢子は、満身創痍《まんしんそうい》なルブニャンにはお留守番してもらって、代打のパンプスで出社する。

休日にはちゃんとメンテに出してあげなくちゃ。それと、歩き方にも少しは気を配ろう。そんなことを考えながらも会社に到着、オフィスフロアに向かうと、「おはようっす夢子先輩！」と大喜名のニヤけ顔が迎えた。

「おはよう。今日は早いのね、私が一番かと思ったのに」

「昨日ヘルプに出てた分、仕事溜まってるんで早めに出たんすよ。急ぎの件、フォローありがとうございました。ってかその服……」

うわっ……礼を言ったかと思ったら早速ダメ出し？　別にいいけどね、自分的には最高のコーディネートだし、何言われたってもう気にしないんだから！

笑われるのを覚悟で、さあ来い！　と臨戦態勢になる。——と、

「いいっすねそれ、すげぇ似合ってますよ」

予想だにしない言葉に耳を疑う。唖然としていると、「だーかーらー」と立ち上がって夢子のすぐそばまで来た大喜名が耳元でそっと囁く。

「その服、似合ってますよ。今までで一番可愛い」

「そそそ……そんなの、こんな間近じゃなくても聞こえるし！」

想定外の優しい響きに、耳を押さえて赤面してしまう。それを見た大喜名は、いつもの小憎たらしい顔でニヤニヤと笑って、

「や、耳が遠くなったのかなーと思って」

「なっ、それもうオバサン通り越しておばあちゃんだから！」

だよね、大喜名ってこういうやつだよね……。なのに真に受けて動揺してしまった自分が腹立たしい！　はぁっと息をついていると、

「それ、新しいの買ったんすか？　いつももっと地味なの使ってませんでしたっけ」

手にしていたリボン付きのバッグを、大喜名が不思議そうに見つめる。

「うぇっ、変かな？　前からあったやつにスカーフ結んだだけなんだけど……」

出掛けに軍曹からリボンを勧められて、だけど今日の服装に加えるとやりすぎ感が出ちゃうかも……と頭を悩ませていた夢子はハッと閃《ひらめ》いた。いつものザ・無難な黒トートにスカーフでリボンをプラスしたらいいんじゃないかって。

実際、実用的なだけが取り柄だったバッグに華やぎが加わった気がするんだけど、おかしかったかなぁ……。もう人の目には囚《とら》われないと決めたのに、それでも少しは気になってしまう。まだまだ修行が足りないな、と肩を落としていると、

「ふーん、いいっすね。そういうアレンジってなんか女子っぽいっす」

「ななな、なんなのよ今日は……！　ひょっとして褒め殺しにしてからかうつもり？」

もう引っ掛からないわよと警戒する夢子に、心外そうに目を見開いた大喜名は、

「まさか。俺、本当にいいと思ったものしか褒めない主義なんすよ？」

「おっ、おだてたって何も出ないわよ？　そっ、それにこの服確かに素敵だけど、昨日思いっきり転んじゃったせいで膝小僧にでっかい青アザできちゃってて、スカートの下は酷い有り様なんだから！　見たらもうドン引き間違いなしって感じの！」

なにやってんだろ。慣れない褒め言葉が落ち着かなくて、気恥ずかしさを追い出すように自ら評価を下げにいってしまう。

「へー、どれどれ、ちょっとめくってみてもいいっすか？」

「ひゃっ……！　やだうそ、ちょっと待ってムリムリ、ダメだってば！」

慌ててスカートの裾を押さえると、「冗談っすよ」と吹き出した大喜名は、

「つーか、そういうときこそビタミンの出番じゃないっすか？」

「またそれ？　もういいかげんにしてよ」

嫌がる夢子の前に、大喜名が「ほいっ」と小瓶を差し出す。中に入っていたのはカプセル型の無愛想なサプリ——ではなく、ふわふわとゆるーいフォルムの……

「リラックモだぁ！」

小瓶に詰まった愛らしい雲形のキャンディに、夢子ははしゃぎ声を上げる。

「これ、ビタミンC以外にコラーゲンも入ってる優れものなんすよ？　恐慌対策にもってこいじゃないっすか？」

「あー、恐慌対策ねぇ……」

急にトーンダウンする夢子に、「えっ、今頑張ってんじゃないんすか？」と大喜名は肩透かしを食らったように驚く。

「そうだけど……外見の衰えを過剰に怖がるのはやめよっかなって思って。そりゃいつまでも若々しくいるに越したことはないけど、剝げかけのメッキを気にするより、

私の場合まず内面をどうにかしなきゃって気付かされたんだよね……」

――あなた、何がしたいの？

かつて何度も耳にした雷田の言葉に必要以上に怯えてしまっていたのは、自分が何をしたいのかわかっていなかったからだ。何の軸もない己を責められているような気がして怖かった、営業時代からずっと――。

だけど次に同じ質問をされたときには、私がしたいのはこれですって、胸を張って答えられる自分でいたい。

「もっと自分に自信を持てるようになりたいなぁって。そしたらなんかこう、内側から輝けるような気がするの。メッキは剝げても中に本物の金隠れてました！　みたいな？　まっ、今はまだ指針がなくて、ブレブレのダメダメなんだけどねー」

「いいんじゃないっすか？　年なんて取って当たり前だし、シミもシワも勲章って言うじゃないっすか。内面重視の姿勢、賛成っす！」

「あんたってばほんと調子がいいわねぇ。人のシミ数えたり、嫌味っぽくサプリ勧めてきたり、散々貶《けな》してきたくせにさー」

「それはほら、先輩が気にしてるみたいだったからケアしてあげようかなーと思って。てか少しは感謝してくださいよ、これ買うのすげぇ恥ずかしかったんすから」

不服そうに小瓶を揺らした大喜名が、「想像してみてくださいよ、大の男がこんなファンシーなもん持ってレジ並ぶとかありえないっしょ」とか「リラックモがあれば嫌なことでも乗り切れるって言うから選んだのにさー」なんて、いじけた様子で愚痴をこぼしてくる。なによ、悪いのは私——？

チクッと胸が痛んだけど、彼の言葉を額面通りに受け取るのは危険だ。気を許したとたん、またヘラヘラ顔でおちょくってくる可能性大なんだから。

騙《だま》されるもんかとスルーする夢子だったが、「あーあ、空振りする俺かわいそー」なんて薄い唇を尖《とが》らせる、子どもみたいな仕草がなんだか憎めなくて、

「しょうがないなぁ、そこまで言うならもらってあげよう」

大喜名の手からひょいと小瓶を抜き取った夢子は、中からキャンディを一粒つまみ出して口の中に放り込む。

「ありがとね」

大きなお世話だけどリラックモに罪はないと、一応お礼を言っておく。すると面食らったように瞬きした大喜名は、だけどすぐにいつもの生意気な顔に戻って、

「一度に食べ過ぎないでくださいよ？　サプリと違って糖分あるんすから、気を抜くとアゴのたるんだオッサン化待ったなしっす。それもビタミン効果でツヤ肌の！」

くそぅ、やっぱりお礼なんて言うんじゃなかった！

一瞬後悔するも、なにが楽しいんだか、「よっし！　リラックモ作戦成功！」と拳を握る彼の無邪気な笑顔を目にした瞬間——ん、なんだこれ……？

レモンがはじけるような心地良い刺激が胸を駆け抜けたけど、それはたぶん、今舐《な》めてるレモネードキャンディのせいだと思う。

第二話　残酷な三十路の恋愛テーゼ

はぁ、結婚したい……。会社の昼休み、自席で昨夜の残り物を詰めただけの弁当をつつきながら嘆息していると、

「なんだい、まだアラサー恐慌の波に呑まれてんのかい」

向かいの席の丸宮が蕎麦《そば》をズルズルさせながら言った。ちなみにこの蕎麦、コンビニのチンするやつでもカップ麺でもなく、ガッツリ本格的な鴨南蛮《かもなんばん》だ。

相変わらず自由すぎる彼女は出前を取ったらしく、先ほど岡持ち片手に店員が届けにきていた。ちょうどランチに出掛けるところだった美月が「オフィスでデリバリー頼むなんてありえなーい」と嘆いていたが、当の丸宮は「だって食べたいときに食べたいもん食べたいだろ？」と食べたいの三段活用みたいなことを言って、全く気にしない様子だった。さすがは主任だとある種の感動を抱きつつも「そっか、この焦りも恐慌の一部……」と再び大きく息をついた夢子は、

「あーもう、結婚したい結婚したい結婚したい！　したいしたいしたーいっ！」

「騒がしいやつだねぇ。なんだってそんな急に結婚熱高まっちゃってんのさ」

「そっ、それはまあ……みんながしてるから？」

「ハッ、なんだいそれ。結婚ってのはさ、みんながピアスしてるし私もしたーいってな女子高生的ノリでするもんじゃないだろ」

「そっ、それはそうなんですけど、でも昨日セイントから連絡があって……」

「セイントってあれかい、ペガサスが流星拳しちゃうのかい？」

眉をひそめる丸宮に、「あっ、友達のあだ名です、名字が聖《ひじり》だからセイント！」と注釈した夢子は、

「そのセイントが結婚するって言うんです。他の誰が結婚しても彼女がまだ残ってるし大丈夫だよねっていう、謎の安心感に支えられて生きてきたのに……！」

セイントは高校のころの同級生――地味で大人しくて、暇さえあればいつも本を読んでいるような子だった。男の子には興味ありませんってタイプで、実際これまで彼氏はおろか男友達すらいたことのない、超天然記念物級な御仁だったのだ。それが付き合うをすっとばしていきなり結婚だなんて、報告を聞いたときは目が飛び出るどころか耳までボトボトッと落ちてしまいそうな勢いだった。

お相手の竜王《りゅうおう》さんなる人はバツイチで子持ち——だけど大手企業に勤める五歳年上のエリート男性だという。そんな彼の息子がなんとなんと、小学校で先生をしているセイントの教え子だったのだ。家庭訪問で運命の出会いを果たした二人は、ママが欲しいとセイントに懐く息子の要望もあってとんとん拍子に婚約しちゃったらしい。

えっ、ちょっと待って竜王さんと結婚ってことは、セイントってば今後はドラゴンキングになっちゃうってこと？　なんかものすんごい覇王誕生感あるんですけど！　この世の幸せ全制覇しちゃうぞってか、ああもうごちそうさまっ……！　勢い任せに弁当を掻《か》き込んでパチンと手を合わせる。——と、納得したように頷いた丸宮は、

「なるほどねぇ、それで猛烈に結婚したい欲が竜巻起こしちゃってるってわけかい」

「ええ……あんなに男っ気がなかった彼女が突然結婚、しかも同時に甘えんぼな男の子のママにもなれちゃうなんて大逆転劇にこっちは昨晩から動揺しまくりで……」

ついこの間まで『今はまだ結婚とか考えられないの。もう一生独身かも』なんて言ってたのに、急に先を越されてしまって、なんだか裏切られたような気さえしてくる。祝福はもちろんするけど、出し抜かれた感があって素直に喜べないのだ。

セイントってばバカ真面目だし地味だし倹約家だし、趣味なんて漬け物作ることだし、だけど昔から子ども大好きで、だから先生になったわけだし……ってうわぁなに

これいい嫁になる予感しかしないっ！　いいやつばかりが先に行く（嫁に）……って当たり前か！　くそぅ、おめでとう幸せになるんだよセイントっ！

くうっと、ペットボトルのお茶をヤケ飲みして、だけどやっぱりどこか寂しくて机に突っ伏してしまう。ああ置いていかないでセイント……！

胸を覆いつくす孤独——その上からさらに重くのしかかってくるのは焦燥感だ。

「今さらながら焦っちゃうんですよね。みんな結婚したり転職したり、ちゃーんと自分の居場所見つけてるのに私には何もなくて、他の子が幸せへの内定もらってるのに私だけまだみたいな心許《こころもと》ない気持ちになっちゃって……。とりあえず結婚しなきゃ！そうすれば私も幸せになれるんだからって、闘争心に火が付いちゃって……」

「バカだねぇ、結婚イコール幸せじゃあないよ。結婚が無条件に幸せなものなら離婚率はゼロなはずだろ？　結婚なんて人生のオプション。マストじゃないし、すれば必ず幸せになれるってもんでもないさ」

「それはまあそうですけど……。私だって今度はむやみに流されないようにしなきゃって思ってるんですよ？　この前みたいに迷走しちゃうのはマズいなって」

そうなんだ、セイントから結婚の報告を聞いた直後は動揺しまくって閉店間際の書店に直行、性懲りもなくありったけの婚活本を買い漁《あさ》ってしまったのだけど、夜中に熟読しながら思ったのだ。あ、これ参考にしても盲信しちゃダメなやつだって。

受験や就活で軍曹に鍛えられたせいか、傾向と対策がはっきりしているものをマスターするのは得意だ。婚活本にあるマニュアルを頭に叩き込んでイイ女を演じれば、婚活イベントに乗り込んでも、そりゃピチピチな若い子には負けるかもしれないけど、三〇代対象とかだったらそこそこは戦えるだろうという自信はあった。けれど――

「就職面接みたいな短時間ならまだしも、結婚って一生続くものじゃないですか。無理してマニュアル通りに装っても続かないし、そんなの幸せじゃないなって思って。イベントで会った人手当たり次第に婚活奥義披露するのもどうかと思うし……」

それに、結婚向きなイイ女を演じてモテたとしても、実際に伴侶にできる相手はたった一人。それなら、多くの人にウケる仮初《かりそ》めの自分じゃなくて、変な気負いのない本当の自分を好きになってくれる人に出会いたいなと思ったのだ。

「だから今回はマニュアル無視しようかなって思うんです。安心を求めて結婚したつもりが重荷を抱え込んじゃってた、なんてことになったらやだし。疲れ果てて巣に帰っても素に戻れない的な……？」

「あんたどうしたんだい？　いつになくまともなこと言っちゃってさぁ。クライミングウォールに頭でもぶつけたのかい？」

丸宮が驚いたように両眉を上げる。うわぁ、私バカだと思われてる。まあこの前の迷走っぷり知られてるから無理もないんだけど……。

「残念ながらもうボルダリングは卒業しました。それに私、確かに流され体質ではありますけど、それなりに学習もするんですよ？　同じ失敗は繰り返しません！」

そう宣言して、きゅっと唇を引き結ぶ。最近じゃすっかりサッチャーに感化された軍曹が『お前は何がしたいんだ！』って毎日怒号を飛ばしてくるし、今度は変な方向にいかないと思う。ただ……

――明確なビジョンを持つこと、それが幸せに近付く第一歩よ。

あの日姐さんに言われた言葉を胸にいろいろ考えてはいるのだけれど、なかなかこれといった未来図が浮かんでこない。結婚はしたい。だけど、どんな人と結婚してどんな家庭を築きたいんだろう。昨日婚活本を手に思ったのは、素の自分を受け入れてくれる人がいいなってこと。だけどその他の条件は――？

「理想の旦那様像がブレちゃうんですよねー。顔や性格、学歴に収入、どの項目もいに越したことはないけど、その中でも譲れないものは何かなって考え始めるとよくわからなくなっちゃって。年齢的に贅沢は言えないのはわかってるんですけど」

「ふーん。じゃあ絶対旦那にしたくないのは？　生理的に受け付けない癖とか、どう頑張ってても妥協できないことってあるだろ？　まずはそこから弾いていきなよ」

「うーん、絶対受け付けないのは暴力を振るう男ですね。あと年下もナシ！」

ピンと人差し指を立てて答える夢子に、

「マジっすか……？」

ちょうど外から戻ってきた大喜名が、デスクの前で棒立ちになっている。あれ、なんか変なこと言ったかな？　首を捻りながらも、おかえりーと声を掛ける。

「おかえりーじゃないっすよ、年下はナシってどういうことっすか！　何の論理がどう展開してそうなったんすか、わかりやすいように説明してくださいよ！」

「ちょっと落ち着いてよ。別に年下の存在自体を否定してるわけじゃないし、私より若い子みんな絶滅しちゃえーなんてことは思ってないよ？　ただ恋愛対象にはならないってだけで……」

「だからそれなんで」

「なんでって言われても……。過去付き合ってた人が年下で上手くいかなかったからもういっかなって。私、弟がいるせいか、彼女っていうより姉モードになっちゃうのよ。余計な世話ばっかり焼いちゃって甘えられないっていうか……。だから結婚するなら包容力がある年上の人がいい！」

言いながら、やった、譲れない条件が一個見つかった、と小さくガッツポーズする。

そんな夢子に「なんすかそれ」と不満顔で席に着いた大喜名は、

「頼れる年下もいるんじゃないっすか？　そりゃ同じ会社だと年下の方が勤続年数的に給料低くて経済的には劣りますけど、精神的な支えにはなれるんじゃないっすかね」

なんで同じ会社って前提なのよ。おかしなことを言う大喜名に困惑しつつも、

「ムリムリ。年下なんて子どもっぽいしすぐ拗《す》ねるし、そのくせ子ども扱いしたら怒るし、私が大事にしてたオモチャ壊したりプリン横取りしたりするし！」

「ちょっ、最後の方って弟さんへの私怨じゃないっすか、それも小さいころの！」

「あはは、つい思い出しちゃって……！」

ごめんごめんと手を合わせつつも、やっぱり年下はないよねぇと心の中で結論づける。とはいえ、どうやったら懐の深い年上男性と巡り会えるんだろう。みんなに置いていかれたくない。でも以前のようにただ流されるのはもうやめたい。だけど自分なりのポリシーを持って結婚したいと願ってもめぼしい相手はいなくて、すぐにでも結婚したい熱だけが空回りしている状態なのだ。

「せめて好きな人でもいれば、その人との未来を想像できるのになぁー。恋愛結婚とか理想かも」

何気なく口から出た言葉に、「いいっすね恋愛結婚！」と大喜名が身を乗り出す。なんであんたがやる気出してんのよ。暑苦しいな、と彼に背を向けつつもスマホを取り出して、誰か恋愛相談できる人いないかな、とアドレス帳をスクロール。

だけど社会人になってからすっかり疎遠になっている友達に連絡するのはなんだか気が引ける。昨日連絡が来たセイントなら、とも思うが、結婚準備で忙しそうだし、今さらどうやったら好きな人ができるのかな、なんて中学生みたいなこと聞けない。

ダメだ、誰にも相談できない。肩を落とした夢子だったが、ふと思い付いて、

「そうだ！　ジョイナちゃんに聞いてみよっ！」

「ジョっ、ジョイナちゃん……？」

目を丸くする大喜名に「そっ！」と答えた夢子は、「この前ツイッター始めたって言ったでしょ？　最近仲良くなったフォロワーさんがいるんだー」と声を弾ませる。

アラサー恐慌に立ち向かうべく始めた各種流行りモノたち――ボルダリングもスムージーもやめてしまったけれど、ツイッターだけは続けていた。

初めのうちは様子見ってことで、気になる芸能人やトレンドに強そうな女子たちをフォロー、こっちからは〈三〇過ぎたせいか乳液の保湿力じゃ足りなくなってきたよー〉なんて当たり障りのないツイートを発信したものの反応はイマイチ。夢子のアカ

ウント『ドリームチャイルドwithh軍曹』を勝手に若い子だと勘違いしたオッサンアカウントからリムられたり、〈乳液に謝ってください。ご自分の保湿力不足をあたかも乳液が悪いように言うのは彼らに失礼です〉なんて絡まれたりと散々だった。

おまけに、どんどん流れてくるリア充女子たちの〈会うたびに彼ピから可愛いって言われて困るー〉とか、〈彼ピッピから愛されすぎててつらい〉なんて幸せアピールにもガッツリ魂《たましい》を削られてしまった。てか『彼ピ』はまだわかるとして『彼ピッピ』って何よ、長靴下でも履いてんの？　と困惑、ツイッターもやめてしまおうかと迷っていたときにフォローしてくれたのが、リラックモアイコンが可愛いジョイナちゃんだった。プロフィールによると二〇代の会社員らしい。

「ジョイナちゃんって、とっても優しいんだよね。私のどうでもいいツイートに何度も〈いいね〉をくれて、それがきっかけでいろいろやり取りするようになったんだけど、会ったこともないのに親身に相談に乗ってくれるんだー。たぶんオネェだけど！」

「おおお、オネェってどういうことっすか？」

なぜだか動揺した様子の大喜名が上擦り声で聞いてくる。

「それが、最初は元ヤン系な女子って感じだったんだよね、語尾に『〜っす』って付いてること多くて。だけど『私』だったはずの一人称が、たまに『俺』になってることもあって、かなりボーイッシュな子の可能性もあるけど、もしかしたらオフ会狙いのネカマかもって少し警戒もしてたの」

だけどリアルで会いましょうなんて怪しげな誘いは一切してこないし、なのに相談には乗ってくれて、かなり信頼できる人なのだ。やっぱりちょっと男勝りな女の子だったのかな、とも思ったけど、彼女……いや、彼のアカウント名を見て気付いた。

「長いからジョイナちゃんって略してるんだけど、正式には『ビッグ・ジョイナ』っていうアカウント名なんだよね。これってよくよく考えたら『マツコ・デラックス』的なノリじゃないかなと思うの。だからジョイナちゃん、たぶん心は乙女だよ！」

そうに違いないと、名探偵のように瞳を光らせる夢子。隣で聞いていた大喜名は、どうしたんだろう、「ほ……ほう」とその端整な顔を強張《こわば》らせている。だけど夢子は構わず続けて、

「ツイッターってさ、変に絡んでくる人もいるけど優しい人もいるんだね。一人暮らしの寂しい夜でも、孤独じゃないんだって救われた気になるの。顔も名前もわからないけど遠くから支えてくれてる――ジョイナちゃんは私のあしながおじさん……っていうか正確にはあしながオネェさまなのよね！」

ふふっと笑顔になった夢子はツイッターを起動、ジョイナちゃん宛に〈今すっごい

結婚したい熱に浮かされてるんだけどどうしたらいいと思う？　できれば恋愛結婚がいいんだけど出会いがないの！〉とツイート。が、しばらく待っても応答はない。

「いつもはわりとすぐリプくれるんだけどなー。向こうもお昼休み中だとは思うんだけど、いろいろ忙しいんだろうね。ざっとタイムライン見た感じ今はいないっぽい」

残念ー、とスマホをデスクに置く夢子を、大喜名が何か言いたげな様子で見つめる。

「なによ変な顔して。あっ、もしかしてまだ私のアカウント探ろうとしてる？　ダメよ、あんたどうせ生意気なツイートしかしてこないんだから、絶対に教えなーい」

先回りして釘を刺すと、大喜名は額を押さえながらも「や、もういいっす……」と大人しく引き下がる。変なの、いつもはしつこいくらい突っ掛かってくるのに。

普段とは違う彼に違和感を覚えつつも、まっ、いっかと流して頬杖《ほおづえ》を突く。

はぁー、どうやったら好きな人ができるんだろう。元々そこまで恋愛体質じゃないんだよね、六年も彼氏ナシで平気だったくらいだし……。

一応過去に二度ほど交際経験はあるけど、それは告白されたからなんとなく付き合うことになっただけで、自分から積極的に動くなんてことは今まで一度もなかった。別れを切り出すのもいつも相手からで、恋愛においてもひたすら流されてきたのだ。だからいざ自分から動くとなると、経験値が低い分どうしていいのかわからない。

あーあ、考えてたら気が滅入ってきちゃった。ジョイナちゃんからのリプもこないし、糖分でも摂って気持ちリセットしたいなー。まだ午後の始業まで時間あるし、カフェで甘ーい飲み物でもテイクアウトしてきちゃお！

閃いた夢子は長財布を手に早速オフィスを飛び出す。オフィスビルを出てすぐの通りで、バイト風の男の子が企業ロゴの入った宣伝用のボールペンを配っていた。七月らしい晴れやかな空の下、「よろしくお願いします！」と爽やかな笑顔で差し出され、その弾ける若さに癒やされながらも「どうも」と受け取る。

ハーフなのかな、くしゃっと笑う彼の瞳は夏の海みたいに青い。やだ、ちょっとタイプかも。こういう偶然の出会いから恋が始まったら素敵なのに……なんて不埒《ふらち》な思いが膨らみかけたけれど、ダメダメ明らかに年下だし、結婚に進展しない恋はNGよ、と再び歩き出す。そんな夢子を『なーにがNGだ。お前のような恐慌女、向こうからお断りだ馬鹿者め！』と軍曹が叱《しか》り飛《と》ばす。

なによ、こういう一期一会的な出会いに運命は潜《ひそ》んでるんだからね？　街角で突然ガール・ミーツ・ボーイなんて、ドラマやマンガじゃロマンスの基本でしょ。

『ハッ、そんなものが現実に起こってたまるか。億が一そんな展開になったとしても、お前と年上男性とじゃ、ほぼオッサン・ミーツ・オッサンだ！　始まるのは運命の恋ではなく、社の命運をかけた商談や会議だろうな』

くっ、悔しいけど言い返せない。あーもう、早く好きな人が欲しいっ……！

ぎりぎりと拳を握りながら、カフェを目指して公園の脇を歩いていた夢子は、

――げっ、あの人何やってんの………？

その目に飛び込んできた驚愕の光景に思わず立ち止まる。公園内の片隅にあるブランコ――そこにやたらと背の高いスーツ姿の男が、それも殺し屋のような凶悪顔の輩がデーンと陣取っていたのだ。遊具なんて平和な乗り物が世界一似合わないであろう彼が、ナイフのように鋭い三白眼をギラつかせながらブランコを漕《こ》いでいる。

不穏だ。不穏すぎる。本来なら迷わず警察に通報するところだが、実はこの男、同じ会社に勤めている社員で名を北風龍生《きたかぜたつお》という。業務上接点がなく、一度も話したことはないが、ヤバげな眼光で常に周囲を威嚇《いかく》している彼には、元組員だの、今でも裏社会と繋がってるだの、何かと黒い噂《うわさ》が絶えない。

触らぬ北風に祟《たた》りなしだ。素知らぬ顔で通り過ぎようとするも、彼の隣で優雅にブランコを漕ぐ女性の姿にまたもや足を止める。

圧倒的存在感を放つ北風にばかり目が行って気付かなかったが、彼のそばにいるのは社内でも美人かつ敏腕と名高いマドンナ社員、三春千紗《みはるちさ》だ。ふんわりとした栗毛色《くりげいろ》

の髪が、ブランコの動きに合わせて軽やかに靡《なび》いている。

どうしてあんなにも麗《うるわ》しい人が規格外なコワモテ男と一緒にブランコなんてしてるんだろう……。意外すぎる組み合わせに戸惑う夢子だったが、そういえば以前、妙な噂を耳にしたことがあった。北風が三春の誕生日に呪詛《じゅそ》の書かれた巻物を送りつけて強引に交際を迫ったとかなんとか。呪いと報復を恐れた三春が泣く泣く受諾して付き合うようになったとは聞いていたけど、まさか本当だったなんて……！

驚きつつも好奇心に駆られてしまった夢子は公園に接近、木陰に隠れ、野次馬状態で耳をそばだてていると、その邪悪な三白眼をギラリと光らせた北風は、

「雲一つない晴天はいい。自ら手を下さずとも太陽が奴らを殲滅《せんめつ》してくれますからね。スプレーに頼ることなくここに座っていられる。ああ、素晴らしきかな除菌！」

フンッと勢いよくブランコを漕ぎながら怪しげな笑みを浮かべる北風。手を下すだの殲滅だの、どこか物騒な単語の連続に夢子の背中がゾワリとなる。

ひょっとして除菌って、誰かを始末するって意味なんじゃ……？　脳裏を駆け巡ったのは、北風にまつわるダークな噂の数々だ。やっぱりまだ某組と繋がってて、反乱分子の粛清を手伝ったりしてるとか？　ていうか太陽による殲滅って何……？

ふと頭に浮かんだのは、じりじりと太陽の照り付ける砂漠に裸で放り出された裏切

り者たちの姿だ。恐らくは水も食料も一切与えられずに、灼熱《しゃくねつ》地獄の中を延々と歩かされるのだろう。うわぁ、なんて酷い拷問なの……！

それなのに、闇の掃除屋・北風の恐るべき発言にも三春は全く動じていない。それどころか「もう、龍生さんったら相変わらずなんだから。除菌に夢中になるのもいいですけど、私のことも忘れないでくださいね」なんて余裕の笑みを浮かべている。ヤバい、呪いの巻物パワーでおかしくなっちゃってるよ絶対……！

木陰でドン引きする夢子をよそに、二人の会話はさらに続いて、

「でも確かにお天気でよかったですね。梅雨《つゆ》もすっかり明けましたし、たまには公園でランチするのもいいなぁって思いました。龍生さんの手作り五段弁当、とっても美味しかったですし！」

「千紗さんお手製のオムライス弁当には完敗ですよ。唐揚げもジューシーな仕上がりでプロ級の腕前でした。あんな素晴らしい揚げ物にしてもらえたんです、犠牲になった鶏《にわとり》もこの世に未練はないはず。きっと来世で楽しく暮らしているころでしょう」

げっ、どうやらこの二人、お弁当を作り合うなんて乙女チックなことしちゃってたみたい。北風からのとんちんかんな賛辞に、三春は申し訳なさそうに俯《うつむ》いて、

「すっ、すみません、実はあの唐揚げ既製品なんです、時間がなくて……。あとオム

ライスの中のチキンライスも冷凍のものを転用しちゃってるだけだったりして……」

うわぁ、まさかのカミングアウト！　なんで白状しちゃうの三春さんっ、そんな騙し討ち、北風さん絶対激昂《げっこう》しちゃうよ、砂漠送りになるよ……！

そんな夢子の心配をよそに、なるほどそうでしたか、と感慨深げに頷いた北風は、

「あれほどまでの唐揚げを選び抜けるその眼力……なんて素晴らしいんだ！　チキンライスを優しく包む卵に聖母の姿を見ましたが、それも千紗さんが一手間かけてくれたおかげですね。ああそれに、オムライスの上で暴れる猛々《たけだけ》しいケチャップにも生命の息吹を感じてしまった！　既製品でもあのクオリティ、さすがは千紗さんだ！」

「あのケチャップ、実は文字だったんですけどお弁当のフタを閉めたときにぐしゃっと潰れちゃって……解読不能なダイイングメッセージ状態でしたよね。ちょっとした事件現場みたいで申し訳ないなって思ってたんですけど、そんな風に感じてくださってたなんて嬉しいです。龍生さんの豊かすぎる感受性に救われちゃいましたね！」

「なんと、あのいい意味で怨念めいたケチャップの飛沫《ひまつ》が文字だったとは……！　遺憾ながら全く気付きませんでした。ちなみに何と書いてあったのでしょう？」

ただでさえ鋭い三白眼をさらに尖らせる北風に、「それはその……」と、困ったように顔を背けた三春は、だけどその頬をぽっと桃色に染めて、

「愛しています、と――」

「ななな、なんということだ！　私としたことが、そんな有難《ありがた》すぎる文言だとは露知らず全て平らげてしまった！　ああっ、どうにか復元できないものか！　恐らくはまだ完全な消化には至っていないはず……かくなる上はどうにか取り出してっ……」

愛のメッセージを再構築するべく、ぬうぅっと己の喉元《のどもと》を締め上げる北風を、「きゃっ、ダメです龍生さん……！」と慌てて制した三春は、

「大丈夫です、また作ってきますから！　何度でも何百万回でもっ……！」

「ち、千紗さんっ……！」

「龍生さんっ……！」

すっかり動きの止まったブランコ。その上で、北風と三春――二人のうっとりと、とろけるような視線が絡み合う。夏日ということもあってただでさえ高かった気温が二人を熱源にしてさらに上昇――美女と野獣すぎる組み合わせで元々異空間だった世界が、日常生活にあってはならぬほどの糖度と暑苦しさでますます歪み始めた。

うわぁ、もしかしてこの人たちってただのバカップル？　あまりに甘く眩しすぎる二人を前にした夢子が、目がっ、目がぁぁぁっ！　とムスカ状態で顔を覆っていると、

「あらぁ、覗き見ですか音芽乃先輩！」

後ろからポンと背中を叩かれて振り向くと、露出多めのタイトな服に身を包んだグラマラスな美女が立っていた。ゴージャスな巻き髪をさっと手で払い、妖艶な眼差しで目配せしてきたその女性は営業時代の後輩、南城《なんじょう》恵里子《えりこ》だ。

「素面《しらふ》であの二人に絡むなんて自殺行為ですよー？　見てるこっちの脳みそが溶けてきちゃうような小っ恥ずかしいこと平気でやってくるんで」

「わっ、恵里子ちゃん久しぶり！　てか北風さんたちと知り合いなの……？」

「千紗と同期なんです、あたし。それで北風さんの話もよく聞かされるんですけど、彼ってパッと見殺し屋、よく見ても殺し屋な見た目のくせに、その正体はただ顔が怖いだけのオッサンなんです。つまらなすぎて今からでも二度寝できそう」

恵里子はそう言って無念そうに首を振った。面白いことが大好物な彼女は、見かけ倒しで意外と普通（にしてはちょっとズレてるけど堅気）な北風に不満を抱いているようだ。夢子としては彼が一般市民とわかってホッと一安心なのだけど……。

「あれ、でもそれなら三春さん、なんで北風さんと付き合ってるんだろう。あれだけの美貌ならもっと相手選べそうだけどなー。やっぱり何か弱みを握られてるとか？」

「ですよねー。普通そう思いますよねー。けど千紗ってば胸の中に恋の子猫飼っちゃってるんですよ。その猫が『北風さんじゃなきゃヤダヤダ、ミャーミャーー』って飛んだり跳ねたり駄々こねてるらしくて、他の男なんて眼中にないんです」

「こっ、恋の子猫って……それっていわゆる恋心ってやつ……？」

「いい年して何言ってんだかって感じですよねー。千紗の話まともに聞いてたらゾワゾワしすぎて毛穴がもたないっていうか、鳥肌立ちすぎてまろやかな剣山みたいになっちゃう。付き合わされるこっちの身にもなれって話ですよ」

いっそ生け花でも始めようかしら、と身震いしながら両腕をさすった恵里子だったが、その表情はとても穏やかで、なんだかんだで二人の仲を祝福しているようだ。

恋の子猫かぁ……。確かにアラサーにしてはメルヘンすぎる発想でちょっとイタいけど、一生に一度くらいはそんなロマンチックな子猫に翻弄《ほんろう》されてみたい気もする。

恋の子猫じゃなくて、鬼の軍曹なら飼ってるんだけどなー。まっ、ウチのマックスは死んでもミャアミャアなんて言わない……っていうかギャアギャア喚《わめ》き散《ち》らしてばかりで、ロマンスとは無縁の存在なんだけど……。

再びブランコへ視線を戻すと、北風と話している三春は本当に幸せそうで、脅迫や巻物の呪いで嫌々付き合ってるんじゃないか疑惑は見事に霧散してしまった。本当に幸せな人って、SNSとかでこれ見よがしなアピールをしなくても、ふとした自然な笑みにその幸福オーラが滲み出てしまうものなのかもしれない。

二人を包む、呆れてしまうほどピュアな輝きに後光を感じてしまった夢子は、私にも御利益を！　恋猫神の御利益を賜《た》もーっ！　と思わず手を合わせてしまう。

「幸せに……幸せになりたいっ――！」

コワモテな北風に勝るとも劣らない鬼気迫る形相で必死に祈っていると、そばで見ていた恵里子は心配しているというよりはむしろ楽しげに、

「あ、先輩が壊れた！　何かあったんですかー？」

「や、実はいま猛烈に結婚したいんだけど、いい相手がいなくてさー」

いっそ恋愛に強いパワースポット巡りでも始めよっかなぁー、と逃避気味にぼやいていると、「神頼みねぇ」とつまらなそうに眉を寄せた恵里子は、だけどふっと何かを思い付いたらしく「先輩、何か書くもの持ってません？」と妖艶に微笑む。

何だろうと思いつつも、先ほどもらったばかりのボールペンを渡すと、くるりっと背を向けた彼女は「さっきコンビニに行ったときのがあるはず……」と手にしていたバッグを捜索、どうやらお目当てのものが見つかったらしく、あったあったと声を弾ませる。背後から覗こうとした夢子を、「今ちょっとエロいことしてるんで見ないでください」と謎な言い訳で制した恵里子は、

「じゃーん！　幸せになりたいならこれとかどうですか？」

秘密の作業を終え、勢いよく振り返った彼女が手にしていたのは細長い紙切れ――走り書きのような文字で『幸福必来』と書いてある。

「これ、持ってると幸せになれるって評判の御札なんです。入手困難なものなんですけど、先輩困ってるみたいだからよかったらどうぞー」

「えっ、そんな貴重なものもらっちゃっていいの……？」

「いいのいいの、今適当に作った……じゃない、たまたま予備のが余ってたんでー」

胡散臭《うさんくさ》いくらいの笑顔で勧められ、「じゃっ、じゃあ」と受け取る。

「わっ、意外とペラペラ……ってか裏がコンビニのレシートなんだけど大丈夫なのかなこの御札……。こんな罰当たりな仕様で本当に効果あるの？」

ありえない形式に戸惑いつつも、それが御札であることには疑いを持たずにいると、

「先輩ってばマジでウケる……！」と、なぜか吹き出した恵里子は、

「エコ仕様なんです、最近の御札ってそういうところにも配慮してるみたいで！　でも侮《あなど》らないでください、恋愛にも厄除《やくよ》けにも効くオールマイティーな名品ですから！」

そっ、そんなにスゴいものなんだ？　言われてみれば、手にした御札から人知を超えた不思議なパワーが流れ込んできてるような……。信じ込んで「ありがたやー！」と天高く掲げると、さっきからどうしたんだろう。何がおかしいのか、お腹を抱えて

必死に笑いをこらえている様子の恵里子は、

「先輩ってば、相変わらず単純っていうか流されやすいっていうか……見てて飽きないわー、最高っ……！」

「あっ、ありがとう……なのかな？　ってかこれ、本当にもらっちゃっていいの？」

なおも遠慮していると、「わっ、あたし人待たせてたんだった！」と公園脇で待つ男性に気付いた恵里子は、「どうしてもっていうなら今度ランチおごってください、じゃっ！」と会話を打ち切り、風のような速さで男性の元へと駆けていった。

そういえば恵里子ちゃん、人にランチたかるの得意なんだっけ。今日はあの人にご馳走《ちそう》してもらったのかも……。二人の後ろ姿を見送りつつ、ふっと公園の大時計に目をやると、大変！　あと一〇分で昼休みが終わっちゃう！　気付けばバカップル神たちもオフィスにお戻りになられた後らしく、ブランコは無人になっていた。

私も急がなくちゃ！　財布のポケットに御札を仕舞ってカフェへとダッシュ、白雪姫のアップルティーソーダなる女子力高めな飲み物をテイクアウトして、会社へと戻るべく通りを爆走していると――わっ……！

ちょうど脇道から出てきた男性にぶつかってしまう。瞬間、カップのフタがずれ、中身が男性のスーツに飛び散ってしまった。わっ、わわわどうしよう！

「ごごご、ごめんなさいっ……！」

とりあえず拭《ふ》かなきゃ！　と焦るも、財布だけを持って出ていたためにタオルもハンカチもない。何もできず、ただただ慌てふためいていると、

「気にしないで。それよりお嬢さんの方は大丈夫ですか？」

――おっ、お嬢さん………？

胸がくすぐったくなるような、だけどまんざらでもない呼びかけに顔を上げると――わっ、めちゃめちゃカッコいい……！　汚れてしまったスーツに気をとられて見落としていたが、夢子がぶつかったその男性はなかなかにハンサムだった。

先ほどボールペンを配っていたバイト君をイイ感じに成熟させたような青い瞳の彼は、すらっと細身で背が高く、年の頃は三〇代後半くらいだろうか。若造には出せない色気と知的さを兼ね備えた切れ長の瞳に、夢子は己の頬が上気していくのを感じる。

「あっ、あのっ……そそそうだ服っ！　クク、クリーニング代お出ししますね……！」

動揺と緊張で噛み噛みになっていると、「いいんです」と優しく微笑んだ彼は、すっとその身を引いて道を開けると、夢子の向かっていた方角を紳士然と手で指して、

「急いでたんでしょう？　さぁ、僕に構わず行ってください」

「えっ……でもそれじゃ申し訳ないです、やっぱりクリーニング代を！　そのスーツ、

めちゃくちゃ高そうだし……！」

「そう見えるだけですよ。ああ、でもそのカフェ……」

男性が、ドリンクのカップに印字されたロゴに視線を送る。

「実は僕、お昼はいつもそこって決めてるんです。もしいつかお店で一緒になったら、そのときはコーヒーでもご馳走してくれると嬉しいな」

そう言って屈託のない顔でウインクした彼は、結局クリーニング代は受け取らずに颯爽と去っていった。何あれ、超男前すぎるんですけど……！

軍曹、街角から年上男子が――！

まさかのガール・ミーツ・ボーイに心が飛び跳ねる。何がガールだと、いつもなら冷や水を浴びせてくるはずの軍曹も、『夢子よ、あやつだ……あやつが運命の相手に相違ない……』と、脳内で急激に濃度を増した恋愛ホルモン――フェニルエチルアミンの霧に包まれ、ぽーっと目を細めている。

ひょっとしたら、さっきもらった幸せの御札効果かもしれない。あまりにドラマチックな出会いに、夢子も軍曹もすっかり夢見心地だった。

「先輩、昨日の昼からおかしいっすよね」

翌日、午前の業務が終わって昼休みに入った瞬間、うきうき気分で席を立とうとする夢子に大喜名が疑惑の目を向けた。うわ、面倒くさいやつに引っ掛かっちゃった。

「そっ、そんなことないわよ」

軽く流そうと試みるも、納得しない様子の大喜名は「ほんとかなー」と不審そうに眉を寄せて、

「先輩がおかしいのはいつものことですけど、今日はそれに輪を掛けて変っす。業務中もニヘニヘ気持ち悪い顔してるし、その厚化粧も猫被った服も、全然まったく少しも——ピコメートルすら似合ってないっす!」

ピッ、ピコメートル……? いつもの生意気さとは違う、どことなく刺々《とげとげ》しい物言いの彼に戸惑いつつ、そんなに変かな、とバッグから鏡を取り出して確認。なんだ、そこまで悪くないじゃんと胸を撫で下ろす。

いつかみたいに冴えないオッサン化してたらどうしようと不安になったが、今日は念入りにメイクしたかいもあって、紛《まご》う事なき女子を維持できている。服装にしたって夢子的には心躍るデザイン——膝丈の上品なワンピに薄手のジャケットを羽織って、育ちのいいお嬢さんを演出できていると思う。

そう、大事なのはお嬢さん感! 昨日、夢子をお嬢さんと呼んでくれた運命の彼に

再びまみえんと、これから例のカフェに出掛けるつもりなのだ。お昼はいつもそこだと言っていたし、きっと会えると信じて可能な限り飾り立ててきた。

運命の彼とのことは、会社の人には話していない。三〇にもなってあんなことで恋に落ちちゃうなんてバカだと言われそうだし、さすがに気恥ずかしさがある。

それでも、久方ぶりに味わった胸のときめきを誰かと共有したくて、女子高生気分で例のツイッター友達――ジョイナちゃんにだけは打ち明けてみたのだけど、少し浮かれすぎていたようだ。事情を知らないはずの大喜名までもが何やら勘づいている。

「何があったか教えてくれないと、先輩の恥ずかしい秘密社内にバラしますよ？」

恥ずかしい秘密って何よ、心当たりがありすぎてわからないんですけど……！

適当なことを言って誤魔化したいところだけど、妙に勘のいい彼を言いくるめるのは至難の業だ。これ以上時間を無駄にするのもイヤだし……。

諦めた夢子は、これから運命の王子に会いにいくのだと昨日あったことを手早く説明、だから急いでるのよと会話を打ち切ろうとしたけど、

「へー奇遇だなー、俺もそのカフェ行くとこだったんすよ。で、どこの店っすか？」

何よその見え透いた嘘は！　まさか面白がってついてくる気……？

どうにかはぐらかして撒《ま》こうかとも思ったが、そんなことをしている時間が惜しい。

それに昨日のお詫《わ》びという口実があるとはいえ、一人で向かうのは心細かったのも事実だ。うーんと迷った末に、「ついてくるのはいいけど、ちゃんと恋のアシストしてよね」と釘を刺した上で、結局二人でカフェに向かうことになった。

「で、どれっすか、そのいけすかないオッサンは」

例のカフェに入るなり、大喜名が失敬なことを言う。ちょっとやめてよと小声で注意しつつ、店内をぐるりと見回すと――いた！　窓際テーブル席に座る、上質そうなスーツに身を包んだ青い瞳のジェントルマンは、まさしく昨日の彼だ。

「あっ、あの、先日はどうもっ……！」

嬉しくなった夢子が早速駆け寄ると、「ああ、あのときのお嬢さん！」と驚きつつも優美な笑みを見せた彼は、「そちらの方は？」と今度は大喜名に視線を移す。

「こっ、この子はただの生意気な後輩……っていうかちょっとした背後霊だと思っていただければ！　昨日のこと話したら、そりゃすぐにでもお礼にいかなきゃダメだよってお告げしてくるんで、こうして共に馳《は》せ参《さん》じてしまったというか……！」

大喜名に白い目で見られながらも、夢子は緊張に震える声で続けて、

「あっ、あの、お相席してもよろしゅうございますか……？　きっ、昨日のお約束通

り、おコーヒーをご馳走させていただきたいのですが……！」

お嬢さん感を意識して上品に誘おうと思ったのに、かえって変な言葉遣いになってしまった。かあっと赤面していると、ジェントルな彼は「それは嬉しいな、さあどうぞ」と、わざわざ立ち上がって席までエスコート、椅子まで引いてくれる。

「ありがとうございます……！」

歓喜した夢子（とついでに舌打ちした大喜名）は王子な彼の向かい側に座った。

「昨日は本当にすみませんでした。あのスーツ、大丈夫でした？」

「そのことならもう忘れてください。リンゴのほんのり甘い香りに癒やされて、午後の業務がはかどったくらいなんですから。それなのに今日はコーヒーまでご馳走してもらえるなんて、僕は幸せものだな」

白い歯を輝かせながら紳士な王子が微笑む。ああもう、なんて素敵なんだろう。

「あっ、あの……お名前をお伺《うかが》いしても……？」

注文を済ませ、料理を待っている間に尋ねてみる。そう、実はまだ彼の名前さえ知らないのだ。それなのに恋に落ちてしまうなんてドラマみたいだと、つい浮かれ気分で聞いてしまったけれど――しまった、こういうときはまず自分から名乗らなきゃだよね？　気付いて固まってしまう夢子に、彼は相変わらずの優しいトーンで、

「そういえば自己紹介がまだでしたね。僕は沼原《ぬまはら》・ミカエル征二《せいじ》、外資のコンサルティングファームに勤めています。以後よろしくね」

みっ、ミカエル様っ――？　まさかの大天使降臨、それもコンサル企業にお勤めなんてハイスペックぶりに、ははーっと頭を垂れてしまう。

『Ｈｅｙ　Ｙｏｕ！　以後よろしくということはこれからも会ってもらえるのだろうな、沼原よ！』

脳内で勝手に盛り上がる軍曹を、今は黙ってて！　と押さえつけつつ、「申し遅れましたが私、音芽乃夢子って言いますっ！」と己の内に残る女子力を総動員して、うふふっと小首をかしげてみる。それなのに空気の読めない大喜名は、

「『乙女の』夢子なんて、三十路にはちょっとイタい名前っすよねー。まっ、先輩がイタいのは名前だけじゃないいんすけど」

なんで今そういうこと言うかなぁ。ってかサラッと年齢までバラさないでよ！　やっぱりこんなやつ連れてくるんじゃなかった。作り笑いを浮かべつつ、テーブルの下で大喜名の足を蹴っ飛ばした夢子だったが、

「ちっとも痛くなんてないです、お嬢さんにぴったりの素敵な名前だ」

ミカエル様――勝手に略してミカ様にそう言われて感激してしまう。

「最近じゃ名刺交換のたびに笑われちゃうんですけどね。名字もですけど、この年になると夢子って名前も可愛すぎて、顔がついていかなくなってるみたいで……」

大喜名に貶されるのはムカつくが、ミカ様に褒められると必要以上に恥ずかしくなって、結局自虐に走ってしまう。そんな夢子にも彼は優しく、

「四〇を過ぎてる僕からしたら夢子ちゃんはまだ十分すぎるくらい乙女ですよ。若々しいからとても三〇には見えないしね」

──ゆっ、夢子ちゃん……？

『ちゃん』付けで呼ばれるのなんて、元彼と付き合っていたとき以来だ。最近じゃ『先輩』とか『さん』付けされるのが当然なポジションにいたせいか、新鮮な感動があってじーんとしてしまう。それもまさかの乙女認定までしてもらえちゃうなんて、お世辞にしても嬉しすぎる事態に、ありえないほど胸が躍ってしまう。

「沼原さんも四〇過ぎには見えないくらいお若いですよね！　てっきり三〇代後半かと思ってました」

「はは、ありがとう。若い子からそう言われると嬉しいものだね」

ミカ様は少しはにかんだように笑って、氷の入ったお水に口を付けた。左利きなのか、グラスを持つ手が左で、ついその薬指に目が行ってしまう。よしっ、光り物はな

しっと安堵《あんど》するも、でもさすがに付き合ってる人はいるよね、こんなにカッコいいんだし……と新たな不安がよぎる。一方的に運命と決め込んでここまできてしまったが、冷静に考えるとかなり望み薄な恋なのかもしれない。

だけどいきなり、彼女いるんですか、なんて不躾《ぶしつけ》なことは聞けない。せめて連絡先を交換できればいいのだけど、これまで恋愛方面で自分からアプローチすることなどなかったし、男性の連絡先なんて基本、向こうから聞かれたら交換するといったスタンスだった。だからいざ自分から聞き出すとなると、どうするのが自然でかつ嫌がられないのか見当もつかない。

だけど、もしミカ様に彼女がいたら、悪いけど連絡先はちょっと……って断られるかもしれないし、そしたらそれはそれでスッキリするよね。たった一日で失恋なんて悲しくはあるけど……。意を決した夢子は、注文したメニューが全て揃って、会話がなんとなく弾んできたころに、

「あのっ、もしよかったら連絡……」

「あっ、先輩これ見てくださいよ、シンデレラのパンプキンシェイクだって！　これ追加した方がよくないっすか？」

ようやく勇気を振り絞って切り出しかけたのに、脇にあった期間限定のメニュー表

を引っ張り出してきた大喜名がまたも空気の読めないことを言ってくる。

「カボチャに含まれるビタミンCって熱にも強いらしくて、他の野菜より効果的に摂取できるらしいんすよ。これから夏本番だし、今からシミ対策にどうっすか？」

「それはもういいってば！　前にも言ったでしょ、私もう内面重視に切り替えたんだからシミの一つや二つ……」

「そういや最近チェックしてなかったっすね」

いつかのように夢子の顔をじいっと見つめてきた大喜名が「シミ四つです！」と高らかに宣言する。だからそれはもういいっての！　ってか一個増えてるし……！

必要以上には気にしないつもりだったけれど、指摘されるとやはりショックだ。

「二人はとっても仲がいいんだね」

大喜名とのやり取りを聞いていた沼原が穏やかな声音で言った。ヤバい、絶対変な誤解されてる！

「ちっ、違うんです！　さっきも言いましたけど、この子ただの背後霊っていうかもはや悪霊って感じなんで気にしないでください！　あとよろしければ連絡……」

「先輩、これどうっすかパセリ！　ここだけの話、ビタミンCの含有量はレモンより多いらしいんすよ。シミ増殖中の可哀相な先輩に恵んであげてもいいっすよ？」

勢いに任せて再度連絡先ゲットを図るも、いいところで会話をぶった切ってきた悪霊が、ハンバーグの付け合わせのパセリをドヤ顔で勧めてくる。

だからなんだってのよもうっ！　苛立ちつつも「間に合ってます」と笑顔でかわした夢子だったが、その後も大喜名のどうでもいいビタミン情報に翻弄され、結局沼原の連絡先を入手できないままに、気付けば昼休みの終わりが近付いていた。

ああもう、ミカ様との仲全然進展してないんですけどっ……！

「そろそろ会社に戻らないとっすね」

げんなりとなる夢子とは対照的に、鬱陶《うっとう》しいくらい晴れやかな顔で大喜名が言った。散々邪魔しておきながら、なんてやつだ。

でもまぁとりあえず名前はわかったんだし、昨日よりは断然親しくなれた……よね？　そんなことを考えつつレジに向かうと、紳士すぎるミカ様が「一緒に食事できて楽しかったから」と、夢子と大喜名の分まで代金を出してくれると言う。

たっ、楽しかったって、あのビタミン講座がですか――？

沼原の器の大きさに驚きつつも、惚れ惚れとしてしまった夢子は、

「じゃっ、じゃあ明日もまた来ます！　それで今度こそ私にお返しさせてください！」

これでまた沼原に会う口実ができたと喜んだのも束《つか》の間《ま》、「や、返さなくていいっす

よ、先輩の分は俺が出すんで」となぜか張り合ってきた大喜名がレジ前を陣取る。

なんで後輩におごられなきゃいけないのよ、それなら自分で払うわ、と制するも、

「ここは俺がもちます。その代わり今度俺にもコーヒーご馳走してくださいよね」と大喜名は聞く耳を持たない。

「わかったわよ、後で何本か買って差し入れ……」

「缶じゃなくてちゃんと店で飲むやつがいいっす。そうだ、今度一緒に……」

「やだ、あんたと一緒なんてまたビタミン講座始まっちゃうじゃん。それならちゃんと全額返すわ。現金が嫌だってんならパセリ換算になるけど？」

「却下。俺パセリ大っ嫌いなんで、どっかオシャレなカフェ予約しといてください」

べーっと舌を出して会話を打ち切った大喜名は「これとこれと、あとこの分も」と、結局夢子の分まで会計を始めてしまう。ってかあんたさっきその大っ嫌いなもの人に勧めてなかったっけ？　危ない、うっかり残飯処理させられるところだった……！

やっぱりコーヒーじゃなくてパセリ換算の刑にしてやる。大喜名の背中を見つめながら密《ひそ》かに誓っていると、後ろからとんとん、と肩を叩かれた。振り向くと、しーっと人差し指を立てた沼原が二つ折りにした小さなメモを差し出す。受け取って開いてみると、そこには彼の携帯番号、それからメールアドレスが記されていた。

「気が向いたら連絡くれると嬉しいな。もしよければまた食事でも」

そう言ってニコリと微笑んだ沼原は「できれば今度は二人だけで――」と、ため息が出るほど甘い囁き声で付け足した。


はぁー、ミカ様素敵だったなぁー。しかも今度は二人で会いましょうなんて、これって期待してもいいってことだよね？　あーもう、どうしよー！

その後会社に戻った夢子はランチでの逢瀬《おうせ》を思い出しながらも業務を再開、パソコンにパチパチとデータを打ち込んでいた。いつもなら面倒なことこの上ない業務も、彼のことを思うとサクサク進んでいく。音楽を奏でるような軽いタッチで数値を入力していると、ポケットのスマホが震えた。やだ、もしかしたらミカ様の返信かも！

実は会社に戻ってすぐ、教えてもらったメアド宛に、先ほどはありがとうございます&悪霊がうるさくてすみませんでした、とお礼メールを送っていたのだ。期待に胸を躍らせ、早速チェックしようとすると、冷静モードな軍曹から横槍《よこやり》が入った。

『そう焦るな夢子よ、どうせしょうもないメルマガに違いない。落胆するのがオチなのだから引き続き働け』

だ、だよねー。向こうも仕事中だし、そんなにすぐは連絡こないだろうけど……でもほんとにミカ様からだったらどうする？　どんな内容か気にならない？

『気にならぬわけがなかろう！　だが急ぎ確認してその正体がただの迷惑メールだったらどうする？　それも、やっほー女子大生のミウだよ、遊んでほしーな♪　などという、どうでもいい上にやたらイラッとする出会い系のスパムだったら……！』

うわっ、想像しただけで絶望してきちゃった！　期待値高かっただけにテンションだだ下がりで仕事にも影響出ちゃうかもしれない……！

『だろう、だから今見るのはよせ』

でもでも、もしミカ様からだったら嬉しすぎて仕事もフルスロットル——私史上最速のスピードでデータ処理が終わるよ？

『なんと、神の領域に足を踏み入れるというのか夢子よ……！　見たい！　沼原からのメール（仮）も、データ処理神と化したお前の姿も……！』

お見せしましょうとも！　一《いち》か八《ばち》かだ。幸運を祈ってスマホを取り出した夢子は画面上に出た通知を確認するなり、

「Ｏｈ　Ｙｅｓ！　やったぞ夢子、神になるのだ！」

ヤバい興奮しすぎて声に出しちゃった、しかも軍曹パートを……！

粛々としたオフィスを穢《けが》す珍妙な歓声に、他部署の視線までもが一身に集まる。

「すっ、すみません、ちょっとした手違いがあって……！」

起立して周囲にくるりと頭を下げた夢子は、怪訝な視線に刺されながらも「なんか疲れてるみたいなので一息入れてきまーす」と言い訳して休憩室に逃げ込んだ。

あーあ、やっちゃった。みんなに変な人だと思われてなきゃいいけど……。

休憩室の隅にある丸テーブルで頭を抱える夢子に、『安心しろ、お前が変なのは今に始まったことではない』と、フォローにならないフォローを入れてきた軍曹が『そんなことより沼原からのメールを確認したらどうだ』とせっつく。

そうそう、そうでした！　思い出して早速スマホをチェック。ミカ様からの返信はなんと――！

「きゃーっ、明日の夜会えませんかだって！　こっ、これってデートのお誘いってことでいいんだよね？」

喜びのあまり立ち上がった夢子は、休憩室に人がいないのをいいことにくるくるとその場で回転、スマホを抱き締めて幸せに酔いしれる。

なんだか怖いくらいとんとん拍子に話が進んでるけど、それもみんなこれのおかげかな。ジャケットのポッケに忍ばせていたレシート型の御札を取り出した夢子は「ふふっ、幸せの神様も運命の恋を応援してくれてるのね」と頬を緩ませる。

ひょっとしたら恋愛には向いてないのかも……って思ってたけど、私だってやればできるんじゃん！　そうだ、セイントにのろけ返しちゃおっかなー、とメールを送りかけたけど、ダメダメ、たかがデートに誘われたくらいで得意気に報告だなんて、と自制する。

それに、どうせ報告するならフェイスブックでバーンと結婚発表までしちゃいたい。ていうか私、彼と結婚したら沼原夢子になるんだよね？　もう『乙女の』夢子だなんてバカにされることもなくなっちゃうのかー、それはそれで寂しい気もするなぁ。会社では音芽乃のままで通して、もしからかわれたら実はもう乙女じゃないんですよ、なーんて結婚指輪ちらつかせちゃったりして？　やーん、想像しただけで楽しーい！

まだ付き合ってもいないのに一人盛り上がってしまった夢子は、ジョイナちゃんには彼とのこと知らせてもいいよね？　とツイッターを操作、軍曹以外にも話し相手がいるっていいなー、と改めて実感する。

ちなみにジョイナちゃんオネェ説は当たりだったようで、昨日から始まった恋愛相談では、彼女〈彼？〉の言葉遣いはノリノリのマッコ口調に変化していた。ただオフィスラブ志向――それも年下好きな気があるのか、〈恋愛結婚したいなら会社で相手さがすのが一番よぉ〉とか〈同じ部署の後輩とかオススメよぉ。一人くらいいるでしょ、背が高くて顔もいい将来有望男子が〉と、やたら社内恋愛を勧めてきたのだけど。

運命の王子に出会っちゃった、という昨日の時点での報告には、〈やめときなさいよ、そんな何処《どこ》の馬の骨とも知れないオトコ！〉と辛口な評価を下していた。

ジョイナちゃん、彼のことまだ怪しんでるかもだから、今日のランチで得た情報教えてあげよーっと！　閃いた夢子は再びＤＭ画面を開いて補足する。

〈運命の彼はハイスペ大天使な骨でしたのでどうぞご安心を！〉


記念すべき初デートに残業で遅刻なんて絶対にＮＧだと、翌日の夢子は神をも凌駕《りようが》するスピードで厄介な案件を次々に消化、終業時刻にはその日やるべき全てのタスクを余裕で完了していた。チラリと左隣を見やると大喜名は席を外していて、よかったーと胸を撫で下ろす。変に鋭い男だ。沼原に会うと勘づかれて昨日のような邪魔をされてはたまらない。

彼が戻ってくる前にさっさと会社を出よう。周囲に向けて「お先でーす！」と高らかに挨拶すると、いつもとは違うその明るいトーンにピンときたらしい美月は、

「あーっ、夢子センパイこれからデートですねー？　あの女子的にミイラだったセンパイがついに婚活だなんて私、嬉しいですっ！　崖っぷちでのラストチャンスなんで

すから、絶対モノにしてくださいねっ！」

おううっ……励まされてるんだかディスられてるんだかよくわからないよ美月ちゃん！　手加減なくズバズバ斬り込んでくる彼女はさらに続けて、

「あ、そのどろどろに崩れたメイク、入念に修復してから行ってくださいね？　よかったら私の貸しましょうか、婚活コスメ！　恋愛に効くチークとかあるんですけど、あっ、でも二〇代向けだからセンパイの肌だとちょっと乾燥しちゃうかもしれないけど、でもでもとってもいい色だし、短時間ならどうにか化かせますよっ！」

化かせるって……私ってばあやかしの類《たぐ》いか何かなのかな？　苦笑しつつも「ありがとー、気持ちだけもらっとくねー」と手を振ってオフィスフロアを出る。

崖っぷちのラストチャンスかぁ……。美月の正直すぎるエールに逆にメンタルを削られてしまった。まぁ彼女に悪気はないんだろうし、本気で応援してくれてるのもわかるんだけどさ……。そんなことを思いながらも廊下を抜けると、仏頂面をした大喜名がエレベーター脇の壁を背にもたれかかっていた。

「あんた何やってんの？」

「見てわかんないんすか、壁にもたれてんの」

や、そりゃそうなんだろうけど……。仕事終わってるなら早く帰りなよ、とも思うが、壁を背に腕を組む彼の姿はモデルのポージングかってほど様になっていて、なんだか文句を付けづらい。まぁいいや。見なかったことにしてエレベーターのボタンに手を伸ばすと、

「行かない方がいいっすよ」

「なんのこと?」

はぐらかす夢子に、大喜名は虚空を見つめたままで言った。

「会うんすよねこの後、あのいけすかない男と」

「なんでわかるのよ。仮にそうだったとしても今度は同行なんてさせないわよ?」

キッと鋭く見据えると、「それはまぁ男の勘っすよ」と、なんでもないような顔で夢子に向き直った大喜名は、今度は急に語気を強くして、

「ってか人がせっかく阻止したのにいつの間に連絡先交換してんすか」

「阻止って、やっぱり昨日のわざとだったんだ? いくら人をからかうのが楽しいからって、恋路まで邪魔してくるなんて最低ー」

「恋路って、あんな怪しさの見本市みたいなオッサンに熱上げるなんてどうかしてますよ。わざとぶつかってきた新手のナンパ師に運命感じるとか意味不明っす」

「わざとじゃないわ、そもそも激突しちゃったのは私の方だし!」

「いーや、あいつ絶対角で待ち構えてましたって。めぼしいカモが来たら何食わぬ顔で飛び出す運命詐欺っすよ」

「ミカ様そんな暇人じゃないし！　コンサル業務だもん、多忙に決まってるでしょ」

「あー、その職業も嘘くさー！　大体そんなエリートが毎日シンデレラのカボチャがどーのとかいうファンシーメニューな店に通ってるとかおかしいっしょ。それも昨日の今日でいきなりデートとか怪しいにもほどがあるっつーの！」

「まあ多少の出来過ぎ感はあるけど、それは幸せの御札が味方してくれてるからだし。それにデートが急遽決まったのにもちゃんと理由があるんだよ？　なんでも、彼のお友達が予約一年待ちなほど人気のレストランをキープしてたのが、お仕事の都合で急に行けなくなったみたいで、でも今からだとキャンセル料かかるし、この先一年は楽しめない貴重なお店だからって、ミカ様に予約を譲ってくれたみたいなのよ。それで、急だけどお近付きのしるしにどうですかって誘ってくれたの、素敵でしょ！」

「うわぁー、ちょうすてきー……って、そんな出来過ぎた話あるかよ！」

棒読みからの渾身《こんしん》のツッコミを繰り出した大喜名は、やれやれと手を上に向けて、

「どうせその店も胡散臭いとこっすよ、予約一年待ちとか大嘘……」

「嘘じゃないわよ、オレオカールトンホテルに入ってる有名店だもん」

「わっ、それはそれでめちゃめちゃ怪しい！　初デートでホテルとか、あわよくばって下心見え見えじゃないっすか！　なんで気付かないかなぁ、先輩ってバカなの？」

「バカって言うな！　それにあわよくばって、あんたみたいなガキじゃあるまいし、大人なミカ様はそんなにがっついてないわよ、失礼ね！」

ていうか大喜名ってばなんでこんなに逐一突っ掛かってくるんだろう。ふと考えて、もっ、もしかして大喜名って……！　と、ようやく思い至った夢子は、

「あんた、ミカ様に嫉妬してるの？　だからいろいろ言い掛かりつけて彼を貶めようとしてるのね……？」

当たりだ。「そっ、それは……」と、決まり悪そうに目をそらした彼が、悔しそうに唇を噛んだ。

「やっぱりねー。女の子でもいるよね、自分より可愛い子が許せない子って」

「は……？　先輩、それ何の話っすか？」

「だからあんたがミカ様にコンプレックス持ってるってことよ。彼の持つ自分にはない大人な魅力が許せなくて、それで対抗意識燃やしちゃってるんでしょ？」

確かに大喜名ってば誰がどう見てもイケメンだけど、ぱっちりした瞳には子どもっぽさが残ってて、童顔なとこあるもんね。しっとりした大人の色気を持つミカ様に並

んじゃうと、お子ちゃま感が出て半人前に見えちゃうっていうか。

「でもあんまり気にしちゃだめよ？　人には人それぞれの良さがあるんだし、自分が一番じゃなきゃヤダなんて主張、それこそ子どもみた……」

「うわーっ、嫉妬のベクトルが違ーう！」

やっぱり先輩ってバカだ……と、大きく肩を落とした大喜名は、

「つーか先輩、女子力だけじゃなくて恋愛経験値も低いんすね。三十路ともなればもっと男を見る目が肥えててもおかしくないと思うんすけどねー、普通」

「失礼ね、私だって親指と人差し指で数えられるくらいには経験あるわよ！　まぁ、そのうち一人は一ヵ月も持たなかったけど……」

「じゃ実質一人っすね。だからあんなオッサンにつけ込まれるんすよ。模試でいえば明らかな引っ掛け問題。見てくれもいいし一見正解っぽくて間違えやすいけど、場数踏んでれば地雷だってわかるはずなんすけどねー。これだから恋愛ビギナーは」

「ビギナーじゃないもん、ブランクあるだけだもん。てかつけ込まれてないし！」

お子ちゃまの嫉妬はやめてよね、と振り切ってエレベーターを呼ぶべくボタンを押した夢子に、なんでわかんないかなぁと、苛立ち混じりに頭を掻いた大喜名は、

「あいつ、結婚してますよ」

「うそよ。左手チェックしたけど指輪なかったし！」

「甘いっすね。確かに指輪はなかったけど、指輪の跡はありましたよ。そこだけ日焼けしてないって感じでうっすらと」

うそっ、全然わかんなかった！　驚く夢子に、「仕方ないっすよ、先輩老眼だから」と目薬のＣＭかってほどにクワッと瞳を見開いた大喜名は、

「俺の両目ともに二・〇の視力で確かめたんで間違いないっす！　あのオッサン絶対怪しいと思って目を皿のようにしてチェックしたんすよねー」

「みっ、見間違いじゃないの？　疑ってかかるから不思議とそう見えちゃうのよ。それに、奥さんいたら食事になんて誘ってこないだろうし、何かの間違いよきっと」

「どこまでオメデタイ頭してんすか先輩。俺ほどじゃないにせよ、一般的にはまあまあイケてる男が四〇過ぎまで独身で残ってるわけないじゃないっすか」

あまりにはっきりと言われてしまって「じゃっ、じゃあ今日会ったときに一応は確認してみるわよ、たぶん大丈夫だろうけど……」と怯んだ夢子だったが、「だから行くなっつーの！」とさらに語気を強めた彼は、

「先輩バカだから、行ったらなんだかんだで絶対言いくるめられるっしょ。『結婚してるといっても別居状態でね』とか『今離婚に向けて話し合ってるところなんだよ』と

か『今はまだ無理だけどいつかは君と結婚したいと思ってる』からの『僕は今まで本当の愛を知らなかったんだ。そう、君に出会うまでは――』なーんて不倫野郎の模範解答に踊らされるのがオチっすよ。いるんすよねー、独身装って結婚焦ってる女食い散らかすチャラチャラしたゲスな輩が」

「彼はそんな人じゃないわ！　第一まだ既婚者って決まったわけじゃないし！」

「そんな人じゃないって、大して知りもしない男の何をそこまで信頼しちゃってんですか。ったく、相手の中身も理解しないうちから運命の恋だなんて騒ぐの、三〇過ぎてどうかと思いますよ？　まっ、俺の予想だと、誰か好きな相手が欲しいって悶々としてるところに飛び込んできた流れ弾を恋だと勘違いしちゃっただけだと思うんすけどね。この間みたいにまた変な方向に流されてるだけじゃないんすか？」

次から次へと連射される鋭い指摘に、チクチクチクっと胸を刺されてしまう。違うと全否定できないところが余計に口惜しい。

「なによ、年下のくせにえらそうなこと言わないで！　こっちはね、あんたよりずっとずっとずーっといろんなこと経験してきてるんだから！」

苦しまぎれに声を荒らげたのと同時に、ポーンとエレベーターの音がして、

「なんだよ大喜名、ここにいたのか」

開いたドアの中から出てきたのは、他部署に所属する大喜名の同期だった。

「さっきから電話してんのに全然繋がらないからわざわざ来てやったぞ。つーかこんなとこで何やってんの、仕事の話？」

同期の男（ちょっとチャラそう）が夢子に気付いて「ども」と頭を下げる。

「や、そういうわけじゃねーけど」

大喜名が言葉を濁すと、「じゃあいいよな」とニカッと笑った男は「ちょっとこいつ借りまーす」と、大喜名の肩を引っ摑んで廊下側を向くと、

「なあもう仕事終わったんだろ？　ならさ、合コン行こうぜ、合コン！　実は急に人が足りなくなって困ってんの。な、頼むよ、一生のお願い！」

「や、今それどころじゃないから！　つーかお前の一生のお願い何度目だよ、もう来世一〇回分は聞いてやってんだろ、今日は散れ！」

「冷たいこと言うなよー。俺だってほんとはお前みたいなイケメン連れていきたかねーけど、一人くらいはカッコいい男いないと女子たち帰っちゃうだろ、助けろよ！」

どうやらドタキャンした男は女の子を釣れちゃうほどの美男子だったようだ。イケメン枠を補塡《ほてん》するべく、顔だけは無駄にいい大喜名の勧誘にきたようだ。

断られてもめげない同期はさらに続けて、「行かないと後悔するぜ、相手はなんと現

役女子大生だかんな！」とか「全員マジ可愛いから、写メ見る？」なんて説得してて、「今回は場所だって雰囲気いいとこにしたんだぜ？　この前の居酒屋は不評だったからなー」とお店のロケーションまで披露し始める。怒濤のセールストークに、あんなに渋っていた大喜名もついには「行く！　絶対行く！」なんて言い出しちゃって、なによ、女子大生と合コンとか自分だってチャラチャラしてんじゃない。

あーあ、アホらし。妙に醒《さ》めた気分になった夢子は、合コン話に盛り上がる二人を置いて、「お先にー」と棒読みで挨拶してから一人エレベーターに乗り込んだ。

ミカ様の優しいエスコートに導かれてやって来たフレンチレストランは、さすが高級ホテルに入っているだけあってなんとも荘厳な趣《おもむき》で、白と黒を基調とした内装は、お子様お断りな大人の空間を醸し出していた。

今日も昨日と同様、お嬢さん感溢れるオシャレに身を固めてきてよかった。もしかしたらまた一ピコも似合ってないのかもしれないけど、それでもいつかみたいなドーラおばさんのお古コスプレよりは幾分マシだろう。

そう己を慰める夢子だったが、普段こんな高級店とは無縁の生活をしているせいか、落ち着いた店内なのに全く落ち着かない。まだ学生だった元彼と行くのはお金のかからないファミレスばかりで、こんなセレブが行くような場所に連れてきてもらったことなど一度もなかったのだ。

文字列のみで写真のないシンプルなメニュー表には、フレンチに馴染みのない夢子には理解できない難解な料理名が並んでいて、何を選んでいいやらさっぱりだ。

前菜のパリソワールの時点でもうお手上げ。魚にしてもサーモンのミキュイって？お肉にしても牛フィレのロッシーニ風って何？　謎すぎる料理は後回しにして明解そうなデザート欄を眺めるも、イチゴのヴェリーヌ……ってなんじゃそりゃ。しかもスペキュロス添えって……！　新種の恐竜っぽいその響きに、もしかしたらとんでもないものが添えられてくるんじゃないかと無駄にドキドキしてしまう。

こんなことなら大学でフランス語を専攻しておけばよかった。後悔しつつも、ここは大人しくシェフオススメのコースで……と思うが、コースっていくらくらいするんだろう。そう思って再びメニュー表に視線を落とし、そこで気付いてしまった。

このメニュー表、価格が載ってない――！　プリントミス……じゃないよね？　まさか相手に負けないよう、高そうな料理をどんどん注文していく新手のチキンレースとか？　それとも、設定金額ピッタリになるよう値段予想しながら注文していく某テレビ番組スタイルなお店だったりするのかな、負けた方が全額お支払い的な……？

結局払えずじまいなクリーニング代の件もあるし、少しくらいなら多めに出そうとは思ってたけど、こんな高級店で彼の分も全額自腹となると結構キビしいかもしれない……。メニューを手にしたまま固まっていると、気付いたミカ様は、

「どうかしたのかな？　何かアレルギーがあるとか……」

「や、違うんです！　ただゴチになります形式はちょっとハードルが高くて……」

正直に打ち明けると、ぶふっと吹き出しかけた彼は慌てて口元を押さえて、

「笑ってごめん、まさかそんなこと考えてるとは思わなくて……。忙しいところを突然誘ってしまったんです、どうか僕にご馳走させてください」

そう言って天使の微笑みを見せたミカ様が「シェフオススメのコースでいいかな？」とウインクする。チラリと見えた彼のメニュー表にはちゃんと料金が載っていて（それはそれで誤植かと思うほど高額だったけれど！）、こっちが気兼ねなく頼めるようにわざわざ価格の入っていないメニューを用意してくれたんだとようやく気付いた。

だよね、冷静に考えたらなんでデートでゴチバトル始めなきゃいけないのって話だよね。でも今まで年下としか付き合ったことがなくて、食事代は基本ワリカンか、なんなら自分がおごるくらいだったから、ミカ様の大人な計らいに脳みそがついていけなかった。いくら高級店とはいえ、三〇過ぎて食事すらまともに頼めないとかどうな

のよ私……。なんだかいたたまれなくなって、アペリティフ（食前酒のことらしい）のシャンパンをゴクゴクと一気に喉へ流し込んでいると、

「夢子ちゃんシャンパーニュ好きなんだ？　ワインも頼んだんだけど、そんなに好きならそっちもボトルで頼もうか」

シャンパーニュ＝シャンパンと理解するまでに数秒を要したけれど、や、これ以上余計な出費を増やしては申し訳ないと、「いいえ、わたくしめは有り物をいただきまする」なんておかしなことを言ってしまう。

「もしかしてまだ値段のこと気にしてる？　それなら今すぐ忘れてください。君と過ごせるこの時間には値段なんてつけられないんだから」

そんな歯の浮くようなセリフを、ミカ様は自然に、かつ嫌味なく言った。

悪くない。ううん、全然いい！　年下の彼とじゃ味わえなかった夢みたいな気遣いにうっとりとしてしまう。

彼が頼んでくれたコース料理は前菜もメインも、食べるのがもったいないほどに美しく盛りつけてあって、結局現物を見ても難解な名前とは一致しなくてピンとこなかったけれど、どれも舌がとろけてなくなるんじゃないかってくらい美味しかった。

食事の間、ミカ様はずっと「何か頼みたいものがあったら遠慮なく言ってね」とか

「空調ききすぎてない？　寒かったらすぐに教えてね」なんて優しく気遣ってくれて、はぁーこれが大人の包容力かぁー、やっぱり最高じゃん年上男子！　と心が躍る。誰かさんみたいにいちいちバカにしてこないし、子どもっぽい言い掛かりつけてこないし、人のシミ数えたり、謎なビタミン情報入れてきたりしないし……！

胸の片隅につっかえていた生意気な後輩の影を、シャンパンを一気飲みして綺麗に洗い流す。結局ボトルで追加してもらったそれは、先ほどのものより甘さのある口当たりのいい味で、何杯でもどんどん飲めてしまう。おかわりはどう？　と勧められるままじゃあ……と止《と》め処《ど》なく飲んでいるうちに、あれ……？

どうやら飲み過ぎて記憶が飛んでしまったようだ。気付けばホテルのエレベーターの中にいた。食事を終えてロビーへと降りるところらしい。

確か、宝石みたいな可愛いデザートにわぁーってなったとこまでは覚えてるんだけど、それからどうなったんだっけ……。あやふやな記憶をたどっているうちにエレベーターが到着、ピカピカに磨かれた扉が開く。

ミカ様に支えられながらも、あー、今日は楽しかったなー！　そんな夢心地でフロアに出ると、ホテル一階のロビーは大理石の床だったはずなのに、酔っているせいか足の感覚がふわふわ——まるで絨毯《じゅうたん》の上を歩いているように感じる。「さあ着いたよ」

とエスコートされた先にはあれ……？　ドアボーイの立つ正面玄関ではなく、部屋番号が記されたプレート付きの扉があって――

ん？　ここってホテルの客室だよね？

青空に気持ち良く浮かんでいた風船が突然パーンと割れてしまったような衝撃で、一気に酔いが醒める。動揺を隠せずにいると、

「夢子ちゃん、気分が悪そうだったから休めた方がいいかなと思って。さあどうぞ」

カードキーを操作し、相変わらず隙《すき》のない笑顔でドアを開ける沼原。そのあまりに自然な流れに、「じゃ、じゃあ、ちょっとだけ……」と中に入ってしまう。

「レストランからの眺めも良かったけど、ここから見る夜景も格別だよ」

シティビューの輝く窓辺へと誘われ、眼下に広がる地上の星屑《ほしくず》を前に「わぁ、綺麗……！」と思わず息を呑む。――が、そばで圧倒的な存在感を放つキングベッドが視界に入ってきて、これってただの休憩じゃないよね……？　と警戒心も湧いてくる。

だけど、「どんな景色も夢子ちゃんの美しさにはかなわないけれどね」なんて称えられてしまったら、女子として悪い気はしない。

「出会ったばかりでこんなことを言うと軽薄に聞こえてしまうかもしれないけど――」

潤《うる》んだ眼差しでそう告げた沼原が、夢子の体をぎゅっと抱き締める。上品な香水の

香りがふわりと漂って、

「こんな気持ちは初めてなんだ、今すぐ君を独り占めしたい」

耳元で囁かれてくらりとしてしまう。理想の年上男子にこんなにも熱い思いをぶつけられてしまったら、拒《こば》む理由なんてない。顔を上げれば熱い視線が溶け合う。

沼原の長い指に顎《あご》を引き寄せられ、二つの唇が触れ合うまさにその刹那《せつな》——不意に脳裏をかすめた生意気顔なあいつに、ハッと身を引いてしまう。

「どうしたの……？」

この流れでキスを拒まれるとは思っていなかったのだろう。沼原が驚きに目を見開く。だけど夢子を咎めることはせず、「もしかして加齢臭とかしちゃってたかな？」なんて茶目っ気たっぷりに笑ってみせる。もちろん、彼からそんな臭いがすることはなくて、爽やかな香水の香りに癒やされるばかりだったのだけど。

どうしてよけちゃったんだろう。自分でも困惑してしまった夢子は、

「たっ、たぶんあれです、私の方が臭いかもって、無意識に気にしちゃってたんだと思います。食後の歯磨きまだだし、汗もいっぱいかいちゃってるし……！」

当惑しつつも必死に誤魔化すと、それを真に受けたらしいミカ様は、

「ああ、気が回らなくてごめん。シャワー、先に浴びるよね？」

「うぇっ？　や、そういうことじゃなくて……」

「なんなら一緒に入っちゃおうか？　ここ、バスルームからも夜景が見えるんだよ」

笑顔でサラッと誘われてしまった。えっと、一緒に入るってことは……考えながらフリーズしてしまう。頭に浮かんだのは、今度は小生意気なあいつの顔――ではなく、とあるやんごとない事情だ。

まさか一回目のデートからここまでの展開になるなんて思ってもみなかった。今日ってどんな下着だっけ？　見られてもいいやつ？　上下揃ってたような、バラバラだったような……。それにムダ毛とか今どんな感じになってたんだっけかな……？

もう何年もそういうことはご無沙汰《ぶさた》だったから、いろいろと残念な感じになっちゃってる気がする。ボルダリングもスムージーもやめちゃって、お腹周りのぷよぷよも復活の兆しアリだし、ああっ、こんなことならさっきセーブしとけばよかった。胃下垂気味だから食後ってだけでぽっこり狸《たぬき》みたいになっちゃってるよ、きっと！

ダメだ、お嬢さんのお腹が子狸とかそんな醜態、とてもじゃないけどミカ様には見せられない！　さすがにバスルームじゃ、恥ずかしいから電気消して？　なんてこと言えないし、てかそんな闇鍋みたいなお風呂、足元おぼつかなくて事故必至だし！

女子力低すぎな事情に打ちのめされてしまった夢子は、

「やっ、やややお先にどうぞ！　私、お風呂は一人で入る主義っていうか、そういう星の下に生まれてきた宿命があるのでっ……！」

「そうなの？　それは残念だな」

　冗談っぽく笑った沼原が「それじゃあお先に。冷蔵庫にいろいろあるから、何か飲んでゆっくり休んでて」とバスルームに消えていく。

　た、助かった……。椅子に座ってほっとしたのも束の間、なんかもう一線越えちゃうのが既定路線なんだけどいいのかな？　と急に不安が襲ってくる。

　昨日の今日でって、軽い女だと思われない？　今からダッシュで役所に走って婚姻届をゲット、サインしてからなら軽くはない……って逆に重すぎて引くわ！

　シュパッと宙で勢いよくツッコミを決めるも、まさかの展開に頭の中はぐちゃぐちゃ。進むべきか否か――現代社会における崖っぷち女子の貞操のあり方がわからない。

　個人的には一回目のデートからベッドインなんてちょっと早すぎないかな、せめて三回目までは健全な交際で……とも思うけど、三十路ともなるとそんな悠長なことは言ってられないのかもしれない。

　普通は――みんなはどうしてるんだろう。ここ何年も男性はおろか、女友達との交際さえ疎かにしていた夢子には、アラサー男女のお付き合いのスタンダードがどんなものなのか見当もつかない。とはいえ今からセイントに電話して『ドラゴンキングとは何度目でお試ししたの？　大事なことなの、すぐに教えて！』なんて聞けない。それに身持ちの堅い彼女のことだ。ともするとまだ清らかな体のままで『ダメよ、ヴァージンロードを歩くまでは処女でなきゃ！』なんてお説教してくる可能性だってある。だけどこちとら『優しくしてね、初めてなの』と胸を張れるほど無垢《むく》ではないし、今さらウブっぽく勿体《もったい》つけるような年じゃないってこともわかってる。

だけどだけど、それにしたって早すぎないかな――？

変なところで優等生な夢子が頭を抱えていると、見かねた軍曹は、『身の程をわきまえろ！　あちこちたるんだほぼオッサンでも良いと言ってくれているのだ。そこはむしろどうぞお抱きくださいと、そのタヌキバディで迫って然《しか》るべきであろう！　なんなら今からでも風呂に突入して奇襲を仕掛けるのだ！　夢子よ、お前は二〇代ではない！　繰り返す、お前は二〇代ではない！』

わわ、いつにも増して軍曹が荒ぶってる……！　と思ったら、どうやら酔っ払っているらしい。『酒だ！　もっと酒をよこすのだ、うぃー！』と叫んだ軍曹が、脳内に広がるシャンパンの海でバタフライを始める。

暴走モードの彼に従うのは危険だ。けれど、あながち間違った指摘でもない気がする。せっかく向こうが求めてきてくれてるんだもん、ここは応えるべきだよね？　もう三〇なんだし、それが大人の恋ってやつだよ。結婚するならいずれはこうなるんだし、これも婚活の一環的な……？

後ろ向きな心に無理やりエンジンをかけようとしたけれど、あれ……このコースを突っ走った先にあるのは本当に結婚なのかな？　という疑念が頭をかすめる。

ミカ様の完璧《かんぺき》なエスコートに完全に流されモードだったけど、私たちってまだ付き合ってもないよね？　甘い言葉はそれこそシャワーのように囁いてくれたけど、好きだとか彼女になってとか、そういう核心をついたことは何も言われてない。

もっ、もしかして大喜名の言う通り遊ばれてるだけ……？　やっ、でもオーバーサーティともなると、いちいち交際宣言なんてしないのが主流なのかも。わざわざ言葉で意思確認なんて子どもじみたことしなくても、気持ちが通じ合ってればOKっていうスマートさが大人の恋……なのかな？

ああもうわかんないよ、誰か助けてー！　一人懊悩《おうのう》していると、ポケットの中のスマホが震えた。取り出して確認すると、なんてナイスなタイミング！　あしながオネエのジョイナちゃんが〈今日のデートどうだったのよ、報告しなさいよ、気になるじゃないの〉とDMをくれたのだった。すぐさま返信して現状を説明した夢子は、

〈大人なんだし、告白とかすっとばしていきなり解禁しちゃうのもアリだよね？　久々すぎて恋の手順がわからないっていうか、みんなはどうしてるんだろうって気になっちゃって……。これって普通？　普通だよね？〉

己の迷いを断ち切るように送信。我ながらなんて恥ずかしいこと聞いちゃってるんだろうとは思うけれど、顔の見えないジョイナちゃんになら不思議と話せてしまう。

たぶんいつものマツコ口調で〈こうなったらいくとこまでいくしかないでしょうよ〉なんて背中を押してくれるはず！　そう思ったのに、

〈なにやってんすか！　そんなの普通なわけないっしょ、さっさとトンズラしなきゃダメなやつっすよ、ドリチャさん！〉

以前のような元ヤン口調でダメ出しされてしまった。ちなみにドリチャさんというのは夢子のことだ。ドリームチャイルドｗｉｔｈ軍曹だと長すぎるので、略してそう呼ばれている。

〈でっ、でも、ただでさえキス拒んじゃって微妙な感じになってるし、そんなことしたら嫌われないかな？　年齢的に、ミカ様みたいな好条件の人と付き合えるのこれが最後かもしれないし、ここは私なんかに手を出してくれてありがとうございます的な感じで流されちゃった方がいいのかなって気もするんだけど……〉

〈ハァ？　そのくらいで気を悪くするとか全然包容力ねーし！　そんな小さい男こっちからお断り案件っしょ！〉

〈でっ、でもミカ様悪い人じゃないんだよ？　展開がスピーディーな以外は、もうほんと頼もしい大人って感じで完璧にエスコートしてくれるし、ここまでされちゃったら普通はみんなオッケーしちゃうんじゃないかなぁ？　そりゃ、ピチピチの若い子だったら断っても問題ない気はするけど、私もう三〇だし年齢的に引け目を感じちゃうっていうか、プラスアルファないと逆に申し訳ないような気もするし……〉

〈普通とか年齢とか関係ねーだろ！　自分の気持ちはどうなんだよ、どうしたいんだよ！　流されずに考えろよ、ドリチャさんバカなの？〉

いまだかつてないほどに雄々しいジョイナちゃんから超食い気味な高速リプライが飛んできた。

自分の気持ち……は――。思わぬ叱咤に迷いの霧が晴れていく。

〈すみません言い過ぎました、お願いだからブロックしないで〉

一呼吸置いて投下されたジョイナちゃんからの弱気なリプに、〈大丈夫、ありがとう〉と返した夢子は、

〈本当はね、やっぱり早いと思う。ミカ様カッコいいし、甘い言葉や洗練された振る

舞いにドキドキはするけど、好きだって確信を持って言えるほどにはよく知らないっていうか、彼のことまだ表面しか見えてない状態なんだよね〉

認めたくはないけど、やっぱり年齢とかセイントの結婚に焦りを感じちゃってて、恋心より結婚したい熱の方が勝っちゃってるんだ。こんな気持ちのまま流されてたんじゃ、ちゃんとした恋愛関係なんて成立しっこない。

〈ミカ様だって私のことまだ理解できてないんだろうし、いくら恐慌中の身とはいえ、そういうのはもっとお互いを知ってからでも遅くないいんじゃないかって気がする〉

いろいろ後がない崖っぷち女子的にはアウトな答えかもしれないが、たとえ三〇を過ぎても段階を踏んで大事にされたい――それが自分の正直な気持ちだ。

不安になって〈変かな……？〉と送ると、〈よくできました〉と先生のようなリプをくれたジョイナちゃんは、また例のマッコ口調に戻って、

〈とりあえずエロジジイがシャワーしてる隙にその部屋出ちゃいなさいよ〉

〈エロジジイって……！　てか、黙って出るのはさすがに失礼なんじゃないかな？〉

〈ドリチャさん、相手の顔見て断れんの？　また変な方向に流されたらどうすんのよ、これ以上密室で二人とか危険っす……じゃない、危険よぉー〉

語尾がなぜだかブレているジョイナちゃんに促され、〈じゃ、じゃあ〉と、脱出を決

意する。メモでも残していこうかとも思ったけど、連絡ならスマホでとれるし、ロビーで待ってるのでもいいかな、落ち着いてからちゃんと話そう――そう考えて、とりあえず部屋を出ようとスマホを手にバッグを肩にかける。と――

「どこへ行くの？」

バスローブ姿の沼原が浴室から出てくる。タオルドライしただけの濡《ぬ》れた髪がやたらとセクシーでドキッとしてしまったけれど、

「あのっ、私、今日はもう帰ります……！　なんていうか、ほら、私たちまだ会って日も浅いし、こういうのはまだ早いかなーって……」

言いながら後ずさると、「そうかな」と微笑を浮かべながらもあっと言う間に距離を詰めてきた沼原は、するりと背後に回って後ろから夢子を抱き締めると、

「子どもじゃないんだし、時間なんて関係ないと思うけど。だって感じてしまったんだ。出会った瞬間、これは運命なんじゃないかって――」

――私もです……！

思わず叫んでしまいそうなくらいクリティカルヒットな囁きに決心が揺さぶられる。やばい、今ミカ様と目が合ったら絶対流されちゃうよ……！　そう思って顔は上げずに、バスローブから覗く、己を抱きとめる彼の腕ばかりをじっと見ていた。

ジムにでも通って鍛えているのだろうか。逞しい筋肉はアラフォーとは思えないほどしっかりとしていて、だけどよく手入れされたキメの細かい肌はただ男らしいだけではない美しさも兼ね備えていて、文句の付けようがない、いい体だなあと惚れ惚れしてしまう。力強い腕から続く大きな手も瑞々《みずみず》しく、爪の先まで気の配られた、ささくれ一つない長い指は……長い指は…………。

見てしまった、見えてしまった——。瞬間、バケツいっぱいの冷水をぶっかけられたみたいに目が覚めて、育ちかけの恋心がピシッと根元から凍り付く。

大喜名の言葉は言い掛かりなんかじゃなかった。ミカ様に限ってそんなことはないだろうと結局流していたが、もう確認しないわけにはいかない。

「結婚……してるの……？」

乾いた声を振り絞って、沼原の腕をほどく。恐る恐る振り返ると、

「参ったな……」

いたずらが見つかった子どものような顔で頭を掻く沼原。その薬指を走るほの白い線は間違いない——指輪の日焼け跡だ。昨日チェックした際は見過ごしてしまうほどの薄さだったそれは、シャワーで血行が良くなったせいだろうか、周囲の皮膚の色との差が視認できるほど、くっきりと浮かび上がっていた。

「怖かったんだ、夢子ちゃんに嫌われるのが。本当のことを話せばもう会ってはくれなかっただろうしね」

困ったように、だけど悪びれもせずにそう弁解した沼原は、

「どうか信じてほしい、決して遊びのつもりじゃないんだ。結婚してるといっても別居状態でね、今離婚に向けて話し合ってるところなんだよ」

「そっ、それって、私との未来をちゃんと考えてるってこと……？」

「そうだよ、今はまだ無理だけどいつかは君と結婚したいと思ってる」

いつかっていつ？　それならちゃんと別れてから誘ってよ！　次々と不満が頭をもたげてきたけれど、サファイアのような瞳にまっすぐ射貫かれてしまうと、信じてみようかな、と性懲りもなく胸が高鳴る。

だけど何かが引っ掛かった。この一連のやり取り、どこかで聞いたような……。

瞬間、脳裏でピカッとデジャヴの稲妻が走った。

――あっ、この問答、大喜名ゼミでやったところだ……！

確信した夢子は記憶を呼び起こし、

「「僕は今まで本当の愛を知らなかったんだ。そう、君に出会うまでは――」」

予習したトドメの一手を二人でハモってしまった。まさかの事態に沼原が「くっ

……」と眉根を寄せる。この反応だと間違いない、残念だけど彼は黒だ。

「私、帰ります」

毅然《きぜん》と言い切ってドアへと向かう夢子の手を「待つんだ」と、沼原が摑んで引き止める。これまでの優しさが嘘のような、激しすぎる力に、

「離してください！」

振り向いて目を剝くと、沼原は相変わらず余裕の笑みを浮かべていた。が、これまでとは別人のような冷たい微笑みで、瞳の奥はちっとも笑っていない。

「ここまで来てそれはないだろ？　夢子ちゃんもう三〇なんだっけ？　楽しもうよ、花の命は短いんだからさ」

乱暴に引っ張られて、壁際に追い立てられる。強い力で両腕を捻《ね》じ伏《ふ》せられ、すっかり動きを封じられてしまった。これはマジでヤバいかもしれない……。

どうにか逃げなくちゃと力の限り抵抗するが、鍛え上げられた沼原の腕力には勝てない。どっ、どどうしよう軍曹！　脳内で語り掛けるも、頼みのマックスは『うぇーい、酒持ってこーい……むにゃむにゃ』と、酔っ払いからのスリープモードに突入してしまう。ちょっ、待って、いま寝てる場合じゃないし……！

絶体絶命な事態にゾワリとなるも、希望はまだ手の中に残っていた。先ほどまでジ

ヨイナちゃんとツイッターをしていたスマホが再び震えたのだ。

チラリと横目で画面を窺うと、連絡の途絶えた夢子を心配したのだろう。起動したままだったDM画面には〈ドリチャさん大丈夫？　てかその部屋何号室？〉というあしながジョイナちゃんからのリプが！

返信したいけど、両腕を押さえ込まれた状態では上手く操作できない。もどかしい思いで画面を見つめていると、相変わらず音沙汰なしの状態に、こちらの危機を察したらしいジョイナちゃんは、夢子の返事を待たずして超速の連投。

〈助けを呼べないなら相手がドン引きするようなこと言ってどうにか萎《な》えさせて！〉

〈あっ、悲鳴とか上げるの逆効果だから！　嫌がると逆に興奮したりする変態野郎かもだから、むしろ雄叫《おたけ》びとか上げちゃって！〉

想定外の無茶振りに、それってどういうことなのよ……！　と横目のまま固まっていると、

「ひどいなぁ、せっかく二人でいるんだから僕だけを見ててよ」

薄笑いを浮かべた沼原が、スマホを奪い取って床に投げ捨ててしまう。絶体絶命再び――こうなったらジョイナちゃんからの指令を実行するしかない！　鈍い頭をフル回転させた夢子には、ジャケットを脱がせにきた沼原を身をよじってかわしつつも、

「あっ、あああ……アルキメデスっ！」

とっさに浮かんだワードを思いっきり白目剝きながら野太い声で叫んでみた。自由になってた片手を前に出してポーズも決めたから、動き的には歌舞伎で見得を切ってるみたいな感じになっちゃってると思う（や、歌舞伎は白目剝かないけど！）。

どうして古代の数学者の名前が出てきたのかは自分でも謎だけど、一度勢いづいてしまったらもう止まれない。「エウレカー！　エウレカー！」と、彼が浮力の原理を発見した際に発した決め台詞《きぜりふ》（？）を白目のまま叫びまくっていると、どうやら作戦成功らしい、沼原の動きが止まった。

『今だ！　アルキメデス夢子よ！』

調子よく目覚めた軍曹に促された夢子は、お守りとしてポケットに忍ばせておいた例の御札を摑み出すと、

「悪霊ー退散ーっ！」

沼原のうっすら脂の滲んだおでこに、必殺技を決める戦士のごとく威勢よく貼り付ける。動揺に動きを封じられた彼が唖然としている隙にスマホを回収した夢子は、

「三十路だからって自分を安売りして不倫に走るほど落ちてないんだよエウレカー！」

そんなアラサーアルキメデスな捨て台詞を残して部屋を飛び出した。

ごめん、恵里子ちゃん。せっかくもらった御札を悪霊退散に使っちゃった……。

ロビーへと降下するエレベーターの中で、己のアホすぎる行動を思い返しながらガクリとうなだれる。

ジョイナちゃんの指示に従ったとはいえ、少し暴走しすぎてしまった気がする。どっちかというと自分の方が悪霊に取《と》り憑《つ》かれてる感あったし……。でもいっか、おかげで貞操は守れたわけだしね、引き替えに大事な何かを失った気もするけど……。

散々な一日だったとため息をついたら、同時にエレベーターも着いた。開いた扉の先に待っていたのは、まさかのガール・ミーツ・ボーイ――！

「えっ、なんでここにいるの？　合コンは……？」

走ってきたのだろうか。なぜかエレベーター前に立っていた大喜名は肩で息をしている。それなのに「わっ、奇遇っすねー」と下手《へた》な役者みたいな声を出して、

「やっ、実はこの近くの店で盛り上がってたんすけど、デザートはオレオカールトンじゃなきゃヤダっていうワガママ女子大生たちにここまで連れてこられちゃったんすよね。けど結局気が変わったーなんて帰られちゃって、一人あたふたしてたとこっす」

呼吸を整えながらもそう言った大喜名は「そんなことよりそっちはどうだったんす

か？　大丈夫だった……んすよね？」と労るような視線で続ける。

よく知ったその声と瞳に安堵して、張り詰めていた心の糸がプツンと切れてしまった夢子は「あんたの言ったとおりミカ様黒だった。怖かった、怖かったよー！」と今さらながらに震えだす。

「えっ、何か変なことされたんすか、警察呼びましょうか？」

言いながら「くそっ、こんなことなら非常ベルでも押しときゃよかった」と拳を握り締める大喜名。今にも殴り込みにいきそうな勢いの彼を、「いいの、ジョイナちゃんのおかげで助かったし、私にも落ち度があったから」と冷静に引き止める。

なのに思い出したらやっぱり怖くて、ああもう後輩の前だからちゃんとしなきゃいけないのに、涙がじわりと浮かんで情けない半泣き状態になってしまう。

「もう大丈夫っすから」

威圧感を与えない高さにまでスッと腰を屈《かが》めた大喜名が、夢子の頭をぽんぽんと軽やかに叩く。まるで迷子の子どもをなだめるみたいな、だけど優しいその仕草に、ポカポカの日だまりにいるような心地良さが広がっていく。

穏やかに見守る彼の瞳にいつもの生意気さはなく、幼さの残るどんぐり眼《まなこ》なのに、おかしいな、男らしい頼もしさまで感じてしまって、

「そんなことされると調子狂うんですけど。いつもみたいにバカにしてこないの？　ほら、一ピコメートルも似合わない服着て舞い上がってるからいけないんすよ、とか」

「あー、あれまだ気にしてたんすか？」

「だって自分では似合うと思ってたんだもん。自分史上最高ってくらい完璧にオシャレしたつもりだったのに、ああもバッサリ斬られちゃうとさすがにヘコむわよ」

そう簡単に忘れられるもんですか、と唇を尖らせる夢子に大喜名は、「似合ってましたよ？　一ピコメートルの文句も付けられないくらいには」なんて、しれっと言ってのける。だったらなんであんなこと言ったのよ、と余計にむくれていると、

「ただの嫉妬っすよ。やじゃないっすか、自分以外の男のために可愛くしてるなんて」

「え、それってどういう……」

「いつまでぼーっとしてんすか。ほら行きますよ、あいつ追っかけてくるかもだし」

ためらいもなく夢子の手を取った大喜名が大理石のロビーを走り出す。

「わっ、ちょっと待ってよ、速いって……！」

エスコートのエの字もない大喜名に引っ張られながらホテルを飛び出し、熱を纏った夜の街を駆け抜ける。先を行く彼からは、柔軟剤かな、ふんわりと良い匂《にお》いがして、香水のような華やかさはないけれど、嫌味のないその香りにほっとする。

だけどヒールを履いた足で、しかも若者のペースに合わせて走り続けるのはさすがにつらくって、「もうムリ限界……！」とブレーキをかける。

「ちょっとは手加減してよね。私の足、あんたと違って短いんだから……って短くないわよ！」

「なーに一人で怒ってんすか。しんどいならそこにベンチありますよおばあちゃん」

すぐそばにある小さな公園を指差した大喜名がいつもの生意気顔で笑う。誰がおばあちゃんよ！　反論しつつも喉の渇きを感じた夢子は、そうだ！　と公園に向かい、狭い敷地の中、ででんと三台も並ぶ自販機の前に大喜名を立たせると、

「コーヒーご馳走したげる。ほら、昨日の昼約束したでしょ？　さっ、どれでも好きなの選んで！　決められないくらい迷っちゃうなら二本でも三本でもいいわよ？」

さあさあどうぞご遠慮なくと胸を張る夢子に、至極不服そうな顔をした大喜名は、

「俺、缶じゃないコーヒーがいいって言いましたよね？」

「ワガママ言わないの。この時間じゃもうオシャレなカフェなんて開いてないもの。文句あるなら明日パセリ買ってくけど？　一〇株くらいあればいいかな？」

「缶コーヒーでお願いします」

深々と頭を下げられてしまった。そんなわけで無事コーヒーを二本買った夢子は、

「あっ、あれ懐かしいっすね！　せっかくだから乗っていきません？」という大喜名の提案で、公園内のブランコで一服していくことになった。

「あっ、そうだ！　ジョイナちゃんに無事だって連絡しなきゃ！」

ブランコに揺られながらもふと思い出してスマホを取り出すと、ゴフッと、飲んでいたコーヒーにむせた大喜名は、

「あっ、明日でいいんじゃないっすか？　もう夜も遅いし」

「そうはいかないわよ、もしかしたらまだ心配してるかもしれないし」

とりあえず状況報告だけはしておかなくちゃ、と〈あの後アルキメデスが降りてきて間一髪助かりました、ありがとう！〉と手短にＤＭを送信。——と、大喜名のスマホがピロリンと鳴った。

「メールでも来た？　返信していいよ、私もツイッターしちゃったし」

「あー、たぶんただのウェザーアプリ……かなぁー？　明日の天気を通知する設定になってたような……？」

曖昧《あいまい》に答えつつも、ポケットから取り出したスマホをチラリと覗いた大喜名は、

「ア、アルキメデス……？」

漕いでいたブランコを止めて戸惑う彼に、「へっ、あんたにその話したっけ？」と今

度は夢子が戸惑う。

いろいろあったから混乱して記憶がたどれないんだけど、ホテルのロビーで話したんだっけね……？　やだなぁ今日は飲み過ぎてる。額を押さえる夢子に大喜名は、

「差し支えなければその話、もうちょい詳しく聞かせてもらってもいいっすか？」

もはやどこまで話したのかわかんないけどもういいや。ここまできたら全部ぶちまけてしまえと、アルキメデス憑依《ひょうい》作戦の全貌を打ち明ける。——と、

「ぶはっ……！　それマジっすか意味わかんないんすけど！　くそっ、笑いすぎて腹筋割れてきそう、誰か助けて……！」

「ちょっ、そこまで笑わなくても……。ていうか半分は無茶振りしてきたジョイナちゃんの責任だからね？　や、おかげで助かったけれども……！」

精一杯の弁解をすると、笑いすぎで浮かんだ涙を指で拭《ぬぐ》った大喜名は、

「元はと言えば人の忠告を聞かないからっすよ。あいつはやめとけって何度も言いましたよね？」

「うるさい、ありがと！」

こんなときまで嫌味やめてよ、とも思ったけれど、大喜名は最初から心配してくれてたんだもんね、子どもっぽい嫉妬かと思ってスルーしちゃったけど……と反省して

一応礼を言う。するとニヤッと口角を上げた彼は、

「包容力のない年下の言うことも一理あったわけっすよね？　意外と有能じゃないっすか年下男子」

　どうやら先日年下批判したことを根に持っているらしい。あれって別に大喜名を悪く言ってたわけじゃないんだけどな……。そう思いつつも、「俺すごくないっすか？」

「俺の人を見る目パネェ！」なんて暑苦しいくらいに主張する姿が、普段は知らん顔してるくせに、たまに芸をして褒めろと要求してくるツンデレワンコ——生前のマックスみたいに見えて、わざとイジワルなことを言ってみる。

「そういう必死なアピールが年下男子って感じよね。まだまだ器が小さいなぁ」

「ちっ、そうきたか……！　けどまあ、そんなこと迂闊《うかつ》な年上女子に言われても痛くも痒《かゆ》くもありませんけどねー」

　いい年した大人が二人、ブランコに揺られながらバカみたいな言い合いをしている。そんなおかしな状況に、「なにやってんすかね俺たち」と大喜名が吹き出して、「ほんとにね」と、つられて夢子も笑った。

　彼とどうでもいいことを話していたら、公園に来るまでは残っていた怖かった気持ちがもうすっかり消えていた。

「まぁ今回のことを教訓に、次は悪い男に引っ掛からないよう気をつけるわよ」

気持ちを新たに宣言すると、「え、まだ懲りてないんすか？」と大喜名が驚く。

「だってアラサー崖っぷちなのには変わりないんだもん。今回は恋がしたい、結婚したいって気持ちが先走りすぎて失敗しちゃったけど、懲りてる時間はないし」

ただまあ焦りすぎはよくないってわかったけど……。今日学んだことは、いくら結婚したいからって不倫男に弄《もてあそ》ばれるのは御免だってこと。包容力だけじゃなくて誠実さも結婚の譲れない条件に加えなくちゃ！　あと、大人だからっていろいろすっ飛ばさずに、ちゃんと段階を踏んで私のこと大事にしてくれる人がいいな——と、自分なりの基準をアップデートする。

「あと金銭感覚が合うってのも重要かも。とりあえず私の精神衛生上、一緒に行くお店はメニューがわかりやすくて、かつ値段が載ってるところがいい！」

なんすかそれ？　と大喜名が不思議そうに眉を上げたけれど、どうせまた笑われるだけだから秘密にしておく。

「まっ、高級フレンチは美味しいけど、貧乏性な私はちょっと疲れちゃうってことよ。情けない話だけど、こうして缶コーヒー飲んでる方がしっくりきて落ち着くの」

言いながら、ふっと昨日見かけたバカップル神——北風と三春のことを思い出した。

あの日こうしてブランコに乗っていた二人は、本当に互いを思い合っているといった感じで、誰に主張するでもない、隠しきれない幸福オーラに守られていた。

　あんな恋ができたらいいのに。周りに流されるんじゃなくて、誰かに張り合うのでもなくて、自然と幸せが滲み出るような恋——それから結婚。ま、相手の顔はもうちょいマイルドな方がいいけど、と北風の強烈な目元を思い出してつい笑ってしまう。

「とはいえ運命の出会いなんてなかなかないもんねー、今回のも結局空振りだったわけだし……。どこかにいないかなー、こんな私にぴったりな相手」

「いるんじゃないっすか、案外近くに。つーか、あんなオッサンのどこがよかったのか未《いま》だに納得できないんすけど。もっとイイ男がすぐそばにいるのにさー」

「うぇ？　そんな人どこにも見当たらないけど……でもまあ沼原さんに関して言えばそうねぇ、見た目もカッコいいし大人の余裕が感じられるところに惹かれたのは確かだけど、それ以上にキュンときちゃったのは、可愛いとか自然に褒めてくれるとこと、あとは『ちゃん』付けで呼んでくれたとこかも」

「えー、そんなことー？」

「そーよ。まだ若い、しかも男子にはわかんないでしょうけど、この年になると縁遠くなっちゃうのよ、そういうことが。当然といえば当然だけど、いくつになっても女子だもん、たまには昔みたいに女の子扱いされたいときもあるわよ」

やっぱり男子にはピンとこない話なのか、「ふぅん」と前を向いたまままつまらなそうに呟いた大喜名は、だけど急にこっちを向いて、いつものニヤけ顔とは違う、らしくない真面目な表情で言った。

「可愛いっすよ、夢子ちゃんは――」

――きゃきゃきゃきゃきゃ、きゃうん……っ!

緊急事態発生! 突如チワワ化した軍曹が、乙女な声を上げながら跳ねた。

まっ、まさか、これが恵里子ちゃんが言ってた恋の子猫現象ってやつなの――?

いやいや違うでしょ、ないない年下だし! ありえない仮説を振り払うべく、ぶるんぶるんと、もげるんじゃないかってくらいダイナミックに首を振った夢子は、

「ととと、年上をからかわないでよ、あんたの場合は『ちゃん』付け禁止!」

「えー、なんでっすか」

不満そうな大喜名に、まさか軍曹が跳ねちゃうからとは言えない。平静を装いつつも「ダメなものはダメなの」と返すと、

「じゃあ夢子!」

「ちょ、なんで呼び捨て!」

「だって『ちゃん』付けやめろって言ったじゃん」

「だだだ、だからって呼び捨てとか反則だし！　元彼にだってされたことないし！」

夢子が年上だったこともあって、過去付き合っていた二人からは、『さん』もしくは『ちゃん』付けで呼ばれるのが常だったのだ。身内以外の男性から下の名前を呼び捨てにされたことなどない夢子は、女友達から呼ばれるのとは違う、こそばゆいような響きにボッと赤面してしまう。――と、

「呼び捨てで照れちゃう夢子可愛い」

不意打ちの反則コンボにご乱心！　きゃうーん！　と、再び気持ち悪い感じに身をくねらせた軍曹が、牙を剝きながらも豪快にじゃれついてくる。

「やめるのだマックスよ、これは恋などではない！　お前はまだシャンパーニュにやられているのだ、正気を取り戻せ馬鹿者……ってこら、そんなとこ噛まないで……！」

まさかの立場逆転――！　大喜名にクスクス笑われながらも、恋の暴れ犬と化したマックスを軍曹風に戒《いまし》める夢子。そのやたらと熱を帯びた頬を、夏色の夜風がふわりとくすぐっていった。

第三話　これが三十路の生きる道

はぁ、結婚したくない……。例によって会社の昼休み、自席で弁当をつつきながらこの前とは真逆の嘆息をもらしていると、

「今度はなんだい、マリッジブルーなセイントのグチでも聞いたのかい？」

向かいの席の丸宮がお寿司《すし》を頬ばりながら言った。ちなみにこちらも例によって出前の本格寿司――今日は給料日だから奮発して特上を頼んだそうな。あ、あのウニ美味しそう……って違う違う！　首を振った夢子は、

「や、今回はセイント絡みじゃないんですけど、結婚は慎重にしたいなーって」

焦って結婚したって、ミカ様みたいに奥さん以外にも手を出す旦那だったら、幸せとはほど遠い未来が待ってるんだろうし、それなら納得できる相手が現れるまでは独身でいた方がよっぽど幸せなんじゃないかって気がする。

「結婚って、響きがロマンチックでなんか憧れちゃうけど、ぶっちゃけただの共同生

活だし！　妥協して変なルームシェアできるだろうか、いやできない！」

　勢いよく反語で言い放つも、その何かに反抗するような物言いにギラリとその目を光らせた丸宮は、

「さては親からのプレッシャーきたね？　いい年なんだから早く結婚しろって？」

　すっ、鋭い——！　ズバリと言い当てられて硬直してしまう。そうなんだ。アラサー恐慌な身の上としては必ずしも結婚がNGってわけじゃない。むしろミカ様事変で得た教訓を胸に、理想の恋愛結婚ができるようにいろいろ積極的にアクションを起こさなくちゃ、とは思っているのだ。それなのに——

「母親がこっちの事情お構いなしでやいやい言ってくるんですよ。なんでも友達の子どもが結婚ラッシュとかで、結婚式の感動エピソードいろいろ聞かされちゃったみたいなんです。それに触発されたのか、夢子ちゃんも早く結婚してお母さんに感謝の手紙読んでよ、私だけ話題に取り残されちゃうじゃないの、そんなの困るー！　とか突然強制してくるようになって……。ありえなくないですか？　結婚なんて人生がかかった大切なものを、流行りのファッショングッズみたいに言ってくるなんて……」

「あはは！　母親まで周囲の動向に影響されちゃってんのかい、あんたの流され体質は母親譲りなのかもしれないねぇ」

「笑い事じゃないですよ、今度お見合い写真送るわねー、とか一方的に話進めてくるんですもん。私たちの時代はその年で独身なんてありえなかったわよ、世間の目もあるんだし、さっさと決めちゃいなさいなんて言ってきて、ほんといい加減にしてくれって感じ。結婚する相手もタイミングも自分で選ぶわっていう……！」

思い出し怒りしていると、ちょうどそばを通りかかった地黄部長が、

「えっ、音芽乃君選べる立場なの？　枯れかけでも華のあるうちにお見合いしといた方がいいんじゃないかねぇ、ぷぷっ」

「あはははは……貴重なご意見ありがとうございまーす……」

どぎつい整髪料の臭いを残して去っていく部長に、脳内で荒ぶる軍曹が『今だ、やつの毛根にバルスを！』と素早く指示を出したが、いやいや今回も見逃してあげよう。あんなデリカシーない人でも結婚できたんだから私にできないわけがないっていう謎の自信をもらえたしね、とどうにか受け流す。

「こっちにはちゃんと考えがあって結婚しないのに、こうも外野がガヤガヤうるさいとまた自分の軸がブレてきそうになりますよ。自分の意志で独身なのに、結婚できてないお前はダメな人間だーみたいな目で見てくるのほんとやめてほしい……」

「そういうのはサクッと聞き流すか、毅然と抵抗するかだねぇ。ほら、進路決めたと

きっと同じだよ。いくら先生や親が勧めてきても、自分で望まない道を無理に進んだって後々こじらせるだけだろ？　それが嫌なら私はこうしたいんだって軸を見失っちゃだめさ。自分の人生に落とし前をつけられるのは自分しかいないんだ、だろ？」

「主任、今のちょっとグッときました……！」

感動して胸に手を当てていると、「まぁ、あんたならきっと大丈夫さ」と、いつもとは違う、見守るような眼差しを向けた丸宮は、

「迷走はしてても、なんやかんやで自分の人生にちゃんと向き合ってるし、『ダメダメでブレブレ』だったのが『ダメでブレ』くらいには進化してるみたいだしねぇ」

うぇ、進化してもまだダメな部類ではあるんだ？　丸宮からの査定に苦笑しつつも、

「まぁ確かにダメブレではあるかもですね。結婚に関しては流されないようにしようって決めたはずなのに、じゃあ出産はどうするの、そっちはタイムリミットあるでしょって攻められちゃうと、だよね今すぐ結婚だよねって心が揺れちゃって……」

「ふーん、別に独身でも妊活っぽいことならできるけどねぇ」

「うぇっ？　結婚もしてないのに妊活って……まっ、まさかいわゆる危険日を狙って既成事実を作っちゃうってアレですか？　婚活で知り合った良さげな男性と……？やだ主任、まだそこまで焦ってないって言ってるじゃないですか！」

あられもない話に思わず顔を覆ってしまう。——と、隣で会話を聞いていたらしい大喜名までもが「ちょっ、やめてくださいよ主任！」と大慌てになって、

「夢子先輩ってほんと単純なんすよ、油断してるとそうめんみたいにツルツルっと流されちゃうんすから、変なこと吹き込まないでください！」

「バカだねぇ、パートナーがいなくても妊娠に備えることはできるって話だよ。食べ物に気を遣うとか冷えに気をつけるとかストレスを減らすとか、妊娠しやすい体づくりは一人でもできるだろ？　妊娠中は通院も大変だし、レントゲンや薬にも制限かかっちまうんだから、虫歯なんかの治療が必要なものは今のうちに治しとくのが得策だし、風疹《ふうしん》や麻疹《はしか》なんかの予防接種も済ませといた方が安心だろうよ」

そういえば私の世代って、子どものころ風疹の予防接種受けてない可能性大だってニュースで言ってたっけ。妊娠中にかかったら大変だし、そのうち受けなきゃなとは思ってたけど、つい後回しにしちゃってた。歯医者だってもう何年も行ってないし、もしかしたら隠れ虫歯とかできちゃってるかも……？

「ありがとうございます主任！　そのレベルの妊活ならハードル低いし、すぐにでも実践できそうで、なんか勇気湧いてきました！」

「だろ？　焦ってどうなるわけでもなし、できることからやってきゃいいのさ。そり

ゃ万策尽くしたところで子どもを授かれる保証はないけど、健康的な生活は自分のためでもあるんだ。将来の旦那もあんたに長生きしてもらいたいだろうし、自分をいたわることが未来の家族の幸せにも繋がるんだって思えば、やって無駄ってことはないだろ？　まっ、旦那も子どももいない私が言っても説得力ないかもしれないけどさ」

「そっ、そんなことないです！　でも……あの……こんなこと聞くのは失礼かもしれませんけど、主任は結婚とか考えたことなかったんですか？」

聞きにくいけど聞いちゃった。だって主任のプライベートってば謎すぎるんだもん。珍妙な話し方に独創的な髪型やファッション。独特の存在感を放つ彼女からは、独り身の寂しさなんて微塵も感じられない。実は子どもが三人いるんだって言われても信じちゃえるくらいの不思議などっしり感があるし、若い燕《つばめ》を数人囲ってますって言われても、そっかーと頷いてしまいそうなミステリアスなオーラを放っているのだ。

「結婚ねぇ、考えたことないかっていえばもちろんあるよ。婚約もしてたし」

こっ、婚約――？　サラッと言ってのけた丸宮は「まっ、相手が別の女孕《はら》ませて破談になったけど」と、到底聞き流せないような爆弾発言を炸裂《さくれつ》させた。

「うぇ……それは、その……すみません変なこと聞いちゃって……」

「よくある話さ。もう一〇年も前のことだし、今さら気にしてないよ」

そんな話よくあっても嫌なんですけど……。胸の中だけでツッコんでいると、

「今はもう結婚っていうより、人生をともに生きられるパートナーがいてもいいかなって思うくらいだねぇ。無理に合わせるんじゃなくて、お互いを尊重しあえるような相手とかさ。まっ、いい山伏がいればって感じかねぇ……」

なっ、なぜに山伏狙い？　そういえばこの前、山伏の会合がどうのとか言ってたような……って山伏って結婚できるの？　そんな疑問が次々と湧いてきたけど、その元婚約者とのいざこざが主任に何らかの影響を与えていることは確かだよね、とも思う。

そういえばサッチャー姐さん言ってたっけ。主任、昔は営業部で残業上等なバリキャリ街道邁進《まいしん》してて、そのままいってたら今の統括部長は主任だったろうって。それが一〇年前、ある一件でここに異動になって以来、時間外労働なんて一切しない今のスタイルに変わっちゃったんだって――。

婚約が破談になったのも一〇年前……ってことは、異動になった一件がそれだったり？　や、プライベートなことだし、会社の人事には関係ないよね？　それに、恋人と破局したりすると（って軽く言えるレベルの話じゃないけど）、普通はよりいっそう仕事に励んじゃうんじゃないのかな？　なのに今みたいなゆるいスタンスに変化ってどういうことなんだろう。や、ゆるそうに見えてゆるくはないのか、姐さんの話だと

第一マーケから昇進の誘いがくるくらいだし……。

でも、そんなありがたすぎるオファーを断っちゃってるんだよね、それってなんでなんだろう……。やっぱり主任ってば謎だ。そんなことを考えていたら不意にポケットのスマホが震えた。確認すると母親からのメールだった。わっ、読みにくっ！

〈ミアイシャシンオクッタ、アストドク、スグカクニン〉

最近ガラケーからスマホに機種変した母は、まだ操作に不慣れで、その文面は昔の電報さながらだ。てかお見合いなんかしないって言ってんのに！

どうしたらわかってくれるんだろう。今は仕事が恋人だからって断っとく？　でもそこまで夢中ってわけでもないんだよね。仕事に人格があったら『都合のいいときだけ私のところに来ないでよバカっ！』ってコップの水掛けられるレベル。それなりに頑張ってはいるし、将来的にはいい感じにステップアップしたいって思いはあるけど、明確な目標はまだ見つけられずに、日々の業務に流されるだけで終わっている。

出世欲は強いタイプじゃない。そんな上等なものがあったら、社内のキャリア面談でとっくに配置換えを願い出ているだろう。というのも、ここ第三マーケティング部は、第一や第二マーケが商品の開発から発売までに行っている多様な業務のヘルプ――市場調査のデータ処理や、消費者センターへ寄せられた声の整理や、サンプリングの手伝いなど、多岐にわたる雑務を一手に担《にな》っている。

そのせいか地味な下積み部署であるというイメージが社内にはあって、だからここに異動になって喜ぶ人間はまずいない。同じマーケティングなら雑務ではなく、直《じか》に商品開発に携われる上の部署に行きたいと異動希望を出す者が大半だ。第三からでも画期的な案を上げれば採用されるし、活躍が認められれば昇格で部署異動なんてこともあるため、通常業務そっちのけで新企画を考える者までいたくらいだ。

それなのに、夢子はこの第三マーケに六年近くも在籍している。新商品を自らの手で生み出す第一や第二に憧れがないわけじゃない。けれど、それは『なんかカッコよさそう』という漠然としたもので、実際に案を出してのし上がろうというほどの熱意や行動力はなかった。

そもそもマーケティングがやりたくてこの会社に入ったわけではないのだ。営業で無茶しすぎてたまたまここへ異動になった、それだけのことだ。とはいえ営業に戻りたいかと言われると、今さらどうなんだろう。やれと言われたらやれないことはないが、是が非でもやらせてくれという意気込みはない。営業の仕事も自ら希望したわけではなく、新卒入社時にたまたま配属されただけなのだ。

じゃあお前は何がやりたくてこの会社に入ったんだと聞かれると、恥ずかしい話ではあるが例によって、流されたから、と答えるほかない。就活の波に乗って、どうしよう、とりあえずどっか就職しなきゃヤバいよヤバいよって、軍曹のスパルタ指導のもとこの会社の内定をもぎ取ったのだけど、なぜ志望したかといえば、安定したそこそこ優良な企業だからと、みんながこぞって受けていたからだ。

結局のところ、自分のやりたいことってなんだろう。子どものころの夢ってなんだっけ？　それこそ流行りのドラマやマンガの影響で、検事になりたいだの棋士になりたいだの、流されてコロコロ変わっていた気がする。

ダメだ、好待遇での転職を図るなら年齢的にはギリギリのラストチャンスかもしれないのに、肝心のやりたいことが——夢が見つからない！　皆様に流されて三〇年、ちゃんと考えてこなかったツケが今ごろになって回ってくるなんて……！

『はぁー自分が無《ね》ぇ、自信も無ぇ、若さもなければ夢も無ぇ！　資格も無ぇ、彼氏も無ぇ、あるのはシミシワたるみアゴ！　オラこんな部下嫌だぁー！　オラこんな部下嫌だぁー！　脳外へ出るだぁー！』

あまりにも不甲斐《ふがい》ない本体を見かねた軍曹が精神攻撃を仕掛けてきた……って、そんな今の若者が知らないようなクラシックな歌に乗せてダメ出ししてくるのやめてー！　そして脳の外には出ないでー！

心の中で叫びながら、ぶんぶんと首を振る。ああもう誰か助けて……！

そうだ、こんなときこそ私のあしながオネェさま、ジョイナちゃんに相談しよっ！

閃いた夢子は、母親からの電報メールはスルーしてツイッターを開く。

〈親からの圧力がすごくて結婚したくもないのに同調しちゃいそうになるんだけどどうしたらいい？　大した夢もないなら大人しくお見合いしとくべき？　それとも思い切ってどっかに転職したら新しい道が開けるかな？　どっちにしても年齢的には急がないとヤバいのに相変わらずのダメブレ人間だから、脳内に巣くう軍曹が変な替え歌でディスってくるの、助けてー！〉

高速フリックでジョイナちゃん宛に進路相談を送信。すると——

「時間がないっつってても平均寿命からすりゃ人生はまだこれからの方が長いんだし、そこまで焦らなくてもいいんじゃないっすか？」

隣でスマホ片手に弁当を食べていた大喜名に答えられてしまった。前々から思ってたけどこの子、すごく勘がいいっていうか、私の考えてること全部お見通しなのよね、思考がだだ漏れになってるっていうか……。戸惑う夢子に大喜名はさらに続けて、

「俺は今の先輩も捨てたもんじゃないと思いますけどね。雑用とか揶揄《やゆ》されがちなウチの仕事だってちゃんと責任もってやってるわけだし、全然ダメブレじゃないっすよ」

「そっ、そういう無駄に優しいことサラッと言ってこないでよね！」

若干上から目線ながらもエールを送ってくる彼に、これはまずいぞと顔を背ける。あのブランコの夜――酔っ払った軍曹がキャウンと恋の大誤報を出して以来、大喜名のことを変に意識してしまっているのだ。

「えー、なんでっすか、優しくされると惚れちゃうから？　俺はいいっすよ。つーか大歓迎？」

こっちの気持ちを知ってか知らずか思わせぶりな疑問符で茶化してくる彼を、「惚れるわけないでしょ、あんたみたいなお子ちゃま相手に！」と突き放す。

そうよ、大喜名は四つも――弟より年下なんだから、完全に恋愛対象外だ。あの夜はいきなり『可愛い』&『ちゃん』付けの不意打ち決められちゃったから過剰反応しちゃっただけ、ただそれだけのことなんだからと己に言い聞かせる。

そりゃ思い返してみると、大喜名は何かにつけて意味ありげな態度で絡んできていて、え、もしかしてあんたってば私に気があるの――？　なんて自意識過剰気味な考えが浮かんでこないこともない。だけど彼のことだ、こっちがうっかり真に受けて『私の軍曹もあなたにキャウンなの』なんて明かそうものなら、いつもの生意気なニヤけ顔で『やーい、引っ掛かったー！』なんて子どもみたいにからかってくるのがオチだ。

それに、イケメンでそこそこモテているであろう彼が、自分みたいな崖っぷち年上恐慌女を好きになるとは思えない。いつも可愛い子と遊んでるから、たまには箸休《はしやす》め的に珍味が食べたいって気になってる可能性はあるけど……って誰が珍味よ！

「年下もいいと思いますけどねー。俺、将来めちゃめちゃ出世しますよ？　今のうちに青田買いしとくといいんじゃないっすかねー」

大喜名がヒソヒソと性懲りもなく釣り餌《つえ》をぶらさげてきたけれど、引っ掛かるもんですか、と聞こえないふりで弁当を完食する。タイムリミットはもう目前――次に恋する相手とは結婚まで進みたいのだ。お子ちゃま相手に時間を無駄にできるほど暇じゃない。

危うくキャウンしかけた軍曹を強制シャットダウンした夢子は、まだ何か言いたげな大喜名を残し、食後の歯磨きへと向かうべく席を立った。

その日の仕事終わりは久々の同期会で、普段は意外と接点のない同期の面々が会社近くの居酒屋に集結した。集結といっても入社八年目ともなると皆付き合いが悪く、かつてのような賑わいはない。入社当時は五〇人近く集まっていたメンバーも、多くて十数人にまで減っている。

特に女子の場合、結婚や出産を機に会社自体を辞めてしまう者も多く、ここ最近の参加率はすこぶる悪い。もっとも夢子の場合、特に優先すべき予定もなかったために、この数年は女子の中では唯一の皆勤賞を誇っているのだけど。

「残業で遅れるやついるみたいだけど、とりあえず始めちゃいましょう。乾杯ー！」

幹事の音頭で皆がグラスを合わせ、その後すぐに自由な歓談が始まる。そんな中、夢子は同期会には珍しい人物——笹木《ささき》葵《あおい》の姿を見つけた。「葵ってば久し振り！」と、グラスを手に彼女の隣へ移動すると、

「わっ、夢子だー！　同じマーケティング部なのに全然会わないよねー」

「そりゃそうだよ。天下の第一とはフロア違うし、葵のいるユニットのデータ処理は私の担当じゃないしさ」

苦笑すると、それもそっか、と葵はこざっぱりしたショートカットの頭を掻いた。

そう、同じマーケティング部といっても葵は第一の所属——正真正銘のバリキャリウーマンなのだ。しかもそれだけではない。三年前に大学時代の友人とサクッと結婚、昨年は女児まで出産した、アラサー恐慌など何処吹く風な猛者《もさ》でもある。以前から仕事優先で同期会にほとんど出てこなかった彼女だが、どういうわけだか今日は出席してくれている。

「ねぇ、子どもは大丈夫？　まだ小さいし、ママがいないとグズったりしない？」

久々に話せるのは嬉しいけれど、少し心配になって聞いてみると、

「大丈夫、今日は旦那に任せてきたから。たまには私だって羽を伸ばしたいもん。そりゃ子どもは可愛いけど、いつも仕事育児家事・仕事育児家事のエンドレスリピートじゃ息が詰まっちゃう」

「そっかぁ、もうフルで働いてるんだっけ。時短希望とか出さなかったの？」

「冗談！　そんなの出したら第三マーケに島流しにされちゃうじゃない、そんなの死んでも死にきれない！」

葵がバンと勢いよくテーブルを叩いた。あのー、私、その死んでも死にきれない第三マーケで頑張ってるんですけどー。所属している部署を流刑地扱いされて唖然としていると、気付いた葵は「ごめん、そんなつもりじゃなくて」と謝りつつも、

「ずっと難航してた企画がようやく軌道に乗りそうなのよ。妊娠中だって出産ギリギリまで休まず頑張ったんだもん、美味しいとこだけ横取りされたくない！」

ライバルでも思い浮かべているのだろうか、彼女はその勝ち気な瞳をキッと光らせた。夢子のような後方支援的な業務ではなく、ずっと第一線で戦ってきた彼女だ。時短でゆるい部署に退避するよりも前線で進軍を続けたいのだろう。

彼女の懸念するように、時短を希望した第一や第二マーケの戦士たちが第三送りになるのはままあることだ。実際、夢子の課にも元バリキャリのお姉様方が部署異動（彼女たちの言葉を借りるなら左遷）されてきていた。――が、しばらくして退職してしまうケースがほとんどだ。子育てとの両立が難しいというのもあるが、それまでとは違う地味な業務にやりがいを見いだせなくなってしまったようだ。

地黄部長は彼女たちのことを、『仕事も子育ても楽しみたいなんてただの我儘《わがまま》じゃないかねー。仕事は遊びじゃないんだ、嫌なことでも我慢してもらわないと』と非難していたけど、家でも休みなくオンモードなのだ、仕事に張りをもたせたいママたちの気持ちはわかる。これまで心血を注いできた第一線の仕事を奪われてしまった喪失感も大きかったのだろう。

「育休だってほとんど取らずに復帰したのに、それでも居心地悪いんだよねー」

枝豆をつまみながらもそう愚痴をこぼした葵は、

「ウチの会社男社会だし、長く休んでたら干されちゃうって怖くて三ヵ月で復帰したけど、それでも『長期のバカンスはどうだった？』なんて嫌味言われたんだから！」

「うえっ、そんなこと言われちゃうんだ、第一マーケ怖っ！」

「でしょー？　休暇って言ってものん気に遊んでたわけじゃないのにさ！　ウチの上

司、子どものことは奥さんに丸投げタイプだから、四六時中泣きわめく赤ちゃんの世話がどれだけ大変かわかってないのよ。ぶっちゃけ仕事してた方がよっぽど楽だわって何度も思ったし。仕事はある程度予測がたつし調整もできるけど、赤ちゃんのご機嫌は先読みできないし、常時トラブル案件抱えてる状態だったもん」

うわぁ、バリキャリ生活も大変そうだけどお母さん業も大変そう。どっちも苦労が絶えないのに両方頑張ってるなんて葵ってばすごすぎるよ。素直に感心していると、

「そもそも妊娠報告した時点で上司の反応は渋かったのよね」と彼女は続けて、

「おめでとうより先に『今抜けられたら困るよ』って言われたもん。妊娠する前は『子どもはまだなの？　あっ、仕事のしすぎで旦那と上手くいってないとか？』なんて無神経な発言してたくせに、できたらできたで歓迎されないとかどういうことなのよ！」

「男の人ってそういうとこ嫌だよね。デリカシーないし子育てにも理解ないし」

「理解ないのは男だけじゃないけどね。女の敵は女っていうか、女子も怖いときあるよ。子どもが熱出して急に早退しなきゃいけなくなったときとか、残った仕事お願いしなきゃいけないことあるでしょ？　そしたら、なんでそっちの尻拭いしなきゃいけないのよ的な白い目で見られることあるもん、独身の子からは特に。そりゃ迷惑かけてるのは確かだし申し訳ないとは思ってるけど、こっちだって家でできる仕事は持ち

帰ってサービス残業してるんだし、もう少し理解してくれてもいいのにって思う」

葵はそう言って唇を嚙んだ。やっぱり第一マーケってちょっと怖い。ブルッと身震いしたものの、葵の苦労はわかるけど、その独身の子たちの気持ちも理解できなくはないな、とも思う。

夢子自身、時短勤務なママたちが残した業務を肩代わりして残業続きになったことがある。そんなとき、地黄は夢子を労《ねぎら》うどころか『毎日遅くまで残ってるけど仕事の他にすることないのかねぇ。彼氏のいない独り身ほど寂しいものはないねぇ』なんてお門違いな嫌味をぶっ込んできたのだけど、あれほど理不尽なこともない。

当時の夢子は今ほど己の状況に焦っていなかったため、イラッとしつつもママさん社員たちに罪はないと流していたが、もし今同じ状況に陥ったら『私が独り身なのはリア充たちのフォローでプライベートが潰されちゃってるからですけど？』と部長に殴りかかっているだろう。

きっと第一マーケの独身女子たちにもそれぞれ事情や予定があるのだろうし、それなのに問答無用で仕事をパスされたり、それが元でからかわれてしまうと、自分が蔑《ないがし》ろにされた気になって不満に思うこともあるのかもしれない。

どちらの言い分もわかるし、どうにかしてあげたいのは山々だけど、これぱっかりはどうしようもない。業務のわりに人が足りてないのが悪いのだけど、不景気だし、臨時で人を入れるのも難しいのだろう。

「女性が輝く社会とか言われてるけど、現実はお荷物扱いされて疎まれて、なんだかなぁって感じ。でもまぁ、自分が発案した商品をヒットさせたいって夢があるからまだまだ頑張るつもりだけどね」

葵はそう言って小さく笑った。疲れが溜まっているのだろう、彼女の目の下には大きな隈《くま》が広がっており、ふっくらしていた頬も以前より痩せてしまっていた。

「うわっ、旦那から電話だ。ごめん、ちょっと外すね」

ハァっとため息をついた葵が、スマホを手に座敷を出て行く。子どものことで何かあったのだろう。やっぱりお母さんは大変そうだ。

だけど、彼女と同い年なのに仕事もプライベートもしょっぱい状態の夢子には、その大変さすら羨ましく思えてくる。いいなあ葵は。アラサー恐慌なんて関係なしって感じでキラキラして見える。それに比べて自分は……。肩を落としていると、

「おっ、音芽乃じゃん、お疲れー」

葵と入れ替わるようにしてやってきたのは向井川《むかいがわ》だ。大学時代ラグビーで鍛えたがっしりとした体つきがトレードマークの彼は、男性にしては結婚が早く、三〇にして

三児のパパでもある。入社当時は同じ営業部で切磋《せっさ》琢磨《たくま》した仲で、他の同期よりも親交が深い。といっても、夢子が第三マーケに異動になったことや、彼が結婚したこともあって、かつてのように二人で飲みに行くなんてことはなくなったし、こうして顔を合わせるのも随分と久し振りなのだけど。

「残業お疲れさまー」

手を振って彼を迎えつつも、先ほど葵から苦労話を聞かされたばかりなので、「家の方は大丈夫？　三人も子どもいると奥さん今ごろ大変なんじゃない？」と心配になってしまう。すると、夢子の隣にどっかと座り込んだ向井川は「問題なし。家のことは全部任せてるから」と笑って、ちょうど来た店員にビールを注文する。

「奥さんって専業主婦なんだっけ？　なら葵よりは余裕あるのかなぁ……。けど子どもが小さいうちは何かと大変だろうし、ちゃんと家族サービスしなきゃダメだよ？」

「してるしてる、この前家買ったばっかだし。新築一戸建て三〇年ローン」

ええぇっ、子ども三人もいてその上マイホームまで購入なんて、同い年なはずなのに住んでる世界が違いすぎるっ！「おっ、おおおめでとう！」と圧倒される夢子に、

「おうよ、それよりお前の方はどうなんだよ」とおしぼりで手を拭いた彼は、

「相変わらず一人か？　つーかまだ第三マーケにいんの？　あんな辺境、いつまでも

いるところじゃないだろ？　ゆるい仕事ばっかやってっと脳みそ溶けちまうぜ？」

流刑地の次は辺境ときたか。そりゃ他部署に比べたらゆるいし地味な業務内容だけど、それなりに大変なこともあるんだけどなぁ……。自分でゆるいと思う分にはいいけど、こうも立て続けに軽んじられるとなんだかモヤッとしてくる。

もっとも、夢子と違って入社以来営業一筋でバリバリやっている向井川は現在、第一営業部の二課で主任を任されている。順調に出世コースを歩んでいる彼にしてみれば、かつての同志が不人気部署で雑務に追われているのが不憫《ふびん》なのだろう。

「面談のときちゃんと異動希望伝えてんのか？　まぁ第一や第二マーケだと希望者多いからなかなか難しいのかもしんねぇけど……。つーかもう体大丈夫ならまた営業戻ってくりゃいいじゃん！　そうだよ、なんなら人事に直接……」

「や、いいのいいの！　第三マーケ今ゴタゴタしてるし、そのうち追い追いね」

本当は全然ごたついてないけど、この空気の中、実は異動希望出してないんだよね、なんて言ったら向上心がないと一喝されそうで言葉を濁した。

「なんだよ、気の抜けたサイダーみたいなこと言いやがって。ゆるい部署にいると気持ちまでゆるい方へ流されちまうのかー？」

まっ、所詮は女子だしそんなもんかぁー、と納得したように頷いた向井川は、ふっ

と何かを思い出したらしく、

「そういやお前、昔から流されやすかったよな。営業時代もみんなの勢いに引きずられて無駄に張り切ってたっつーか」

「無駄ってことはないでしょー？　一応必死に頑張ってたんだからね？」

「全部空回って瀕死《ひんし》状態だったけどな。なのに『諦めるな、どうにか踏ん張って目標金額を達成するのだ夢子よ！』とか自己暗示みてぇなことブツブツ呟きながらゾンビ顔で徘徊《はいかい》してて、そばで見てんのちょっと怖かったんだぜ？」

それなら大丈夫、脳内軍曹が暴れて本体より前面に出ちゃってただけだから！　なんて弁解はさすがにできない。あははは、そうだっけー、と笑って誤魔化していると、

「まっ、音芽乃も一応は女子だし、そう考えると今の方がマシなのかもなぁ。ぶっちゃけ女がバリバリ働いてオス化しちゃってんのって引くし。サッチャーとかあれなんなの？　女が統括部長とか、ウチの会社も終わりだよなー」

苦々しい顔でそう言った向井川は、「あぁくそっ！」と、八つ当たりするように唐揚げを頰張る。

「えーっ、サッチャーすごいじゃん。あの若さで女性初の統括とか素直に尊敬しちゃうな。氷の女王みたいな貫禄あるから近付きがたいけど、話してみると意外とおちゃ

めなとこもあって、強くて綺麗で優しいアラフォーの星って感じだよ？」

「んなミーハーな新入社員みたいなこと言うのやめろよ。それにサッチャーが統括になれたのは実力じゃねーぞ？　今流行りの女性活躍アピールのおかげで、独身で仕事しかない哀れな鉄ババアに白羽の矢が立ったってだけだろ」

「そんなことありませんー！　姐さんはね、男にはわかんない苦労もいーっぱい重ねて実力で今のポジションにまで上り詰めたんだから！　あんまり変なこと言うと軍曹が毛根に呪いかけるよ？」

「軍曹って誰だよ！　ってか音芽乃、いつからそんなサッチャーに肩入れするようになったんだよ、お前だって昔は苦手にしてたじゃん」

不満そうな向井川は運ばれてきたビールをぐびぐびと飲み下し、「くそっ、次の統括は絶対虎延《とらのべ》部長だと思ったからいろいろ協力してたのにさ。女が男のフィールド荒すなっつの」と吐き捨てるように言った。

虎延部長というのはこの間まで第一営業部に所属していた人物だ。かなりのやり手で若いころから出世街道を邁進、四〇にしては若々しくハンサムだったから、既婚だけど社内の女子からは人気が高かった。過去形なのはもうこの会社にはいないからだ。

というのも、彼のいた第一営業部とかつてのサッチャーが率いていた第二営業部は犬猿の仲で、二人は業績や昇進をかけて熾烈《しれつ》な争いを繰り広げていたのだけど、結局はサッチャーが勝利――営業部全体を取り仕切る統括部長に就任してしまったため、それを不服に思った虎延部長は早々にライバル企業へと転職してしまったのだ。

どうやら向井川は虎延派閥だったらしい。彼についていれば将来安泰だと思っていたところをサッチャーに邪魔され、勝手な恨みを抱いているといったところか。

向井川の焦りもわからないことはないけど、姐さんのこと悪く言われるのは嫌だなぁ……。あまりの空気の悪さに、ちょっと席移りたいかも……と俯いていると、

「そういや末広ハッピーチャレンジもうすぐ締め切りじゃん、音芽乃は参加すんの？」

よかった、話題が変わった。ほっと胸を撫で下ろし、「一応そのつもり。向井川は？」と返すと「参加に決まってんだろ、昇進かかってんだし」と彼は鼻息荒く答えた。

末広ハッピーチャレンジというのは、社長の突然の思い付きという、どこの忍術学園だよという提言で今年から始まった社内コンペだ。景気が停滞する中、ミモザ・プディカ社が末長く成長していくための案を募集するのだという。優勝者には金一封が出るらしいのだが、審査員が社長なだけに、昇進にも影響するのではないかというのが専《もっぱ》らの噂だった。

とはいえ社内誰でもが参加できるわけではなく、対象者は末広がり繋がりで入社八

年目の社員――ちょうど夢子たちの代と指定されていた。部署の垣根を越えた社内コンペ自体が初の試みだ、全社員から一斉に案を出されたところで社長一人では到底捌《さば》ききれないため、まずはテストの意味も込めて参加者を限定したのだろう。入社八年目でも強制参加ということはなく、希望者だけが応募するという形を取っている。

「しっかし末長く成長していくための案って漠然としすぎだよなー。しかも社内向けの試みに限るとか、普通の営業案じゃ通じねぇし、どうしていいかわかんねー」

良案が浮かばないらしい向井川がわしゃわしゃと頭を掻いた。

そう、末広ハッピーチャレンジというのは対外的なプロモーションではなく、あくまで社内でできることに限られているのだ。

「ウチの会社が成長するために社内でできる案ってことだもんねー。今回が初めての企画だから前例を参考にもできないし……」

「音芽乃はなんか思い付いた？　第三マーケなんて通常業務ゆるいんだから考える時間腐るほどあるだろ」

うっ、またもやサラッとディスられてしまった。そりゃ激務の第一営業と比べられたら文句言えないけど、ウチの業務だって楽じゃないのよ？　小さく息をつきつつも、

「一応考えてるよ？　社内で共有できるデータベースとか作ったらどうかなって」

データベース？　と怪訝な顔をする向井川に、そう、と夢子は続けて、

「せっかく部署の垣根を越えた企画なんだし、各々が持ってるトラブル解決のノウハウ的なものを集めて共有できるようにするのってアリだと思うんだよね。他の部では常識でも、別の部署では知られてない有用な情報があったりするでしょ？　そういうのをデータベース化して社員誰でもが参照できるようにすれば各々の成長に繋がるし、社員の質が上がることで会社も末広がりに繁栄していくんじゃないかなーって」

「うーん、なんか地味だなー。華がないっつーか、面白みに欠けるっつーか」

「えー！　ノウハウのデータベース、結構いいと思ったんだけどなぁ……」

流され体質なせいか、他人のマニュアル丸暗記といったインプット系は得意だけれど、芯がない分、自分で何かを生み出すようなアウトプット作業は苦手なのだ。それでもどうにか絞り出した案だったのに……。しゅんと肩を落としていると、

「まっ、経理の田代《たしろ》の案よりはマシだけどな。この前チラッと聞いてみたんだけどさ、社内研修を増やすとか、スキルを伸ばすための講座を無料で受けられるようにするとか、地味な上にフツーの案ばっか考えてたぜ？　そんなの誰でも思い付くっての」

そう言って、呆れたように肩をすくめた向井川は、

「俺はさー、全社員が唸るような派手な案出したいんだよね。男なんだし、こぢんま

りまとまってるより、わーっとデカいこと仕掛けたいんだよ」

「それ、入社したころから言ってるよね。こうやって業務のこと話してると昔を思い出すなぁー。みんなで夜遅くまで残って営業案出し合ったりしたよね」

「みんなまとめてビッグになろうぜって、大胆不敵にいろいろやってたっけか。あれからもう七年経つのかぁー。今はもうみんな部署変わっちまったけど、これからもそれぞれのフィールドで高め合っていけたらいいよなー」

「うん、そういうのってなんか素敵だよね」

はぁー、やっぱり同期っていいなぁ。昔を懐かしみながら笑みがこぼれる。

葵も向井川も夢に向かって着実に歩を進めていて、己の夢を未だ模索中な夢子としては正直、チクチクとコンプレックスを刺激される部分もあった。けれど、それでも同期という関係に、ただの友達とも家族とも違う特別な絆《きずな》を感じられて、彼らがいてくれてよかった、自分も頑張らなきゃと素直に思うことができた。

これからもよろしくね、とグラスを掲げると、おう、と自分のグラスを合わせてきた向井川は、「何か困ったことがあったらいつでも相談しろよ？」と頼もしく笑った。

やっぱり同期っていいもんだ。

ただのデータベースじゃ確かに地味だしインパクトに欠けるよね。もうちょっと何かプラスして特徴付けたいんだけど……うーん、やっぱりアウトプットは苦手なのかな、なかなかいい案が浮かんでこない。ヤバい、締め切りはもう明日なのに……！

同期会から数日後――担当する通常業務を早々に片付けた夢子は、例の社内コンペ用の案を完成するべくデスクで頭を悩ませていた。

なにも向井川のように昇進を狙っているわけじゃない。そりゃ金一封もらえたらラッキー……くらいのことは思ったけれど、そもそも参加の決め手になったのはコンペの告知ポスターなのだ。〈今年入社八年目――脂の乗った若い皆様の斬新なアイディアをお待ちしています〉という煽り文句に、えっ、入社八年目でもまだ若いの？　やったぁー！　と、変なところでときめいてしまったのが発端だった。

それでも、同期会で良い刺激をもらってからは、参加するからには本気でやってみようと心に決めていた。仕事上誇れるものなどない惨めな現状だけど、もし自分の案が採用されたら次のステップに進むための自信と契機に繋がる気がするのだ。そうなればきっと、大型台風並みに猛威を振るう結婚プレッシャーにもはね飛ばされずに毅然としていられるだろう、夢子はそう思った。

先日メールで予告された通り、自宅にはお見合い写真が届いていた。会うつもりはないがどんな相手かは気になって、すんごい好みのタイプだったらどうしよう、なんてちょっぴりドキドキしながら封筒を開けると、入っていたのは中年太りした冴えないオッサンのドヤ顔写真だった。

『夢子よ、アゴのたるんだほぼオッサンとリアルオッサンが並び立つなど、どっちが嫁でどっちが旦那だかわからなくなるぞ、これでは共食いだ……』

そう言って悲しげに首を振る軍曹に、お母さんってばなんでキャラ被り気味のオッサンなんか勧めてきたのよ、と半ば憤《いきどお》りながら確認した釣書には、〈四〇歳　離婚歴あり〉〈趣味　食べること〉なんて全く惹かれないプロフィールの中に、〈職業　医者〉という、ミーハーな母がいかにも好きそうなポイントが燦然《さんぜん》と輝いていた。

恐らくは友達に出遅れた挽回策《ばんかいさく》として『ウチの夢子ちゃんはお医者さんのお嫁さんになるのよウフフ』という自慢をぶっ込みたいのだろう。変に見栄っ張りな母のことだ、間違いない。確信した夢子は、すぐさま写真と釣書をゴミ箱へシュート、その後は何の連絡もせず、催促の電報風メールも全て無視していた。下手《へた》に返信してしまうと、あの手この手で強引に話を進めてくるに違いないからだ。

お医者さんが立派だってことはもちろん否定しないしすごいなとも思うけど、ただその一点だけでごり押しされてはたまらない。こっちにだって好みがあるし、自分なりに譲れない条件だってちゃんと考えているのだ。それに――

瞬間、脳裏をふっとよぎった生意気なあいつの顔に、違う違う、年下は論外だし、と頭を振る。チラリ、と横目で窺った左隣の席に主の姿はない。大喜名は今、第一マーケの企画会議に出ているのだ。

最近の彼は、第一のヘルプに出ていることが多い。といっても雑用に駆り出されているのではなく、様々な経験を積めるようにと、その将来を期待されての投入だ。まだ採用こそされていないが、これまで何度も新商品の企画案を上げているようだし、今年でもう入社四年目だ。彼がここを卒業する日もそう遠くないかもしれない。

雷田のような女性の管理職登用は極めて異例で、もともと男性の方が出世に強い会社だ。生意気ではあるがなんやかんやで要領のいい大喜名は、数年後には夢子が辿り着けないようなところまですいすいっと進んでいる可能性もある。先輩としては温かく送り出してあげるべきだけれど、ちょっぴり複雑な気持ちにならないこともない。

男にはアラサー恐慌なんてないもんねー。女みたいに若さがステータスってわけじゃない。むしろ年を取れば取るほど社会的地位は向上していくし、自分で出産するわけでもないから、結婚にも女ほど年齢的な制約を感じなくていい。外野の横槍なしに己の信じる道をひたすら進み続けることができるのだ。それってなんだかズルい。

なーんて、今までゆるっとしてきた自分も悪いんだし、後輩に嫉妬してる場合じゃないよね。大喜名も向井川も、それに葵だって頑張ってるんだもん、私も負けてられない！　気合いを入れ直したのとほぼ同時に、ポケットのスマホが震えた。取り出して確認すると、母からの着信だった。

どうしたんだろう、仕事中に連絡してくることなんてこれまで一度もなかったのに。まさか、事故とか倒れたとか――？

まだまだ健康とはいえ、両親ともにとうに還暦を迎えている。リアル電報――チチキトクスグカエレ的な事態が頭をよぎって、ぞわっと鳥肌が立つ。

即座に席を立った夢子は、もしもし？　と応答しながらも、話のできる休憩室へと移動、息を切らせつつ「ねえどうしたの、何があったの無事なの？」と矢継ぎ早に問いかける。すると――

「どうしたのぉ、夢子ちゃんったらそんなに焦って。何かあったー？」

間延びした声で逆に聞かれてしまった。電話の向こうではワイドショーの軽快なテーマソングが流れていて、どうやら万が一な緊急事態ではないらしい。

「ちょっと、急ぎじゃないなら勤務時間に電話なんてしてこないでよ！　もしかして悪い知らせかもってびっくりしちゃったじゃない、人騒がせなんだからもう！」

安堵と苛立ちが混ざった声で抗議すると、

「お見合い写真届いたでしょ、メール送ってるのに夢子ちゃん無視するからー！」

「そんなことで電話してきたの？　返事がないイコールその気がないって察してよ！」

「なによう、悪い知らせかもって心配するくらいなら親孝行しといた方がいいんじゃなーい？　いいお相手でしょ、なんたってお医者様！　お友達みーんな羨ましがるわよー？　それにどこか悪いとこあったら自宅ですぐ診てもらえるのよ？　お母さんね、最近肩こりが酷くてつらいのよぉ、娘婿に診てもらえたら助かるわぁ」

それまず整体行きなよ、家から五分の距離にあるじゃん。突然電話してきたかと思えば好き勝手言ってくる母にハァっと脱力した夢子は、

「前にも話したけど私お見合いなんてしないから！　結婚相手なら自分で探せるし、今転機になるかもしれない大事な仕事の前だから邪魔しないでもらえるかな？」

「あらぁ、転機に必要なのは仕事じゃないでしょー？　三〇過ぎた女の子がいつまでも独りでフラフラしてるなんてみっともないじゃない。周りの目だってあるし、とりあえず結婚してくれないとお母さん困るぅー！」

「とりあえず結婚って、人生における大きな選択肢を飲み会のビールみたいに言わないでよ！　ていうかそのお医者さん開業医って書いてあったけど、結婚したら私の方

が仕事辞めてそっちに帰らなきゃいけなくなっちゃうじゃん、そんなの無理だよ！」

　地元に支社でもあれば異動可能かもしれないがそんなものはない。結婚しても仕事を続けたい夢子としては、会うまでもなくお断りな相手なのだ。それなのに一向に引かない母は「なによう、どうせ大した仕事してないんでしょー」なんて痛いところを突いてくる。「だから転機を求めて頑張ってるとこなんだってば！」と反論すると、

「いやぁよぉ、頑張ったら夢子ちゃん、またいつかみたいに倒れちゃうじゃないの。女の子がそんながむしゃらに働いてどうするのよ。きちんと家庭に入って子どもを産み育てる、それが女の幸せでしょう？」

「なっ、勝手なこと言わないでよ！　これからの時代は女の子も社会に出て自立しなくちゃダメだって、学生のころ散々煽ってきたのはそっちでしょ！」

　そうなのだ。就活中、周囲の友人たちに流されまくっていた夢子だが、母親の意見にもかなり流されていた。実はミモザ・プディカから採用される前に内定をもらえた会社があり、せっかくだしもうそこに決めてしまおうと思っていた時期があった。そんな夢子に、『お母さんもっと有名な所がいいわぁ。ウチの夢子ちゃんは大企業でキャリアウーマンしてるのよーって自慢したーい！』などと駄々をこねて、就活続投を促してきたのは紛れもなくこの母なのだ。それを今さら、やっぱり女の子は家庭に入ら

なくちゃ、なんてよく言えたものだと我が親ながら呆れてしまう。

「あ、ごめん充電が（あと八六パーセントも残ってるけどいずれ）切れそう！」

ていうか充電は切れなくても私がキレそう……！　勝手すぎる母親の言い分に耐えられなくなった夢子は、一方的に通話終了を押して会話を打ち切った。

あーもう、せっかく仕事前向きに頑張ろうって決めたのに、今さら結婚して子どもを産むのが女の幸せなんて、手のひら返したようなこと言わないでよ。

入社八年目にして初めて、ただ流されるのではなく、自発的に挑戦してみたいという意欲に燃えているのだ。母親の勝手な言い分に心を乱されている場合じゃない。これまでの漂流体質な自分と決別するためにも、末広ハッピーチャレンジでは絶対に成果を出してみせるんだから！

決意を新たに拳を握り締めていると、「よう、ここにいたのか」と休憩室にやってきたのは向井川だった。

「あれ、珍しいね。もう外回りは終わり？」

「あっ、ああ……そうだな……」

歯切れの悪い返事をした向井川は、「実は音芽乃に頼みがあって……」と続ける。いつもは自信に満ち溢れている彼だが、今日はどことなく浮かない顔をしている。

頼みってなんだろう。業務時間中に言ってくるってことは仕事絡みだよね？　けど今私が扱ってる案件で営業の彼に直接関係するようなことって何かあったっけ？

「もしかして第一マーケで開発中の商品が営業的に売りにくいコンセプトだから修正してほしいとかいうクレーム？　悪いけどそういうのは第一に直接言ってもら……」

「音芽乃さぁ、まだ末広ハッピーチャレンジの案提出してないんだよな？」

へっ、なんでそんなこと聞いてくるんだろう。予想外の質問に面食らいつつも、

「うん、やっぱりただのデータベースじゃ地味かなって、何かプラスしようと試行錯誤中なの。だから明日の期限ギリギリまでは粘るつもりだけど、そっちは？」

聞き返して首をかしげると、急にガバリと頭を下げてきた向井川は、

「悪い音芽乃、頼むから今回のコンペは棄権してくれ！」

「なっ、それってどういうこと？」

わけがわからないと説明を求める夢子に、向井川は気まずそうに視線をそらして、

「実は俺、次の人事で支店に左遷されるかもしれないんだ。まだ確定じゃないけど可能性は高くてさ——」

彼の話では、営業部内で大幅な組織変更が予定されており、秋の人事では例年より大規模な配置換えが行われる見込みなのだという。ここ数年落ち込んでいる業績の改

善を目的とした組織改編らしいのだが、雷田の統括就任以来いまだにわだかまっている元虎延派を本社から追い出すのが目的ではないかとの噂が流れており、当事者である向井川は気が気でないようだ。

「今の俺には後ろ盾がないし、ここはもう社内コンペに懸けるしかないんだよ。優勝すれば昇進って可能性もあるし、そしたら支店に飛ばされずに済むだろ？」

「話の筋はわかった。けどどうしてそれが私の棄権に繋がるのよ。向井川は向井川、私は私で正々堂々勝負しよ？　向井川言ってたじゃん、全社員が唸るような派手な案出すんだって」

「それが思い付かないから困ってんだろ？　考えてみたらお前の案も悪くないって思ってさ。なぁ音芽乃、あれ俺に譲ってくれよ。他のやつらのもリサーチしてみたけど、どれもパッとしねぇんだよ」

「うぇっ？　そっ、それって私の案パクって応募するってこと？　そんなのダメに決まってるじゃん！」

絶対ヤダと断固拒否する夢子に、「それがさぁ……」と、指でこめかみの辺りを掻いた向井川は信じられないことを言ってのけた。

「実はもう出しちゃったんだよね、共有データベース案で。だから音芽乃には参加を見送ってほしいんだよ。ほら、案が被ってるってだけでマイナス評価食らうと困るし」

「困るって、私の案にガッツリ被せてきた……っていうかパクってきたのはそっちでしょ？　私、棄権なんてしないよ。たとえ被ってても真っ向勝負で行くから！」

キッと目を剝いて宣戦布告するも、「バカだなぁ」と鼻で笑った向井川は、

「こっちはもうとっくに提出済みなんだぜ？　なのに今さら似たような案出そうとしてるお前の方がパクリだろ？」

そんな、私が考えた案なのに……！　納得できないと猛抗議する夢子に、「おいおい、ビジネスの基本は速さだろ？」と、向井川は大げさに肩をすくめて、

「どんな名案でも他社に出し抜かれたんじゃ意味がない。ゆるーい部署にいるとそんなことも忘れちまうのかよ？　それに、お前の考えてたデータベースには致命的な欠陥がある。あのままの案じゃ箸にも棒にもかからなかっただろうよ」

「欠陥って、まだ作ってもないデータベースなのに……？」

そりゃ地味で決め手に欠けるってのはわかるけど、そこまで酷いもんじゃないと思うし、だから向井川だってわざわざパクるような真似したんじゃないの？

意味がわからないと困惑していると、彼は「甘いな」とその鋭い瞳を光らせて、

「社員のノウハウが詰まった共有データベース——確かにあると便利そうだ。けどそ

の維持管理はどうする？　みんな最初は珍しがって情報をアップ、あるいは古い情報を更新してくれるかもしれない。が、ただでさえ業務で忙しいんだ。そのうち面倒になって放置するようになる。お前の考えてるデータベースは地味な上にすぐ飽きられてゴミになるB級品なんだよ。だが俺の案は違う」

そう断言した向井川は、まるで取引先にプレゼンするかのように雄弁に続けて、

「データベースに〈いいね〉ボタンやコメント機能を——SNS的な要素を加えるんだよ。そうすることでユーザー側の社員は情報提供者に感謝の意を伝えたり、あるいは現在進行形で直面している問題への解決策を募ることもできる。情報提供側の社員も自分の知識が役立っているのだと実感でき、さらなるノウハウ公開へのモチベーション——ひいては会社を盛り上げていこうという意欲までもが高まるだろう。双方向末広がりに進化し続ける次世代のデータベースで、社員の質を向上させると同時に社員同士の結束力をも高めることが可能になる——そう、俺の案ならね」

まるで某スマホCMのようなセールストークに圧倒されて、言葉を失ってしまう。いつもなら果敢に噛みついていくであろう軍曹も、『目の付け所もアピールの仕方も文句の付けようがないぞ夢子よ。腐ったパクリ野郎でも鯛《たい》——第一営業部所属は伊達《だて》じゃないということか……』と、口惜しそうに唸るだけだった。

「これでわかっただろ？　元はお前の案かもしれないが、俺が出した企画書はそれよりはるかにスタイリッシュなものにブラッシュアップしてある。今さらその下位互換みたいな案出したって、恥をかくのはお前だぞ？」

甚《はなは》だ不本意だが彼の言うことを認めざるを得ない状況だった。向井川のプランでは、夢子発案の決め手に欠けていた地味なデータベースがイマドキのオシャレでキャッチーなツールへと進化しているのだ。元は自分の案だと類似品で対抗したところで、彼が提示した以上の魅力的なプラスアルファを提示できない時点で夢子の負けだった。

信頼していた同期からのまさかの仕打ちに、もはやどうしていいかわからなくなって、「やってくれるじゃない……」と怒りと失望に満ちた目を向ける。

「控えめに言っても今の向井川ってば最低だからね？　そりゃ左遷を回避したい気持ちはわかるけど、だからってやっていいことと悪いことがあるでしょ！　こんなやり方、向井川らしくない！」

「そんな顔すんなよ。こっちは緊急事態で他に方法がなかったんだ。悪いとは思ってるし、謝れって言うなら音芽乃の気が済むまで何度でも土下座してやるさ。そうだ、もし俺が優勝しても金一封はお前に譲るし！　なっ、それならいいだろ？」

コンペに参加を決めたのが金品目的のように言われてしまって、腹の底がカッと熱くなる。そういうことじゃない……。

「そういうことじゃないよ！　あんたが大変なのはわかるけど、私だってこの企画に懸けてたんだからっ！」

　思わず声を荒らげる夢子に、「懸けてたって、まさかお前も昇進狙ってんのか？」と意外そうに目を見開いた向井川は、

「女が出世なんかしてどうすんだよ。あっ、まさかサッチャーに変な影響受けてんじゃないだろうな？　やめとけよ、お前バリキャリって柄じゃないだろ？」

「そりゃそうだけど、だけど私、仕事関係で自分からやりたいって思えたのこれが初めてで、今回のコンペで勝てたら何か変われそうな気がするの！　自分の殻を破れるっていうか、進むべき道が見えてくるような気がして……！」

　先ほど母親には通じなかった思いも、同期の向井川なら理解してくれるだろうと期待して熱い思いをぶつける。それなのに、「何を言い出すかと思えば」と冷笑した彼は、

「何か変われそうって、あんな腰掛け部署で気取ってどうすんだよバカバカしい。こっちは遊びでやってんじゃないんだぞ？　子どもだっているし、家だって買ったばっかで死ぬほどローン残ってるし、今出世コース外れるわけにはいかないんだよ！」

「それはわかるけど、私だって遊んでるわけじゃないよ。今だって真剣に自分の人生

と向き合ってる最中で……」

「そんなモラトリアムな大学生みたいなこと言って、どうせそのうち寿退社するんだろ？　いいよなぁ、女には結婚って逃げ場があって」

「ちょっ、やめてよ、なんで同期のあんたまでそんな旧世代のテンプレ路線に人を乗せようとしてくんの？　私、今は結婚より仕事頑張りたいって思ってるのに……」

「お前なぁ、んなこと言ってると幸せ逃すぞ？　仕事バリバリ女なんて、女子ウケはいいんだろうけど男にしてみりゃ何それって感じだし。キャリア積んだって若さと可愛げがなきゃ結婚はできないぜ？　三〇過ぎて市場価値も下がってんだ、女らしく男の三歩後ろを歩けないようじゃ引き取り手もないだろうが」

——この人は誰……？

耳を疑うような向井川の言葉に全身が凍り付いたように強張る。

今目の前にいるのは本当に同期の向井川なの？　入社したころからずっと切磋琢磨してきて、営業でピンチだったときには頑張れって励ましてくれて、つい先日の同期会でも、これからもそれぞれのフィールドで高め合っていけたらいいねって言ってくれた、あの向井川なんだよね——？

思わず確かめてしまうほどに知らない顔をした彼は、夢子の肩をぽんと叩いて、

「なぁ、お前も女子の端くれなら今回は男を立てて勝ちを譲ってくれよ。そうだ、その代わりってわけじゃないけど、今度いい相手紹介してやるから……」

「触らないで」

抑揚のない声でそう言って、肩に載せられた向井川の手を冷たくはね除《の》けると、彼は「音芽乃……？」と驚いたような顔をする。

「もう七年以上もこの会社にいるんだもん。今までだって女ってだけでいろいろ嫌なこと言ってくる人はいたし、もう慣れたつもりでいたけど、それでもあんたの口からだけはそんなこと聞きたくなかったよ……」

怒りを通り越して、とてつもなく悲しくて惨めで、そして虚《むな》しい気分だった。「なんだよそれ」と困惑する向井川には、もうどんな言葉も通じはしないのだろう。

「わからないならもういい」

笑うに笑えず頬を引きつらせた夢子は、「まだ話は終わってないぞ」と引き止める向井川を残して足早に休憩室を後にする。

己の中でのささやかな革命を、たとえ他の誰が笑っても、母親にすらわかってもらえなくても、同期の彼なら応援してくれると思っていたのに……。

部署は違ってもやっぱり同期っていいなって、性別とか関係なく、同じ会社で戦う同志なんだなって信じていたのに……。

「そう思ってたのは自分だけだったんだ……」

とぼとぼと廊下を歩きながら虚空に呟く。コンペの棄権を迫られたことも、データベースの案を奪われたこともショックだ。だがそれよりも、女である自分が対等な仲間だとは認められていなかったという事実がつらく、そして悲しかった。

こんな年でも女の子に戻りたいときはある。尽きていく女子力に焦って、おかしな抵抗をしたことだってある。だけど、こんな形で女子扱いされたって、ちっとも嬉しくないよ……。

新たな挑戦への切符も、大切にしていた心の拠《よ》り所《どころ》も一度に打ち砕かれてしまった。目の前に続く道は、込み上げる涙に滲んでよく見えなかった。


「ちょっと音芽乃君どこ行ってたの。ボサッとしてないであれ四階の書庫に運んで」

どんよりと重い気持ちでオフィスフロアに戻ると、風前《ふうぜん》の灯《ともしび》火状態のうっすーい前髪をハラリと払った地黄部長が、壁際に積まれた段ボール箱を指差す。中身は恐らく過去実績の書類だ。フロア奥にある書類棚に置ける量には限りがあるため、保存が必要でも使用頻度が低い書類は、折を見て四階の書庫へと移動させる必要があった。

箱の数は二つ。誰かに手伝ってもらおうと周囲を見回すが、力のありそうな大喜名は会議に出ていて、力があるかは謎だが、どんな荷物でも指一本で飄々と運んでしまいそうなオーラの丸宮も席を外している。となると……

「美月ちゃん、悪いけどちょっといいかな？　あれ運ぶの手伝ってほしいんだけど」

デスクでパソコンに向かう美月に声を掛けると、「ちょっ、駄目だよ音芽乃君！」と血相を変えて近付いてきた地黄は、

「美月ちゃんみたいなか弱い女の子にそんなことさせないでよ、可哀相でしょーが！」

うぇ、ちょっと待って私は可哀相じゃないの……？　衝撃に目を瞠《みは》っていると、「運びたいのは山々なんですけど、あんな重そうな箱、潰されちゃいそうで怖くってー」と、美月がキャピを飛ばしてくる。

雷田を慕う彼女は面倒な仕事でも投げ出さずに遂行するタイプだが、キャリアに繋がらない業務——今回のような荷物運びなんかは要領よくかわしてしまうのだ。さすがはキラギラ女子、ちゃっかりしていて抜け目がない。

圧倒されていると、「そういうわけだから音芽乃君、一人で運んでほら早く！」と、地黄に急かされてしまう。えー、それなら部長手伝ってくださいよと抵抗するも、「わたしゃ無理だよ。去年やったぎっくり腰が今も疼《うず》いてねぇ……うっ！」というわざと

らしい演技で結局押しつけられてしまった。

けれど、いつもならイラッとくるはずのぞんざいな扱いに、なぜかほっとしている自分がいた。もちろん腹は立つ。けれど、自分が『女子』ではなく、一人の人間として扱われているような気がしたのだ。休憩室でのことが尾を引いているのだろう。今はなんだか、他人から『女であること』をなすりつけられたくない気分なのだ。

二箱か……。わざわざ総務に台車を借りにいくほどの量ではないし、一箱ずつ二回に分けて運ぶのも面倒だ。いっちょやりますかと気合いを入れた夢子は、段ボールを二箱まとめて、ふんっ！　と持ち上げ、よろよろと歩き始める。後ろの方から、「センパイすごーい、力持ちー！」というちゃっかり者の甘い声援が聞こえた。

勢いで運び始めてしまったものの、さすがに紙の資料がぎっしり詰まった箱――それも二つは重すぎた。廊下に出て早くも、やっぱり誰かに手伝ってもらえばよかったと後悔するが、一度出てきてしまった手前、今さら戻るのもばつがわるい。

あー、重力に引かれすぎて腕がもげそう！　箱が邪魔で前が見にくいし、膝もガクガク震えてきちゃったよー！

脳内で悲鳴を上げつつ、どうにかエレベーター前まで辿り着く。が、両手が塞がっていてボタンが押せない。仕方ない、一度下ろすか――と思うも、それではなんだか負けな気がする。手が離せないなら肘《ひじ》で押しちゃえと、箱を抱えたままボタンに近付く。あれっ、押せそうで押せない。もどかしい気持ちで「うー！　ぬー！」と何度か肘鉄ボタン押しに挑戦していると、

「わっ、段ボールが唸ってる……って先輩じゃないっすか、何やってんすか！」

不意に開いたエレベーターから出てきた大喜名が驚く。どうやら会議が終わって戻ってきたようだ。「それどっか運ぶんすか？　手伝いますよ」と、手にしていた資料を丸めてスーツのポケットに突っ込んだ彼は、夢子の持っていた段ボールを一箱ひょいと引き取る。

「……って重っ！　こんなのよく一人で運ぼうと思いましたね、先輩バカなの？」

二箱も同時に運んでいたせいか、比較的軽めの荷物だと誤解したらしい大喜名は想像以上の重さに目を丸くする。

「なんで俺のこと待ってないかなぁ。こういうのは男の仕事っしょ。そっちのもほら、ここに載せてください」

男の仕事ですって――？　いつもなら気にならなかったであろう発言が、なぜだか妙に癇《かん》に障って、

「別にいいわよ、このくらいなら運べるし。てか二箱でも全然余裕だったし」

そっけない態度でエレベーターへ乗り込むと、「ちょ、待ってくださいよ！」と大喜名も続いた。

「俺なんか怒られるようなことしました？」

「別に。けど荷物くらい自分で運べるんだから、変に女扱いしてこないでよねってことよ。仕事に男も女もないんだから」

「ほぼオッサンなめんなよ、シャー！」

シャー！　と威嚇するように顔をしかめつつ、段ボールを抱えたまま操作盤のボタンにエルボーを食らわす。よし、今度は成功だ。光の灯《とも》ったボタンに満足した夢子は、

「なんすかシャーって。先輩、男とか女とか以前に獣化してますよ？　あっ、ちゃんとビタミンC摂ってます？　ストレス撃退にも効果あるらしいんで、後でサプリ出しときますねー」

薬を処方する医師のような口ぶりでそう言った大喜名は、

「つーことでそっちの箱もください。どう考えたって男の方が力あるし、こういうのは俺に任せてくださいよ」

「だからいいってば、男女差別反対！　シャー！」

「差別じゃなくて区別っしょ。そんなへっぴり腰で怪我でもされたらこっちが迷惑な

んすけど。腕とかプルプルしてるし、ほんとはもう限界なんじゃないっすか？」

うっ、バレてる……。最初に無理したせいか、一箱減ったはずの今でも体は悲鳴を上げていた。ここはもう彼に頼んでしまおうか、と心が傾くが、

「人の好意には素直に甘えた方がいいっすよ？　年取ると怪我の治りも遅いんすから気をつけてくださいよね、おばあちゃん」

「余計なお世話よ、男の手なんて絶対借りないんだから！」

無駄に整ったニヤニヤ顔に見下ろされてイラッときてしまう。とはいえいつも通りの生意気さだ。この程度のからかい、今まで何度もあったし、決して珍しいことではない。それなのに、今日に限っては彼の軽口をサラリと流してしまえずにいた。

その後何度もあった「俺が持ちますよ」という彼の申し出を、意地になって断り続けているうちに四階に到着、結局荷物を引き渡すことなくエレベーターを降りた夢子は覚束ない足取りで廊下を進み、書庫へと向かう途中で――

「きゃぁぁあっ！」

足がもつれてバランスを崩した拍子に、抱えていた段ボールを放り投げるように落っことしてしまう。ああもう最悪だ――箱から飛び出た書類がそこかしこに散乱してしまった。

「あーあ、だから言ったのに」

肩をすくめ、持っていた箱を足元に置いた大喜名が、「怪我とかないっすか？　後は俺やっとくんで戻っててていいっすよ」と、散らばった書類の回収にかかる。

親切心からやってくれているのだろうが、それでもなんとなくバカにされているような気になった夢子は、「これだから女は、とか思ってるんでしょ。ほっといてよ、私一人でできるんだから」と可愛くないことを言ってしまう。

「またそれ？　男だの女だの、今日はいやに突っ掛かってきますね」

困ったように眉を寄せた大喜名は、書類を拾い集めながら、

「あ、もしかしてまたアラサー恐慌絡みっすか？　今度はなんすか、俺でよければ相談乗りますよ？　まぁとりあえずは肩の力抜いて深呼吸でも……」

「やめてよ、年下のくせにわかったようなこと言わないで！」

「なんすかそれ。ちぇ、ツイッターじゃ素直に甘えてくんのにさー」

「どういう意味よ。あっ、ジョイナちゃんのこと言ってるなら彼女は別格よ？　年下だけどいろんな経験積んでる頼れるオネェさまなんだから、あんたみたいな半人前とはわけが違うわ」

「頼れるオネェさまねぇ。なんで気付かないんだか」

フッと意味深な笑みを浮かべる彼に、ささくれ立っていた心がさらにトゲを帯びる。

「いいわよねー、あんたは。男だし若いし、ただ普通に働いてるだけでも正当に評価してもらえるんだから。こっちは同じようにしてても、三〇過ぎて未婚ってだけで後ろ指さされて、ちょっと仕事に欲を出そうものなら女のくせにってバカにされちゃうの。そんな状態でどう肩の力を抜けっていうのよ、あんたみたいな能天気なお子ちゃまと一緒にされても困るっての！」

うわ、さすがに言い過ぎたかも……。あまりに一方的な物言いに、大喜名も目を丸くしている。それなのに、一度溢れ出した黒い感情は留《とど》まることを知らずに、

「なによ、後輩のくせに惨めな先輩に同情してくれてるわけ？　さっすが、期待のホープ様は寛大ですこと！　最近じゃ第一マーケにお呼ばれされてばかりだし、秋の人事で正式にあっちへ異動になったりしてね。いいなぁー男の子は。誰にも邪魔されずにとんとん拍子に前へ進めてさぁー」

違う……やだ、なんでこんな皮肉めいたこと――。こんなのはただの八つ当たりだ。頭ではわかっているのに、

「そっかぁ、あんたもとうとう下積み部署卒業かぁ。ウチを踏み台にどんどんのし上がっていくんだもの。そりゃいつまでも雑用するしか能がない落ちこぼれの先輩が哀

れにもなるし、いい年して何やってんだってバカにしたくもなるわよねぇ」

「……そんなこと、本気で言ってんすか？」

書類を集めていた手を止め、醒めたような視線を向ける大喜名。その表情にいつものような冗談めかしたニヤニヤはない。

「先輩のこと見下したことなんて一度もありませんよ。それともあれですか、年下だと好きな女の心配もしちゃいけないんすかね」

「なっ……今そういう冗談やめてよ！」

この期に及んでからかってくる大喜名を怒鳴るように制すると、

「冗談でこんなこと言えるかよ、本気にしろよ！」

険しい顔になった彼は、夢子の言葉を掻き消すように叫んだ。

「いくつになったら俺は先輩に認めてもらえるんすか。あと四年したら俺だって三〇っすけど、そしたら相手にしてもらえるんすか？　いつまでも年下だからって本気にもしてもらえないとか、いい加減頭にくるんすけど――」

悔しそうに視線を落とした大喜名は、ふっとやるせない表情になって、

「落ちこぼれだなんて思ってるわけないじゃないっすか。俺、先輩のことすげぇ尊敬してたんすよ。先輩がいなかったらとっくに会社辞めてたかもしんねーし……」

そんな初耳なことをサラッと打ち明けた大喜名は、「入社当時はショックだったんすよ、第三マーケ配属になったの。あそこはワケありダメ社員の巣窟《そうくつ》だって聞かされてて、実際行ってみるとほんとにハズレって感じで……」と苦笑いを浮かべる。

無理もない。事実第三マーケは、暴走しすぎて体を壊した夢子を含め、様々な事情を抱えて飛ばされてくる社員が多かった。もっとも、彼らのほとんどはリベンジの昇進や転職、諦めの退職などで、とっくにこの部署を去ってしまっているのだけど。

「俺の最初の教育担当だった人、元は第一線の部署にいたとかで、早くそっちに戻りたいって自分のことしか頭になくて、新人指導する気ゼロだったんすよね。俺は忙しいんだ、よりにもよってゆとりの相手なんかしてられるかって放置されてさ。だから別の人に仕事教わろうとしたけど、他もみんな余裕がないか、落ちぶれてやる気ないかのどっちかで、全然取り合ってもらえなくて……」

そもそも俺、ルックスのせいか、それだけで男の先輩から壁作られたりやっかまれたりしてたんすよね、とその芸術品みたいな顔を曇らせた大喜名は、

「それなら女の人に聞こうかなって思ったけど、元第一マーケの時短勤務なお姉様方は『なんで私がこんな仕事を！』って感じでプライド高い上に、男に恨みでもあるのか必要以上に厳しく当たってきて質問しづらいし、かといってあからさまに寿退社狙

いな人は、俺の外見だけ見て妙なアプローチしてきて、そういうの困りますって断ったら、せっかく親切にしてあげたのにひどーいなんて、子どもみたいに無視とかしてきて……。仕事も面白くないし、もうこんな会社辞めちまおっかなーって嫌気が差してた、そんなときに夢子先輩が願い出てくれたんすよ、俺の教育係」

そっか……もう三年も前のことだからすっかり忘れてたけどそうだった。あのころの大喜名は、いろんな人にたらい回しにされててすごく居心地が悪そうで、見かねた丸宮主任が仕方ないねぇと指導に当たろうとしたけど、わざわざ主任の手を借りるのもなんだし、彼女の独特な雰囲気に大喜名が畏縮《いしゅく》しちゃってるのもわかったから、なんだか可哀相になって自分から申し出たんだ。他の人よりキャリアないですけど、それでも大喜名の面倒見ていいですかって――。

「あれはほら、第三に異動になったとき私も前任者からの引き継ぎで嫌な思いしたから。それに、弟がいるせいか困ってる年下男子ってなんかほっとけなかったのよ、姉の血が騒いだっていうか……」

こんな生意気なやつになるとわかってたら知らん顔してたわよ、と毒づく夢子に、

「それでも嬉しかったっす。先輩が初めてだったんすよ、新人の俺にちゃんと向き合ってくれたの」と小さく笑った大喜名は、

「俺、それまで酷い扱いされてたから変に意地になってて、わかんないとこあっても聞けずにミスばっかかしてたんすよね。そしたら先輩、それで業務が遅れたことは咎めなかったけど、俺の仕事に対する姿勢には、『聞くは一時の恥、聞かぬは一生の恥だぞ大喜名よ！』って、どっかの軍曹でも乗り移ったみたいな気迫で説教してくれたんすよ。それがすごい嬉しかったんです。他の女性陣はほら、ヒステリックに責めてくるか、猫なで声で必要以上に甘やかしてくるかのどっちかだったんで」

「うぇっ、そうだっけ？　全く記憶にないんだけどそんな軍曹感出ちゃってた……？」

あのころは軍曹休眠中だったんだけどな、と説教うんぬんよりも別の点が気になって確認すると、「すげぇ出てましたよ」と破顔した大喜名は、

「先輩って、他の社員とは明らかに違ってたんすよね。営業部から実質降格してきたっていうのに、緊張感とか焦りとかゼロでケロッとしてて。先輩、自分のこと芯がないとか言ってますけど全然そんなことなくて、どうせ雑用だしっていい加減な仕事してる連中と違って、卑屈になることなく責任もって業務に当たってたじゃないっすか。そんな姿に、俺も先輩見習って頑張らなきゃなーって思えたんすよ」

当時を懐かしむように頬を緩ませた大喜名は、だけどすぐに表情を翳《かげ》らせて、

「俺が第三マーケで腐らずにやってこれたのは夢子先輩のおかげなのに……だから早

く一人前になって、先輩に頼られるような男になりたいっていろいろ努力してきたのに……なんで人の気持ちガン無視で自分を貶めるようなこと言うかなあ……」

悪いけど今の先輩にはなんの魅力も感じないっす。そう言って力なく首を振った彼は、拾い集めた書類を箱に戻すと、「これ、運んどきます。いいですよね？」と、もう一方の段ボールに重ねて持ち上げる。

「だめ、それは私が……！」

この期に及んで譲らない夢子に、ハァっとため息をついた大喜名は、

「これ以上失望させないでください。俺、先輩のこと嫌いになりたくないんすよ」

そう言って夢子の脇をすり抜けると、段ボールを二箱抱えて書庫へと消えていった。すれ違ったとき、チラリと見えた彼の表情はとても硬くて、怒っているというよりはたぶん、傷付いていたんだと思う。

大喜名の捨てられた子犬みたいな瞳が脳裏に焼き付いて、なんて酷いこと言っちゃったんだろうと、今さらながらに胸が痛む。後悔に立ち尽くしていると、『今のは完全にお前が悪いぞ夢子よ』と軍曹が口を開く。

『お前は母親や向井川から受けた理不尽な仕打ちへの怒りを処理しきれず大喜名にぶつけただけだ。男で仕事も順調な後輩に劣等感を抱いたのだろうが、みっともない憂

さ晴らしだな。とても先輩のすることではないぞ、あやつが失望するのも無理はない』

反論の余地がない指摘に、わかってる、と唇を噛む。書類運びを手伝ってもらったのに、お礼を言うどころか意地になって傷付けて……ほんとに酷い先輩だよ。

合わせる顔がなさすぎて、先を行った彼を追いかけることも、この場に残って待つこともできずに、逃げるようにしてエレベーターに乗り込む。幸か不幸か彼とは隣同士の席——数分後にはまた顔を合わせることになる。それまでにとにかく冷静になって、ちゃんと謝らなきゃ……。いろんなことがありすぎてオーバーロード状態の感情をなだめるべく、落ち着け落ち着けと自分に言い聞かせていると、

『大喜名へのフォローもだが、コンペのことも考えねばならんぞ夢子よ。よもや向井川の要求を呑んで棄権するわけではあるまい？』

そう言われても、向井川のプラン以上に魅力的なデータベースなど、とてもじゃないけど思い付けない。今からデータベースに代わる新しい案を考える——？　だけど締め切りは明日だ。時間がなさすぎてそれこそ思い付かない。奇跡的に案が浮かんだとしても、それを提出できる形にまとめるだけでも一苦労なのだ。

今日はもう急ぎの仕事ないし、コンペの件に集中してはみるけど……。そう軍曹に返してオフィスに戻ると、「センパイ大変ですー」と血相を変えた美月が出迎えた。

「センパイが担当してる案件、明日までにこれも追加で処理できないかって、今第一マーケから依頼が来て……」

そう言って美月が渡してきたのは分厚い書類の束だ。今日中って、もうすぐ終業時間だし、コンペ用の案出しだってしなきゃなんですけど……。壁時計に視線を送りつつ受け取って確認すると、台所用洗剤のパッケージに関する質問票だった。

第一マーケでは現在、男性をターゲットにした新しい洗剤の企画を立てている。最近は家事をする、かつお肌のケアにまで気を配る若い男性も珍しくないため、洗浄力だけではなく手荒れ防止機能をも高めた商品を売り出せないかと考えていた。

従来の類似商品は女性向けの可愛すぎるパッケージが男性に敬遠されていたため、今回は男性も手に取りやすいパッケージを目指し、いくつかの候補案を男性向けにアンケート調査しており、そのデータ処理を担当していたのが他ならぬ夢子だった。

ちょうど今日報告書を提出したばかりだ。それがなぜ今になってデータ追加なのかと担当者に電話すると、男性向けの商品ではあるが、女性ウケもある程度狙った方がよいのではと、女性にも追加でリサーチすることになったのだという。調査自体はとっくに終わっていたが、そのことを夢子に伝え忘れていた上に、データ処理依頼すら失念していたことにようやく気付き、先ほど慌てて頼みにきたとのことだった。

伝達ミスでアージェントとか勘弁してよ、と叫びたいところだがこれも仕事だ。明日の会議でどうしても必要なんですと懇願されてしまったら、引き受けないわけにはいかない。それに——書類に目を落としてチクリと胸が痛む。

実は今日、報告書を提出する際、ちらっと頭をよぎったのだ。これって女性の意見は取り入れずに、完全に男性向けにターゲットを絞るのかな。台所用洗剤って圧倒的に女性顧客が多いし、彼女たちの声もあってよさそうだけど——と。

気にはなったが、特に指示もないし、コンペの案もまとめなきゃだしと確認を怠っていた。もしあのとき一声掛けていれば、こんな終業間際になって焦ることもなかっただろう。

「すみません夢子センパイ、私も手伝えたらよかったんですけど、今日はどうしても外せない予定があってぇ……センパイ一人で間に合います……？」

申し訳なさそうにこちらを窺う美月に、「気にしないで、悪いのは美月ちゃんじゃないし」と強張った笑顔でパソコンに向かう。

私のせいだ。私がコンペに気を取られて確認を怠ったから……。元はと言えば己のミスではないが、それでも自分の手抜かりだ。情けない気持ちに押し潰されそうになっているところに「何かあったんすか？」と書庫から戻ってきた大喜名が口を挟む。

やめてよ、今は惨めな気持ちになるだけだから、お願いだからそっとしておいて。とても話す気にはなれずに聞こえないふりをすると、ハァと息をついて美月に事情を聞いた大喜名は「先輩、俺が手伝います」と、断固たる口調で言った。

だけどまっすぐすぎるその瞳に、自分の落ち度を責められているような気になった夢子は「いいって、このくらい一人でできるから」とまたも意地を張ってしまう。

バカだ私、さっきのこと謝るいいきっかけだったのに……。

己の不甲斐なさに打ちのめされてしまった夢子は、それでもなお頑《かたく》なになった心を軌道修正できず、「私に構わないでよ」と結局謝り損ねてしまう。これにはさすがの大喜名も「そうですか、ならどうぞご自由に」とそっけなく返して自席へと退却、それ以降はもう一言も話し掛けてくることはなかった。

その後、終業時間が来て美月や大喜名たちが退社した後も、夢子は一人データ処理を続けていた。同じフロアの営業部の面々は、今日は合同会議からの懇親会とかで誰も残っていなかった。不気味なくらい静かなフロアで黙々と業務を続けていると、自分はなんてダメな人間なんだろうと、ただでさえ重い気持ちがさらに重みを増してくる。焦りや後悔、それに自己嫌悪——様々な思いが渦になって邪魔をして、処理すべきデータはまだたくさん残っているのに、思うように作業が進まない。

だから女はだめなんだよ感情的でさ、と言われてしまいそうな状況に、くっと顔を歪めながらもパソコンに向かっていると、嘘でしょ——不意に走った女子特有の痛みに、デスクの引き出しからポーチを取り出してトイレに駆け込む。

なんでこんな日に限って始まるのよ……。自分が女であることを嫌でも思い知らされる月一の恒例行事に、どうりでイライラするわけだ、と大きな嘆息をもらす。

もうやだ、疲れちゃった。思わず涙が込み上げるも、仕事に戻らなきゃ……と、どうにか体を引きずって廊下を進む。途中ポケットの中のスマホが震えて、こんな時に誰よ、と苛立ちながらも立ち止まって確認すると、母親からのメールだった。しつこいなぁ、またお見合い催促？　頭を搔きながらも本文に目を通すと——

〈サッキゴメン。ダケドワタシアナタシンパイ〉

相変わらずスマホの操作に慣れていないその文面は、もはや電報を通り越して外国人のカタコト状態——不覚にもフッと吹き出してしまった。

お見合いかぁ……。それはそれでありなのかもしれない。別に結婚したくないわけじゃないし、周りもみんなしてるわけだし……。散々な一日に参っているせいだろうか、流されまいと決めたはずの心がぐらぐらと揺らぐ。

今から残ってる仕事を片付けて、明日一日でコンペ用の案をまとめるなんて不可能だ。提出期限は明日の定時終了時間だけど、明日は明日で通常業務があるし、何よりこの最低最悪なメンタルで良案なんて浮かびっこない。

もしコンペで勝てたら次のステップに進めそうな気がしてたけど、そんな転機はないんだって、神様が言ってるのかもしれない。余計なことは考えずに流され続けるのがお前の人生なんだって、そう宣告されてるのかもしれない。肩を落としつつとぼとぼと戻ると、誰もいなかったはずのフロアに丸宮がいた。

「あれ、まだ残ってたんですか？　姿が見えないからてっきり帰ったのかと……って何やってるんですか主任っ！」

驚くのも無理はない。何を考えているのか、自由すぎるにもほどがある丸宮は自席で缶ビールを開け、ぐびぐびと勢いよく飲み始めたのだ。美月がいたら、職場で飲酒なんてありえなーい、と卒倒間違いなしだろう。それなのに彼女は「定時過ぎたらアルコールは基本だろ、社則で禁じられてるわけでもないしさぁ」と少しも動じない。

「素面で残業なんかやってられっかってんだよ。ビールくらい会社の自販機にも入れといてくれりゃいいのに、ないからわざわざコンビニで仕入れてきたよ」

「えっ？　てことは主任、今日残業するんですか？　いつも定時がきたらタイマー作動したみたいに速攻でパソコンシャットダウンするあの主任が？　部長にどんな嫌味言われても、うっさい私は帰るんだ！　って聞かないあの主任が――？」

いったいどういう風の吹き回しだろう。山伏との会合とか大丈夫なのかな……？

気になって尋ねると、「ああ、急に火渡りの修行が入っちまったみたいでねぇ」と、嘘だか本当だかわからないようなドタキャン理由を明かした丸宮は、

「そういうわけだからほら、それこっちによこしな」

ぬうっと身を乗り出し、夢子が抱えていた追加案件の書類をごっそり持っていく。

「あんたは社内コンペに専念しな。明日の通常業務もこっちで引き取るから、最後まで気を抜かずにみっちり仕上げて提出するんだよ」

えっ、残業って私のフォローのために……？　驚きつつも、「主任……！」と感動する夢子だったが、すぐに「あ、でも……」と俯いて、

「お気持ちはすごくありがたいんですけど、コンペの件ならもういいんです。出そうと思ってた案、仲良くしてた同期に取られちゃって……」

実は、と経緯を説明した夢子は、どうせ今からじゃ勝てっこないし、下手に動いて見苦しいことになるくらいなら潔《いさぎよ》く棄権した方がいいのかなって、と首を振る。

「営業時代も彼に勝てたことないんですよね、売り上げでもプレゼンでも。他の同期

に比べたら私なんて大した仕事もしてないし……ならもういっかなって思ったんです。これを機に寿退社っていう女の子の夢にのっかるのもアリかなって――」

考えてみれば、結婚すれば全てが丸く収まるのだ。母の面目を保つこともできるし、余計な心配をかけることもなくなる。会社を辞めるならコンペなんてもう関係ないし、向井川の件もどうにか流せるだろう。いつまで独身なんだって攻撃されることもなくなるし、友達にリア充報告もできて己の体裁も保てる。一石二鳥どころじゃない、いいこと尽くめの選択だ。

大喜名だってこんな先輩もう嫌になっただろうし、いなくなった方がいいよね……。

ふと左隣の席に目が行ってズキリと痛んだ胸に、そんな建前と言い訳を塗り込む。

そうだ、これは誰も傷付かない理想的な選択なんだ。己にそう言い聞かせて、

「ちょうどお見合いの話が来てたとこなんですよ。相手の人、ほぼオッサンな私とキャラ被りしてて全然タイプじゃないんですけど、多少の妥協は必要っていうか、これまでもそこそこの人生だったわけだし、結婚もそこそこレベルがいいのかなーって」

何も言ってくれない丸宮に、わざとらしいくらいに明るく切り出した夢子は、

「あっ、でもお医者さんのお嫁さんになれるんだったら、世間的には勝ち組の仲間入りなのかな……。なんやかんやで私、幸せになれちゃうかもですね！」

ははっと空笑いして、「そんなわけなので、追加データの処理は自分でやります」と書類を引き取るべく手を伸ばすと、

「あんた、そのままじゃ一生幸せになれないよ」

そんな不吉極まりないことをサラッと口にした丸宮が差し出してきたのは、緊急案件の書類――ではなく、ザラメ煎餅の入った小鉢だった。

「食べな」

「うえっ、今ですか……？」

「疲れた頭には糖分補給が一番だろ？」

「糖分っていっても煎餅ですけどね……」

やっぱり変な人だなぁと思いながらも、「それじゃ遠慮なく」と一つ手にする。まあザラメ味だし、それなりには甘いんだろうけど……ってしょっぱ！

煎餅を囓った瞬間口内に広がったのは、その見た目に反した塩っ辛い味だった。これってまさか岩塩？　そっか、すっかり忘れてたけど主任の煎餅、甘そうで甘くないんだった！　糖分補給とか言うからうっかり騙されちゃったよ……！

まんまと引っ掛かった夢子に、「あんたってば、ほんとにバカだねぇ」と、丸宮がおかしそうにおかっぱ頭を揺らす。

「なっ……！　ひどいじゃないですか主任、なんでこんなときにこんな子どもみたいなイタズラするんですかっ！」

　さすがに頭にきて抗議すると、「だけどあんたがやろうとしてるのはそういうことだよ」と、丸宮が急に真顔になる。

「その見た目とは裏腹にちっとも甘くない煎餅を、『私はそこそこ幸せです』と、さも甘いもののように装って食べ続けるのが、体裁を取り繕って戦うことをやめたあんたの人生だよ。そんなもんが本当に幸せなのかねぇ」

　吐き捨てるようにそう言った彼女は、「だいたいあんた悔しくないのかい」と厳しい口調で続けて、

「人の案平気でパクるような男に言い負かされて悔しくないのかい。女だからって逃げるように結婚して平気なのかい。第三マーケのことバカにされたままで許せるのかい！　あんたさっき、自分は大した仕事してないって言ってたけど、人に蔑まれるようないい加減なことしてたのかい、ゆるっと見えてもこだわり持ってしっかり働いてきたんじゃないのかい！」

　怒濤のごとく問い詰められ、何も返せずに気圧されていると、

「なんだい、流され女はプライドもどっかに流されちまったのかねぇ」

「悔しいですよ！　悔しいに決まってるじゃないですか……！」

丸宮に冷たくあしらわれ、胸の中でとぐろを巻いていた思いが一気に牙を剝いた。

「確かにこれまで三〇年ずっと流されっぱなしな人生でしたけど、ペラッペラな私なりに受験も就活も必死に努力して、自分の力で道を切り開いてきたんです。誰かにバカにされるような人生なんて送ってない！　会社に入ってからだって、営業のころは無茶しすぎちゃったけど、それでも精一杯頑張ってきたし、第三マーケになった今でもそれは変わらないっ！」

そうだよ、今日大喜名が言ってくれた通り、以前の私は第三マーケの仕事にもちゃんと誇りを持ってた。それなのにいつの間にか周囲の言葉に惑わされて、他部署の華やかな仕事に比べたら規模の小さい地味な作業ばかりやっている自分に引け目を感じるようになってたんだ。だけど――

「私、誰かに恥じるような仕事なんてしてない！　第一や第二マーケが滞《とどこお》りなく業務に打ち込めるのはウチが下支えしてるからだし、営業部が自信満々に売ってる商品だって、そもそもはウチが処理したデータが元になってるわけだし、この会社が回ってるのは第三の仕事あってこそなんだよ、なのにゆるいとか辺境とか言わないで！　そりゃ他に比べたら華やかさに欠ける部署だけど、こっちは毎日アージェントぶっ込まれながらも頑張ってるんだから、その努力に派手も地味も男も女もないっての！」

向井川の言葉を思い出して、悔し涙が堰《せき》を切ったように溢れ出した。それを手の甲でグッと拭った夢子は、

「こっちだって遊びじゃないんだよ！　三歩後ろを歩いてもらえなきゃ抜かれるような男なら道を譲ってよ、わざわざ立てなきゃ倒れちゃうような男なら引っ込んでてよ、女にだって負けられない戦いがあるんだからっ……！」

「だったら逃げんなよ、根性見せろよ！　あんたの誇りはそんなせこいやつに踏みにじられていいもんじゃないだろ！」

拭っても拭いきれない涙を走らせる夢子に、丸宮が力強く言い放つ。ポケットからハンカチを取り出し、「ほらよ」と差し出した彼女は、

「なにも寿退社が悪いって言ってんじゃないよ。どんな人生も間違いじゃないし、田舎に戻ってお見合い結婚するのだって全然アリさ。けどそれが逃げなら話は別だよ」

厳しくも労るような丸宮の言葉に、「主任……」と、先ほどまでの悔し涙とは別の、温かな涙がこぼれる。

「私、もっと強くなりたいです……。主任みたいに強く生きたい……」

「バカだねぇ、夢子は夢子だろ？　私みたいになってどうすんのさ」

そう言って首を振った丸宮は、「私はさ、あんたのことすごいやつだって思ってたんだよ？」と表情を和らげて、

「人間年を取るとさ、変わりたいって思っても変われないことの方が多いんだよ。現状に不満を抱きながらも、今さら行動に移すのは怖いとか面倒だとか、なんだかんだ理由をつけて、ずるずると現状に甘んじてしまうやつがほとんどさ。けどあんたは違った。アラサー恐慌にぶち当たったあんたは、妙ちくりんなことしながらも変わろうって必死に努力して、迷走しつつもちゃんと前に進んでた。そんなあんたのこと、ひやかしじゃなくすごいと思ったんだよ。いつまでも過去を引きずって足踏みしてる自分とは違うなって、感動すらしてたくらいさ」

「過去を引きずって……って、もしかしてこの前ちらっと話してた、以前は婚約してたって件ですか……？」

確か婚約者が浮気した挙句に相手の女性を妊娠させちゃったとかいう……。もう気にしてないって言ってたけど、やっぱり引っ掛かってるのかもしれない。

結局はそういうことになるのかねぇ、とため息混じりに認めた丸宮は、

「だけどね、未練があるとかそういう話じゃないんだ。ただ、私が今の生き方に縛られるようになったのは、疑いようもなく彼とのことが発端なんだろうね――」

少しためらうように沈黙した丸宮は、「まぁ古株の社員ならみんな知ってることだからぶっちゃけるけどさ……」と前置きした後で、

「営業部に虎延っていただろ？　あいつなんだよね、私が婚約してた相手」

「うぇっ、主任ってばオフィスラブってたんですか？　っていうか相手！　相手が予想外すぎて目から軍曹飛び出しそうなんですけどっ……！」

虎延といえば、向井川が支持していた第一営業部の部長——だった人物だ。ナイスミドルで社内の女子からは人気が高かったが、雷田との派閥争いに敗れ、今はもう会社を辞めている。その彼がまさか、主任の元婚約者だったなんて……。

衝撃すぎる事実に動揺を隠せず、必要以上におろおろしていると、「落ち着きなよ、軍曹出されても困るよ」と苦笑した丸宮は、

「彼とは同期だったんだ。当時は私も営業部——それも同じセクションにいたから良きライバルかつ相談相手って感じでさ。他のオッサン連中みたいに女をバカにしたようなことも言わないし、目の回るような忙しさの中でも毎日のようにつるんでたんだ」

それがいつしか恋仲になって交際を始めたけど、お互い仕事が最優先だったからその後何年も結婚の話は出てこなくてね。それなのに三〇を前にして突然、虎延の方から結婚しないかって切り出してきたんだ——そう当時のことを語り始めた丸宮は、

「今考えると酷いプロポーズだよ、女が三〇にもなって独身なんて惨めだろうから今のうちに俺がもらっといてやるよ、なんて言ってきたんだからさ。自分では全く焦ってなかったんだけどね。当時の私は第一営業でも売り上げトップ――乗りに乗ってたころだし、多忙でも充実した日々だったからさ。それでも――」

虎延のことは交際当初ほどの激しい情熱はないにせよ愛してはいたし、信頼もしていた。恐らくは三十路を迎える彼女を彼なりに気遣い、けじめをつけようとしてくれたのだろう――そう信じた丸宮は素直にプロポーズを承諾した。

だが、いざ結婚に向けて具体的な話を進めてみると、二人の描く将来像は全く相容《あいい》れないものだった。結婚後も仕事を続けるつもりでいた丸宮に虎延が猛反発したのだ。

「婚約したら急に態度変えてきてさ。仕事はいつ辞めるんだ、後任のこともあるし早めに予定を立てないと、なんて仕切り出してね。結婚してもこれまで通り働く気だって突っぱねたら、子どもはどうするんだよ、男は結婚して一人前だけど女は子ども産んでやっと一人前だろ、なんてたわけたこと抜かしてくれちゃってさ。その時ようやく気付いたんだ、彼は私を気遣って結婚を決めたわけじゃない。自分が上司から舐められないように、出世に有利なステータスとして結婚したいだけなんだってね――」

結婚の話は一旦白紙に戻して少し距離を置きたい――彼が改心することを願ってそ

う切り出した丸宮に、それは困ると血相を変えた虎延は、過剰なプレゼント攻撃とともに、どうしても結婚してほしいと必死に説得してきたという。

「離れていく気持ちに気付いて焦ったってことは、なんだかんだ言って虎延さん、主任のこと愛してたんですね！」

早合点する夢子に、だったら幾分よかったんだけどね、と首を振った丸宮は、

「彼が気にしてたのは私の気持ちじゃない、自分の面子《メンツ》さ。結婚するって社内の連中には報告した後だったし、上司には結婚式の祝辞まで頼んじまってたからね。今さら破談になって恥をかくなんてこと、プライドの高いあいつには許せなかったんだよ」

そんな虎延の本心に気付いた丸宮は、今の彼とは結婚できないと、虎延の改心を望みつつも結局冷却期間を置くことにした。——が、それからほどなくして事態は急変した。虎延の方から結婚の話はなかったことにしてくれと言ってきたのだ。

「その理由ってのがあれだよ、浮気した女との間に子どもができたから。しかもその相手ってのが同じ部署で事務をしてた新入社員でさ、私への当てつけかってほど真逆の——若くて可愛くて、自分一人じゃとても生きていけませんって感じの庇護《ひご》欲《よく》をそそるタイプで、そんな子に涙目でごめんなさい産みたいんですって言われちまったら、だろうねぇって身を引くしかないだろ？」

身重な彼女に怒りをぶつけるわけにもいかず、それでも虎延には恨み言を一つ――いや、一億はぶつけてやらねば気が済まない。裏切られたことに対する怒りと悲しみと悔しさにその身を震わせていた丸宮を待っていたのは、さらなる酷い仕打ちだった。

別れた元婚約者と一緒にこのまま働くなんて格好が付かないだろ？　だからさ、お前、転職するかどっか他部署に異動願い出せよ――虎延がそう要求してきたのだ。

「うぇっ、それってさすがにゲスの極み虎延すぎませんか？　結婚してどっちかが異動になるって話はよくありますけど、破談になったのに――それも原因はあっちなのに、なんで主任が異動しなくちゃいけないんですかっ！」

「もちろん冗談じゃないって跳ね返したさ。けど同じ部内で修羅場ってるのを上も見かねたみたいでさ、やっぱりどっちかは異動しなきゃいけないって話になったんだ。バカなもんさ、当時の私は被害者はこっちだし、営業成績だって自分の方が上だから異動になるのは彼だと疑いもしなかった。だけど――」

今回のことは同情するよ？　けどねぇ、男の虎延君の方が定年までちゃんと働いてくれるだろうし、そもそも丸宮君、もしあのまま結婚してたら会社辞める気だったんでしょ？　なら営業に未練ないよね――。上司からそんな一方的な判断を下された丸宮は、当時まだできたばかりだったマーケティング部に異動になったのだという。

「表向きは営業の経験を活《い》かして商品開発に励め、期待してるぞって話だったけど、送り込まれたのはマーケティング部の中でも雑用ばかりの第三課――今の第三マーケティング部でさ、あーこれは体良く厄介払いされたなって気付いたんだ。いわゆる強い女だった私は、男性中心の部内じゃもともとやっかまれてたからさ。閑職に回してしまえば、そのうち嫌になって自分から会社を辞めるとでも思ったんじゃないかねぇ」

「そんなのってひどい……。転職は考えなかったんですか？　主任の当時のキャリアなら引く手数多《あまた》だったんじゃ……」

他人事ながらも悔しさに打ち震える夢子に、「しようとはしたさ。こんな会社捨ててライバル企業にでも移ってやろうってね」と頷いた丸宮は、

「だけど当時ちょうど三〇歳――しかも女の私には、採用側の反応も渋くてね。今さら採用しても結婚や出産でどうせすぐに辞めるんだろ、それなら多少キャリアは劣ってても伸び代のある男を採るよなんてこと暗に言われて、結局どこへ行っても男社会で自分の居場所なんてどこにもないんじゃないかって思ったんだ」

いつまでもどこまでも女だってことが呪いのように付きまとってくるんだよ。学校じゃこれからは女も社会に出て自由に働ける時代だから頑張れなんて教えられて、それを信じてひたすら男並みに受験や就活戦争を勝ち抜いてきたのに、いざ現実の社会

に出たらどうせ女だろってその努力をまるっと否定されて、話が違うじゃないか今何時代だよ男女平等じゃなかったのかよって、うんざりしちまってさ――。当時のわだかまりを吐き出すようにそう語った丸宮は、無念そうに視線を落として、

「いったいいつになったら女ってパッケージから出してもらえるんだよ、いいかげん確固たる意志を持った一人の人間として認めてくれよって、悔しくて悲しくて……。いわゆるアラサー恐慌にぶち当たってたころでもあったしね、外見も中身もボロボロ――これまで自分を支えていたもの全てが粉々に砕け散ったようだったよ」

だが、そんな満身創痍な丸宮を、周囲はそっとしておいてはくれなかった。

『やっぱり女は仕事できてもだめだよな、結局は若くて可愛げがある方が選ばれるんだから』『このまま会社に残るなんて惨めだろうし、そのうち辞めるだろうな』『や、婚期逃した女なんて仕事に生きるしかないっしょ。ガンガン働いていつか営業部に返り咲くつもりだぜ』『もしかして虎延との復縁を狙ってるんじゃないか？　でなきゃあの丸宮が雑用なんて耐えられないだろ』

婚約者に裏切られ、華の第一営業からマーケティング部第三課に都落ちした彼女を、口さがない一部の社員が興味本位に騒ぎ立てたのだ。

「私のことよく知りもしないやつが偏見や憶測で好き勝手言ってきてさ、なんかプッ

ツンきちまったんだよ。女だからって、男に捨てられた惨めな三十路だからって他人に生き方決められてたまるかよ、これは私の人生なんだ、どう生きるかは自分で決めるから黙ってろって、開き直って我が道を行くことにしたんだ。会社は辞めない、だけど仕事一筋にも生きない、私は他の誰とも違う人生を歩くんだってね」

「それがバリキャリから煎餅バリカリへの転機だったってことですか？」

「別にマーケティング部でバリバリやれないこともなかったよ？　最初はなんだよ雑用かって甘く見てたけど、実際やってみると気を遣うことも多くて、蔑ろにはできない仕事だなって気付いたし、一課に這《は》い上《あ》がってさらに本格的な業務に当たるのも悪くない気はした。けど、寂しい三十路は仕事しかないって揶揄されるのは御免だったし、それ以上に、仕事最優先で生きることに虚しさを感じ始めたころでね……」

営業時代、プライベートは二の次でがむしゃらに頑張ってきたけど、いざその仕事を奪われてみると自分には何も残っていないことに気付いてね、と苦笑した丸宮は、

「夢子、あんたも経験あるだろ？　忙しくしすぎて友達とは疎遠になって、気付いたら周りには誰もいないし、趣味だと胸を張れるようなこともないんだ。おまけに過労気味で体にもガタがきててさ。それでもなんとか己の存在意義を見いだそうと、自分が抜けた後の営業部はさぞかし大変だろうと様子を窺ってみても、現実は残酷なもん

さ。始めこそいろいろごたついてたようだけど、結局は私がいなくてもどうにか回っていくんだよ。それ見たらもう燃え尽きた灰みたいになっちまってさ」

仕事のためならって全てを犠牲にしてきたけど、会社には自分の代わりなんていくらでもいるんだって、そのときようやく理解してね。だけど同時に、自分の人生には自分以外代わりはいないんだってこともわかった。だからそれまでは働くために生きてるって感じで無茶ばかりしてたけど、仕事なんてたかだか人生の一部、これからはちゃんと自分のために生きようって決めたのさ――。そう己の転機を語った丸宮は、

「それからは、プッツンきたこともあってやりたい放題だよね。営業時代じゃありえなかった、内勤でも浮きまくりな格好して周囲をざわつかせたりさ」

「えっ、てことは、そのアーティスティックなおかっぱ頭もそのころから……？」

「ああ、昔はもっと普通だったし、話し方も女感満載、ヒャッハー言いながらハーレーで通勤なんてこともしてなかったよ」

うぇっ、主任ってばハーレー乗って会社まで来てたんですか？　驚く夢子に、「何か始めたいなって思ってたらバイクにハマっちゃってさぁ。仕事終わりにそのままツーリング行けるし便利だろ？」と目配せした丸宮は、

「それまで仕事優先でやりたいこと全部諦めてきたからさ、行きたいときに行きたい

ところに行って、会いたいときに会いたい人に会って——本能の赴《おもむ》くまま、誰にも縛られることなく幸せになってやろうと思ったんだ」

周りがどれだけ働いてようが、残業なんて一切しないし有休だって全消化——自由すぎる丸宮スタイルは、そんな中で生まれたのだという。

「もちろん、誰にも文句言わせないように定時までは煎餅囓りながらもガリガリ働いてきたけどね。ただダラダラ残業してる、効率丸無視のへっぽこ社員には負けてないよ。それなりに評価もされて昇進の話も来たけど、ただのバリキャリルートには乗りたくなくて断ってきたんだ。周囲の期待や想像を裏切って好き勝手やってたよ」

それまではわりと模範的な人生を送ってきたから、遅れてきた反抗期みたいなものだったのかもしれないね。いい雰囲気になった相手がいても、結婚して子どもを持つって既定路線にはどうしても踏みきれなかった。今さらそんなことしたら負けだ、そんなのは幸せじゃないって思い込んでたんだよ——。そう言って自嘲的な笑みを浮かべた丸宮は、

「けど、それから一〇年——さすがにこの年になると、いろんな人のいろんな人生を見てきたせいか、だんだんわかってきたんだ。どんな人生を歩んでも皆それぞれに悩みや苦しみがあって、完璧な幸せを謳歌《おうか》してる人なんていないってことにさ。そう思

ったら、同じスケールで他人と幸せを比べること自体ナンセンスな気がしてきてね」

私は誰にも縛られたりしない。自由に生きて、規格外の幸せを摑んでやるんだ。そう意気込んで型破りなこともたくさんやってきたけど、そんなことにこだわること自体が不自由で、世間に縛られてるってことなんじゃないか。そう気付いた丸宮は、自分はこれまでいったい何と戦ってきたんだろうと、虚しさを覚えるようになったのだという。そして、その思いがさらに強くなったのは今年——虎延が雷田との出世競争に負けたのが契機だとも明かした。

「気分的にはスカッとするもんじゃないんですか？　主任に酷いことして女をバカにしてた彼が、女に負けて逃げるように会社を辞めていくのって」

不思議に思って尋ねると、「いいや」と首を振った丸宮は、

「びっくりするくらい何の感情も湧いてこなかったんだ。幸子が死ぬほど努力してたのは知ってたから彼女の昇進は嬉しかったけど、虎延に対しては悔しさも恨みも、自分でも驚くほど風化しちまってて、もうどうでもよくなってたんだよ」

むしろ、一〇年前会社を辞めない選択をしたのは、虎延への当てつけ的な思いもあったのだとそのとき初めて気付いて、過去に縛られるような生き方をしていた自分に、胸の内にあった虚しさはさらに膨らんでいったのだという。

「もちろん、この一〇年やりたい放題してきたし、送ってきた人生に後悔はないよ。けどこのまま過去に囚われたように意地張ってていいのかなって、迷うようにはなったんだ。とはいえこの年で今さら生き方を変えるのは至難の業だし、もう手遅れなような気もして、ああ、私は過去から解き放たれることなくこのまま終わっていくんだなって、空虚な思いばかりが行き場もなく纏わり付いてたんだ」

そんなときさ、三十路を迎えたあんたが近年稀に見る大暴走始めたのは――。夢子の迷走っぷりを思い出すようにクスリと笑った丸宮は、

「ぎゃあぎゃあ大騒ぎしながらも必死に自分と向き合いながら前に進もうとしてるあんたを見てたらさ、私の中でも何かが動き始めたんだ。なりたい自分になるのに年は関係ないんじゃないか、今の私だからこそできることがあるんじゃないかってさ――」

そこまで言って、すうっと大きく息を吸い込んだ丸宮は、

「なのにクソみたいな野郎に負けて逃げるとか、見損なわせんじゃないよバカ！　せっかく『ダメでブレ』にまで進化してたってのに『ダメダメでブレブレでしかもプヨプヨ』に逆戻りじゃないかっ！」

「すっ、すみません！　ってプヨプヨ……？」

急に活を入れられて縮こまりつつも、「まっ、まさかまた育ってる？」とアゴ肉をさ

する夢子。「何やってんだい」と呆れたように笑った丸宮は、

「ぶっちゃけどんな道選んだって幸せも不幸も同じだけ転がってるさ。けどね、自分の気持ち無視して進んでたら、どこまで行っても物足りなさや後悔に付きまとわれることになる。そんなんじゃたとえ本物の幸せを前にしたってそれに気付けずに、自分は不幸だーなんて嘆き続けて、ただ人を羨むだけの人生で終わっちまうよ？」

そう言って、デスクの引き出しから新たに煎餅を取り出した丸宮は「今度はこっちを食べてみな」と、袋ごと差し出してきた。パッと見、一味唐辛子のたっぷりかかった激辛風の煎餅だ。だけどきっと、ただ辛いだけではないのだろう。今度はどんな味がするのかと、一つ手に取って恐る恐る口にすると——

「わっ、全然辛くない……！　これが辛そうで辛くない煎餅——！」

意外すぎるその味に夢子はぱちぱちと瞬く。醤油《しょうゆ》ベースに見えて実は甘めなカラメル味だった煎餅。そこにまぶされていたのは唐辛子ではなくラズベリーパウダーだ。

「これ、もはや煎餅じゃないです、小洒落た洋菓子の味がする……！　見た目に反して甘くて美味しいし、糖分補給するなら断然こっちですね！」

「だろ？　人生だってその煎餅と同じさ、実際に味わった者にしかその美味しさはわからない。どんなに外野からそんな生き方はおかしいって野次られても、自分の好き

な味の人生を好きなように生きていきたいじゃないか」

フッと柔らかな表情を見せた丸宮に、ですね、と夢子が微笑む。

「私、やっぱり社内コンペ参加します！　負けるにしたって、何もやらずにこのまま諦めたんじゃきっと後悔するし、自分のこと嫌いになっちゃうと思うんです。自分のことを好きだと思えない人生なんて、全然幸せじゃないですもんね！」

そう思えた瞬間、己をがんじがらめにしていた糸からふっと解放されたような気がした。だけどそれでも気掛かりなことは残っていて、

「あの……人事が元虎延派を一掃するつもりらしいって、本当なんでしょうか」

「なんだいあんた、自分の案パクったやつのこと心配してんのかい？」

お人好しだねぇと苦笑した丸宮は、だけどきっぱりとした口調で続けて、

「そんな保身に走るような方針、幸子が黙ってないさ。会社にとって本当に必要な存在なら元虎延派だって手元に残す——幸子はそういうやつだよ。たとえ自分の失脚を望む相手でも、その反抗心が業績アップに繋がる見込みがあるなら、憎まれ役に徹してでもフル活用するさ。もっとも、ただ愚痴ってるだけの役立たずなら容赦なく斬り捨てちまうだろうけどね」

さっ、さすがは鉄の女サッチャー姐さん……！　強い！　そしてカッコいい！　毅

然と戦う彼女の姿を想像して、背筋がピッと伸びる。

「まっ、そういうわけだから変な遠慮はいらないよ。ズルい方法でしか生き残れない程度の男ならどうせすぐに潰されちまうだろうし、だからこそあんたが勝って目を醒まさせてやらなきゃダメだ。テンプレなんかじゃない音芽乃夢子って人間の生き様をしかと見せつけてやりな！」

そう言ってニッと口角を上げる丸宮に、夢子は「はい！」と、輝きを取り戻した瞳で頷いた。

ビールをガソリン代わりにした丸宮が久々の残業を超速で終わらせ、早々に帰宅した後も、夢子は一人オフィスに残ってコンペ用の企画を考えていた。

会社が末長く成長していくための案って何があるんだろう。会社の成長には社員の成長が不可欠だって取っかかりは悪くないと思う。けど、共有データベースとは違う切り口で進めなきゃ勝ち目はなさそうだし……。

そもそも個人に成長する意欲があったって、この男性優位な会社じゃ女性は生きづらくてなかなか前には進めない。これまでも実感してたことではあるけど、先ほどの主任の話を聞いた後ではなおさらそう思う。彼女が女性であることに傷付き、もがき苦しんでいた一〇年前から、この会社は何も変わっていないのだ。雷田の統括就任というイレギュラーな実績があるにせよ、社内にはまだ女性の活躍を阻《はば》む古い価値観が色濃く残っている。そんな中で心折れずに戦い続けるのは容易なことではない。

実際問題、ウチの会社って女性の離職率がかなり高いんだよね。あまりの生きづらさに私自身、逃げの方向に足が向いちゃってたくらいだし……。

『ならば夢子よ、その生きづらさを改善する案はどうだ？　働く女性を救うことが会社の成長に繋がる——男の向井川には思い付けない良いコンセプトではないか？』

そっか、それいいかも！　女性の活躍推進って今話題にもなってるし、世の中の動きと絡めつつ上手くまとめれば、そこそこの案になるかも——！

軍曹の言葉にハッと閃くも、女性の生きづらさ改善ってどうすればいいんだろう。外野にゴチャゴチャ言われないように、いい年して結婚しないのとか、これだから女は的な発言を禁止しちゃうとか？　もし言った場合は罰金取って言われた側に支給すれば……ってなんか違うな、余計にギスギスしそう……。

ダメだ、体も本調子じゃないし、今日は無理せずに切り上げて帰ろう。方向性はなんとなく見えてきたし、一旦休んだ方がいい案が浮かぶかもしれない。そう思って帰り支度を整えた夢子はエレベーターに向かい、ふと今日の大喜名との一件を思い出す。

——そういえば大喜名、あんたのことすごく心配してたよ？　明日お礼でも言っといた方がいいんじゃないかねぇ。

丸宮主任が帰り際に教えてくれたことだ。というのも、夢子が緊急案件で困っていることを彼女に伝えたのは、他ならぬ大喜名なのだという。あんなに酷いことを言ったのに、それでもまだ私の心配をしてくれる彼の方が、三〇にもなって後輩に八つ当たりしちゃう自分よりもずっと大人だと、エレベーターに乗り込んで肩を落とす。

明日こそはちゃんと謝らなきゃ。いや、今からでも電話して謝った方がいいのかな、連絡先は一応知ってるし。でももう遅い時間だし、むしろ迷惑だったりして……？

迷いながらスマホを取り出すと、あれ、いつの間に来てたんだろう——ジョイナちゃんからDMが届いていた。

〈ドリチャさん今日は全然ツイートしてないじゃない、何かあったなら相談に乗るわよ？　ドリチャさんが元気じゃないとこっちも調子が上がらないのよ、もぅ〉

相変わらずマツコ口調全開——だけどやっぱり優しい私のあしながオネェさまだ。

ふっと口元を緩ませた夢子が、ありがとう、と返信しようとしたところでエレベーターの扉が開いた。もう着いたのかと顔を上げると、まだ途中の階だったらしく、他部署の若い男性社員が乗り込んできた。見覚えのある顔だけど誰だっけ……。思い出そ

うと脳内をサーチしていると、

「あれっ、確か大喜名と同じ部署の人……でしたっけ？」

ども、と頭を下げられ、その少しチャラそうな声にようやく思い出した。以前、大喜名を合コンに誘いにきていた彼の同期だ。その節はどうも、と無難な返事をすると、あっ！　と何かを思い出したらしい彼は、

「今度先輩からもあいつに注意してやってくださいよー！」

うぇ、いきなりなんなのよ、大喜名ってば何かやらかしたの？　面食らいつつも話を聞くと、この前の合コンで急遽イケメン代打として参戦した彼の態度は最低最悪で、参加した女子たちからクレームの嵐だったという。

といっても、ピチピチの女子大生にがっつきすぎて顰蹙《ひんしゅく》を買ってしまったということではなく、むしろその逆――誰かからの連絡を待っていたらしい大喜名は、女子たちのアプローチそっちのけで、ひっきりなしにスマホを確認していたのだという。

「しかもあいつ、何を思ったか突然店飛び出してそのまま帰ってこなかったんですよね。女子たちみんな大喜名狙いだったみたいで、その後もう大ブーイング。頭下げなきゃなんないこっちの身にもなれって話ですよ」

「え、そうなの？　むしろ大喜名の方が振り回されたみたいなこと言ってた気がする

けど……。確かホテルのデザート食べたいってせがまれて、でも実際にお店に連れてったら、気が変わったとかで逃げられたって……」

「えーっ？　冗談やめてくださいよ、逃げられたのは俺らの方ですって！」

「でっ、でも私、その日ホテルでばったり大喜名に会って、そのとき確かに聞いたんだよ？　オレオカールトンのロビーで！」

間違いないよと断言する夢子に、そういやあいつ……と眉をひそめた彼は、

「合コン誘ったとき全然乗り気じゃなかったくせに、場所教えたら急に行くって言い出したんだよなぁ。オレオカールトンのすぐそばの店だったんだけど、今思えば最初っからホテルの方に用があったのかも。店出て行くときもなんか変なこと言ってたんですよ、確かドリチャさんヤべぇとかなんとか……」

「え………？」

彼の口から出たまさかの言葉に、夢子は目を瞠る。

「予定あんなら最初っから言えっつーの！　もうあいつなんか絶対誘わねぇ！」

苛立ち混じりに吐き捨てた彼は「そういうわけなんで、俺の代わりにあいつのことしばいといてください、じゃ！」とちょうど開いたエレベーターから降りていった。

もはや彼に聞こえないくらいの声で「はぁ……」と返した夢子は、その場にただ呆

然と立ち尽くす。

大喜名が『ドリチャさんヤベぇ』って言ったの……？　さっきの彼、確かにそう話してたよね？　聞き違いじゃなくて確かに言ってた、ドリチャさんって……。

その名前を知っているのは――その略し方で『彼女』を呼ぶのは、この世界にたった一人しかいない。狐《きつね》につままれたような顔で、手にしたままだったスマホに視線を落とした夢子は、起動中だったDM画面を震える指でタップ、戸惑いながらもメッセージを入力していく。まさか、あしながオネェさまの正体って――

〈もしかして大喜名……？〉

そんなグーグルのサジェスト機能のような問いに、ほどなくして返ってきた答えは、〈何言ってんのよドリチャさん。アタシは経験豊富な頼れるオネェなのよ、あんな半人前なお子ちゃまとは格が違うの、一緒にしないでちょうだいよもぅ〉

あぁ、もう間違いない、絶対大喜名だ。しかも今日言ったことかなり根に持ってるし……！　ってかなんで今まで気付かなかったんだろう。大喜名ってばハンパなく勘が鋭いな、私の考えてることなんでもお見通しじゃん、ちょっとした千里眼だよって何度も驚くことあったけど、それはジョイナちゃんとして相談に乗ってくれてたからなんだ――。ようやく全てが腑《ふ》に落ちた夢子は、「ほんとバカなんだから……」と再び

DM画面をタップして、

〈うそよ、彼は私よりずっと大人で懐が深い人だもん。ジョイナちゃんにそっくり〉

今度は何と返してくるんだろう。だいぶヘソを曲げてるみたいだから、まだシラを切るつもりかも。そう思ったのに、あっさり大喜名を出してきた彼は、

〈ふーん、そんなにいい男なら、惚れてもらってもいいっすよ？〉

〈調子に乗らない。それとこれとは話が別だから〉

〈なーんだ、つまんねーの〉

そんな拗ねたようなリプライで会話が止まる。そういうところがお子ちゃまなんだってば。苦笑する夢子だったが、その後ややあって送られてきたメッセージにじんわりと胸が熱くなる。

〈コンペ頑張ってください。俺、男とか女とか関係なく、人として輝いてる先輩が見たいっす〉

確かに子どもっぽいところはあるけど、全然半人前なんかじゃない。私が気付かなかった、ううん、気付きたくなかっただけで、彼は包容力のある立派な大人だ——。

『いくつになったら俺は先輩に認めてもらえるんすか』

今日大喜名にぶつけられた言葉がふっと頭をよぎる。

本音を言えば、もうとっくに認めているのだろう。だけど、自分の中で日に日に大きくなっていく彼の存在が恐ろしくもあったのだ。

彼が時折見せる意味深なアプローチをこれまで本気にしてこなかったのは、彼が年下だからじゃない、ただの保身だ。これ以上彼に心を許して、なのに何マジになってんすか、ただの冗談っすよ、と突き放されてしまうのが怖かったからだ。

だからこそ、四歳も年の離れた彼はまだお子ちゃまなんだ、恋愛対象にはならないんだと己に言い聞かせることで、溢れ出しそうになる気持ちをセーブしていたのだと、今さらながらに自覚する。

あのブランコの夜から、どんなに否定してもぴょこぴょこモグラ叩きみたいに顔を出していた思いをようやく素直に受け止めた夢子は、〈ありがとう。それから、今日は本当にごめんなさい〉と返信した後で、さらに続けてメッセージを送った。

〈コンペ終わったらお詫びにコーヒーご馳走させて？　もちろん缶じゃないやつ〉

翌日は、通常業務を肩代わりしてくれるという丸宮主任の言葉に甘えて、始業開始直後から社内コンペ用の企画を練っていた。締め切りは今日の定時終了時刻——一七時半だ。どうにか間に合わせなくてはと頭をフル回転させる。

女性の生きづらさを解消して会社を成長させていくには、ありがちかもしれないけど、子どもを産んだ後でも働きやすい環境を整えるって方向で考えるのが妥当なのかも……。けど、育休も時短制度も一応備わってはいるんだよね、実際使えるかどうかは別として——。

この前、葵も言ってたっけ。育休は満了まで使うことなく早々に職場復帰——第一線の仕事を続けたいから時短も利用してないって。なんでも、古いタイプの男性上司からは露骨に嫌味を言われて、味方になってくれるはずの女性からも、こっちに尻拭いさせないでよと、理解の得られない居心地の悪い状況に陥ってるんだとか……。

確かに綺麗事だけじゃ済まない話だもんね。育児中の社員をフォローするのは当然だし大事なことだけど、その皺《しわ》寄《よ》せが他の社員に回っちゃってるのは紛れもない事実だし……。ただでさえ自分の仕事で手一杯なのに、他人のカバーまで押しつけられて残業続き——結果、自分の生活を犠牲にしなきゃいけないなんて事態に陥ったら、なんで他人の生活守るためにこっちばっかり負担を強《し》いられなきゃいけないんだって、不満に思う人がいてもおかしくはない。

育児しててもしてなくても、日々頑張ってるのはみんな同じだもん。たまには自分たちだって優遇されたいよね、たとえ独身でも子どもがいなくても……。

持ちつ持たれつな関係が成立すればいいけれど、それもなかなか難しい。そんな関係が築かれる前に、居心地の悪さややりがいの喪失、その他様々な事情から会社に残ることを諦め、辞めてしまうママさん社員が大半なのだ。

あーあ、行き詰まっちゃった……。パソコンに映る、コンセプト以外未だ真っ白な企画書の前で頭を抱えていると、隣で作業していた大喜名が「かなり難航してるみたいっすけど、大丈夫っすか？　何か手伝えたりします？」と声を掛けてくれる。

「ありがと、でもこればっかりは自分で考えるしかないしねー」

大きく息をついた夢子は、あっでも参考までに聞かせてほしいんだけど、と続けて、

「大喜名はさ、育休取ったり時短使ってまで働く女性ってどう思う？　道徳的な一般論じゃなくて本音で！　やっぱり女は子どもが生まれたら家庭に入るか、働き続けるにしても一線を退いて当たり障りのない仕事だけしてろって思う？」

「えー、なんでっすか。仕事に子どもがいるいないは関係ないっしょ。どんな立場だって、業務にやりがいは見いだしたいじゃないっすか」

「それ、マジの本気で言ってる？　口ではそう言ってても、自分のお嫁さんには家で育児に専念してほしいとか思ってたりしない？」

それが原因で修羅場ってしまった主任の件が頭をよぎって追及してしまう。――が、

「ないっすね」と、何の迷いもなく断言した大喜名は、

「俺、母親がシングルマザーだったんで、女性が働くことに抵抗ないんすよ。むしろ尊敬しかないっつーか」

もちろん、仕事と子育ての両立が大変なことは母親見てきたんで十分理解してるつもりだし、だから逆に女性側が専業主婦になりたいって言うなら、それはそれで歓迎しますけどね――。そう前置きした大喜名は、

「けど奥さんが働きたいって言うならそれを邪魔する理由なんてないっしょ、全力で応援しますよ。家事も子育ても二人で協力できればって思うし。俺、母親を手伝ってたせいか料理とか得意なんすよね。男でも余裕でお袋の味出せるし！」

ニヤリと笑った大喜名だったが、「あ、でも気になることはあって……」と急に顔色を曇らせる。何だろう。やっぱり世間の目が気になるから、子どもが小さいうちは家にいてほしいとか？　共働きだと子どもが可哀相とか言われちゃうもんね……。想像してどんよりしていると、

「実は俺、裁縫だけはどうしても苦手なんすよね。ほら、子どもが学校とか行き出すと、体操着にゼッケン付けろとか雑巾作ってこいとか、いろいろあるじゃないっすか、あれ俺手伝える自信ないんすけど……」

いつもニヤニヤと余裕の表情ばかり見せている彼が、不安そうに額を押さえる。

うぇっ、あんたってばもうそんなこと心配してんの？　女の私だって考えたことないのに……。驚く夢子に、「変っすかね……？」と大喜名が戸惑う。

うーん、変ってことはないけど、変わってるかも……。でもそんなことまで当たり前に考えられるなんて、ちょっとカッコいいし、新しいな、とも思う。

そっか、大喜名くらいの世代だと、男性でも私の代以上に共働きや子育てに理解があったりするのかも。彼みたいに実際に母親が働いてる姿を見てる子も多そうだし、古い価値観に縛られてない自由な世代なのかもしれない。

年下ではあるけど侮れないなぁ……と実感した夢子は、そういえば、と思い出して大喜名に向き直ると、

「昨日はごめんね、八つ当たりで酷いことばっかり言って。それに、今まで年下だからって子ども扱いしちゃってたことも謝りたいなって思って……」

「えっ、いいっすよもう。昨日ドリチャさんにも謝ってもらったし」

「そうだけど、やっぱり直接言っておきたくて……。ダメだよね、自分だって三〇とか女だからって一括りにされるのが嫌なのに、人のこと年下って言葉で片付けて、自分だけ大変みたいに被害者ぶっちゃって……。本当に大人げなかったなって反省して

るの。ちゃんとさ、わかってるから。大喜名はもう一人前の大人なんだってこと。今の家庭に理解があるって話も、年下だけどちゃんと考えてて偉いなって思ったし」

よかった、今日はちゃんと謝れた。ほっとしていると、「えっ、どうしちゃったんすか先輩……」と、信じられないといった顔で何度も瞬いた大喜名は、

「今日の先輩、気持ち悪いくらい可愛い……じゃない、可愛すぎて気持ち悪いんすけど……！」

「なにそれ、どっちにしても全然褒められてる気がしないんですけどっ！」

こいつめ、すぐ調子に乗って生意気言ってくるんだから、とむくれていると、

「どっちにしても元気になったみたいでよかったっす」

憎らしいほど優しい微笑みを向けられて、やばい、彼への思いを自覚しちゃったせいか、頰が雪崩《なだれ》を起こしたみたいに緩んできちゃう……！

だめよ軍曹、今はキャウンしないで！　仕事中なんだしケジメはつけないとっ！

そう思って崩落寸前の顔を固めるべく必死に表情筋を強張らせていると、「わっ、今の顔ガチで気持ち悪いやつっすよ？」と大喜名がからかう。

誰のせいだと思ってるのよバカ！　口を尖らせながらも気持ちを切り替えた夢子は、でもそっか、次世代の男性が保守的な考えに囚われてないんだとすると、育休を取る

女性に否定的な意見は減っていくのかもしれないよね、と思考を深める。

これからの時代、男性だって育児に積極的に関与したいって人は増えてくるかもだし、だとしたら子育てしやすい職場環境ってもはや女性だけの問題じゃないのかも。

育休って女性向けの制度っぽく捉《とら》えられがちだけど、男性でも活用できるようにイメージを刷新するべきだったりして……？　昨日データ処理した洗剤のパッケージみたいに、男性向けにも展開できれば、結果的に女性の負担も減って働きやすく……ってダメだ。どっちにしてもやっぱり、フォローする側の負担が減らないから、育休を取らない社員との衝突は避けられない。

そういえばニュースで聞いたことあるな、育休取ろうとした男性社員が上司から嫌がらせを受けて出世コースから外されたって。女性ですら取りにくいんだもん、男性の場合はもっと難しいよねー。ああもう、また詰んだ……。

再び頭を抱える夢子に、「センパイ、ちょっとご相談があるんですけど……」と、遠慮がちに顔を覗かせたのは、今度は右隣に座る後輩、美月だった。

えっ、何？　もしかしてトラブル案件来ちゃった？　一瞬身構えるも、なんのことはない、来月の三日に休みをもらいたいという話だった。たぶん大丈夫だとは思うけど……とスケジュール帳を確認すると、

「げっ、その日マーケティング部全体で会議がある……！　これって全員出なきゃダメなやつなんだっけ……」

「えっ、そうなんですか？　その日はどうしても休みたいんですけど……」

美月がそのつぶらな瞳をうるうると潤ませる。ごっ、ごめん、休ませてあげたいのは山々だけど、教育係とはいえ所詮下っ端な私の一存ではなんとも……。

判断しきれず困り果てていたところに、「いいよいいよ休めば」と助け船を出してくれたのは、向かいで話を聞いていたらしい丸宮主任だった。

「会議の内容なんて後で議事録見ればわかるしね。なんなら私が元演劇部の経験を活かして完全再現してやってもいいよ？」

「や、それは結構です」

キラッキラな笑顔で主任の再現劇をサクッと断った美月は、だけどお休みをいただけること自体はとっても嬉しいです、とペコリと頭を下げた。

「あ、けど美月ちゃん新入社員だからまだ有休発生してないんだっけか。欠勤扱いになるから給料から幾ばくか引かれちまうけど、それでもいいならって感じかねぇ」

「えっ、それって査定に響いたりします？　後々出世に不利になったりとか？」

主任の言葉に美月が戦々恐々としている。給与が減ってしまうことよりもキャリアに傷が付くことを心配しちゃうなんて、さすがはキラギラ美月ちゃんだ。

やっぱり今回はお休み諦めなきゃダメですかね……と、またもうるうるモードになった彼女を助けたのは、今度は地黄部長だった。

「あー泣かないで美月ちゃん！　一日くらいね、ぜーんぜーん問題ないからね！　もし人事が難癖付けてきても、私がガツンと言ってあげるからね、ガツンと！」

どこから話を聞いていたのか、少し離れた部長席から甘い猫なで声が飛んできた。

部長ってば美月ちゃん好きすぎでしょ、と苦笑してしまったけれど、今回はめでたしめでたしってことでいいのかも。「よかったー、休めるんだー！」と胸を撫で下ろす美月を微笑ましい気持ちで見ていると――

「実はその日、私の誕生日なんですー。彼もお休み取ってくれるっていうんで、二人で思いっきりお祝いしたいなーって計画しててー！」

「うぇっ、どうしても休みたい理由が誕生日？　ってか彼氏も一緒に休むんだ……」

その発想はなかったと驚愕する夢子に、「あれ、なにか変ですか？」と美月が無邪気に微笑む。なるほど、これが仕事もプライベートも総取りなキラギラ女子の真骨頂なのかと衝撃を受けていると、「えー、美月ちゃん彼氏いるのー！」と別の意味でショックを受けたらしい地黄は、

「よく考えたら全体会議には出た方がいいんじゃないかねー。誕生日なんて仕事終わりでも祝えるしねー」

「なーに大人げないこと言ってんだい！　部長なら一度許可したこと女々しい理由で撤回してんじゃないよ！」

呆れながらも美月より先に抗議した丸宮は、

「仕事なんていつでもできる。けど誕生日は年に一度しか来ないんだ。一日くらい休ませてやんなよ。そうだ、私も今年の誕生日にゃ休んでみようかねぇー」

「あのねぇ丸宮君、君の場合、誕生日以外も休みまくってるでしょーが。私らの世代はね、会社に迷惑をかけまいと有休があっても使わないのが普通なんだよ。それを主任ともあろうものが自分勝手に休み放題なんてどうかと思うけどねぇー」

先ほどまでのお返しとばかりにネチネチ愚痴り始める地黄に、「えー！」と反撃したのは丸宮ではなく、なんと美月だった。

「今どきそんなこと言っちゃうなんてありえなーい！　有休は心身の健康のためにも必要なんですよ？　どんなに苦しくても休まず頑張るのが美徳みたいなカビ臭い因習、ちゃっちゃとアップデートしなきゃそのうち痛い目に遭っちゃいますから！　無理して病んじゃった方が会社としては迷惑だし、せっかく稼いだお金だって治療費に消えちゃっていいとこなしなんですから、主任とケンカしてる暇があったら部長も有休くらいきちんと消化してくださいっ！」

物怖《ものお》じもせず、キラッとギラッと笑顔で斬り込んでいく美月を、「さっすがゆとり世代っ！　私らに言えないことを平然と言ってのける、そこにシビれるあこがれるぅ！」と丸宮が拍手喝采《はくしゅかっさい》で称えた。や、主任も十分言いたい放題ですけどね……。

心の中でツッコミつつも、確かに美月ちゃんってば上司相手にも全然負けてないなぁと感じ入ってしまう。さっき大喜名の話を聞いたときも思ったけど、今の若い層って私が思ってる以上に革新的だ。もしかしたら会社に巣くってる生きづらさを取っ払っていけるポテンシャルを秘めているのかも……。

そんなことを思うと同時に、美月にダメ出しされてしゅんと縮こまる地黄を目の当たりにしてしまうと、ちょっと可哀相な気もしてくる。

周囲への遠慮から有休を消化しきれないでいる夢子としては、主任や美月のような考えが広まってほしいとは思う。けれど、部長という立場上なかなか休めないであろう地黄の気持ちもわからなくはないのだ。休みたくても叶わず、会社のためにひたすら働いてきたというのに、それを古いと一蹴されてしまっては立つ瀬がないというか、これまでの人生そのものが否定されてるみたいな気になっちゃうよね……。

なんだか同情してしまった夢子は、地黄の抱える悩みが一つでも減りますようにと自席から彼の頭部に向けて両手をかざし、

――蘇《よみがえ》れ、蘇るのだ毛根よ！　部長の荒れ果てた頭皮に恵みをもたらしたまえー！

そう一心不乱に念じていると、気付いた地黄はその細い目をぱちくりとさせて、

「お、音芽乃君、まさか三十路になったショックが今さら来て錯乱してる？　そそ、そこまで思い詰めるこたぁないいんじゃないかねー。三〇って言っても私よりゃ随分若いんだ、人生まだまだこれから、壊れるには早すぎる……よ？」

「いえ、違うんです部長！　いつも軍曹が勧めてくる毛根バルスの逆を試してるだけなんでお気になさらずに……！」

「お気になさらずって、普通気になるでしょ、何なのその手は！　音芽乃君、今日はもう早退……や、明日はそれこそ有休取って気分転換した方がいいんじゃないかねー」

両手を揺らして毛根のビッグウェーブを呼ぶ夢子に、「君もう絶対疲れてるってか憑かれてるよ、少しは休みなよ」と地黄が彼なりの気遣いをみせる。無神経なところもあるが、こうしてたまには心配もしてくれる、どこか憎みきれない上司なのだ。

部長は部長でいろいろあるんだろうなぁ……。考えてみれば、男の人って自分で生き方を選んでこられなかったのかもしれない。女性が輝く社会とは言われても、男性

が輝く社会なんて聞いたことないし、むしろ男は輝いて当然って感じで、ひたすら働き続ける以外に道がない。最近じゃ専業主夫って選択肢もあるけど、まだまだ少数派で世間の風当たりは強いし、女もつらいけど、男は男で大変なのかなって気もする。

だって今の時代、身を削って会社に尽くしたって賃金は据え置き。終身雇用制だって崩壊しかけてて、会社が突然倒産なんてことも有り得る。バリバリ働いてれば将来安泰なんて保障はもうどこにもないのに、家族を養うには弱音なんて吐いてられなくて、どんなに苦しくても評価されなくても男は走り続けるしかないんだ。

『いいよなぁ、女には結婚って逃げ場があって』

あの日、向井川が投げつけてきたのは、単なる女性蔑視じゃなくて、逃げたくても逃げられないっていう心の叫びだったのかもしれない。勝手に案パクるなんて人としてどうよって感じではあるけど、家族を守らなきゃいけない父親として、そうせざるを得ない歪んだプレッシャーに押し潰されてるのかもって思うと、なんだか複雑な気持ちにもなってしまう。

基本何やっても文句言われる女性と、働く一択しかない男性じゃ、そりゃ生きづらくもなるし衝突もするよね。みんなただ幸せになりたいだけなのになぁ……。

いくら男社会とはいえ、みんながみんな働く女を邪険にしてるわけじゃない。大喜名みたいに理解のある人だってたくさんいるし、今の時代、むしろそういう寛容な男性の方が多いのかもしれない。だけどウチの会社は古い体質だから、女性の働きやすさを求めるには男性とぶつかっていくしかなくて、でも男性側も実は結構つらい立場にいるから、男ばかりを責めるわけにもいかなくて……ってこの会社で男女ともに幸せになるって土台無理な話なんじゃ――？

そんなお先真っ暗な袋小路に迷い込んでいると、『本当にそうなのか夢子よ』と軍曹が問いかけてくる。

『男と女、立場は違っても同じ人間だ。双方がともに声にならぬ声を上げているなら、それを酌《く》み取《と》ってソリューションに繋げる――それが長年マーケティングに携わってきたお前にできることではないのか？　ニーズのあるところ商品開発の余地ありだ。今こそ眠れるニューロンを呼び覚ますのだ夢子よ――っ！』

そう叫んだ軍曹が、脳内でたるんでいた夢子のシナプス目がけてピシャリとムチを打つ。瞬間、刺激を受けたニューロンがブワッと火を噴き、社員たちみんなの声が脳裏を駆け巡る。丸宮や大喜名や美月、葵や向井川や地黄、そして自分自身の――それぞれの悩みや苦しみ、夢や希望が一気にぶつかり合って――

「来たっ！　来た来た来たぁぁぁぁっ――！」

閃いてパソコンに向き直った夢子は、先ほどまでの案を消去。新たなるコンセプトのもと、突如降りてきたアイディアをカタカタと超高速で打ち込んでいく。

そうだよ、男でも女でも、子どもがいてもいなくても、みんな同じ会社に勤める仲間なんだもん、本来なら対立すべき敵なんかじゃない。だったら――――！

溢れ出す思いを企画案に落とし込むべく、情熱の赴くままただひたすらにキーボードを打ち続ける。もはや周囲の音が聞こえないほどに集中していた夢子は、昼食も忘れて作業に没頭――案が提出できる形にまとまったのは、提出期限のわずか五分前だった。大変！　と、慌ててメールソフトを起動した夢子は、社内コンペの受付担当宛に出来たてホヤホヤの企画書を添付し――

――いろいろ足りてない部分はあるし、実現不可能だって笑われちゃうかもしれない。だけど、これが私の案だ。全身全霊を傾けた私の最高傑作だ……！

『ああ、ここまでよく辿り着いたな夢子よ。お前はもうただのダメブレ流され人間じゃない、確固たる信念を持ったソルジャーだ。さあ、遠慮などいらん。己の信じた道を突き進むのだ、GOだGO！　GOGOGO！』

軍曹に太鼓判を押された夢子は、「いっけぇぇぇぇ！」と勢いよく送信ボタンをクリック。その零コンマ一秒後――夢子の参加を見届けるようにして、社内コンペの受付終了時間がきたのだった。

普段流されてばかりでほぼ使っていなかった前頭葉を、短時間のうちに異常なほど酷使してしまったせいだろうか。コンペ案提出から何日も経っているというのに、夢子の脳みそには並々ならぬ疲労感が残っていた。

といっても、不思議と嫌な感じではない。多幸感溢れるグロッキー状態とでもいえばいいのだろうか、こんなにも充実した疲労感を覚えたのは入社以来初めてだ。

コンペの結果はどうあれ、今回の一件で仕事に対する自信を取り戻せたような気がする。今後も誇りを忘れずに第三マーケで頑張っていこう。それにプラスして、これまで敬遠していた第一への企画案提出も積極的に行っていこう。決して無理をしているわけではなく自然にそう思えた、そんなある日——事件が起こった。

「音芽乃夢子さんって君？」

会社のデスクでデータ分析を行っていたところを急に呼ばれて振り返ると、

——うえっ、もしかして七福神のメンバー……？

夢子の後ろに立っていた男性は、背が低いながらもデーンとお腹の出た恰幅《かっぷく》のよい体つきをしており、今にも垂れてきそうなふっくらとした頬が特徴的なその顔には、なんとも立派な福耳がぶら下がっていた。

わっ、このお方、一応スーツは着てるけど小槌《こづち》似合いそうだし、たぶん大黒様だよね……？　夢枕に立つならわかるけど、オフィスで背後に立ってるとかなんて巡り合わせ！　もしかしてすぐにでも宝くじ買いに行けってお告げだったり……？

や、単に脳の使いすぎでヤバい幻覚とか見えちゃってるだけかも――？

幻かもしれない大黒様に返事をするべきか否か一人静かにパニクっていると、同じく福の神の存在に気付いたらしい美月が「きゃっ！」と小さな叫び声を上げた。

「おっ、お疲れ様です社長っ！」

「えええ社長なの？　大黒天じゃなくて……？」

驚いた夢子は、社長の顔忘れちゃうなんてありえなーい！　という美月の冷たい視線を浴びながらも慌てて立ち上がり、

「すみません、私が正真正銘の音芽乃夢子でありますっ！」

まさかの社長登場という、七福神よりはよほど現実的な、だけどそれはそれで緊張感溢れる事態にテンパりつつも敬礼すると、

「ねぇ君なんなのこのふざけた企画案」

厳しい顔をした社長が書類の束を突き付けてきた。夢子が社内コンペで提出した案

をプリントアウトしたものだ。表紙に急遽変更した新コンセプトのもと考え出した企画名〈痛みを伴わない構造改革——全社員プライベート補完計画〉の文字があった。

「この企画名からしておちょくってるよね。君さ、真面目にやってるの？　社内コンペだからって舐めてない？　書かれてる内容だって、要は有休増やせって妄言だし」

不機嫌顔の大黒様……もとい社長に咎められ、「すっ、すみません……」と反射的に謝ってしまう。——が、確かに現実的な案ではないけれど、自分としては心血を注いだ企画なのだ。謝ったり恥じたりする必要などないはずだと気付いた夢子は、

「でっ、ですが私としましては大真面目であります！　今この会社の成長に必要なのは社員のプライベート充実なのであります っ！」

「ならちゃんと理解できるように説明してよ、とりあえずその変な話し方はやめてさ」

社長の鋭い眼光に射貫かれた夢子は、「はっ、はい……！」と隊員モードから普通の社員モードに戻りつつも、

「そもそもこの案を思い付いたのは、女性の生きづらさを改善したかったからなんです。女性が働きやすい環境作りが会社の成長に繋がるんじゃないかと思って、子育て中の女性応援案とか考えてたんですけど……」

だけど、その方向じゃ上手くいかないとすぐに行き詰まってしまった。従来の育休

や時短制度のもとでは、利用者以外の社員に皺寄せがいっている。誰かが一方的に我慢を強いられる制度じゃ社内に軋轢《あつれき》が生まれて当然――そんな状況をさらに助長するような安易な子育て応援策を出したところで、会社の成長には繋がらないし、そんな制度じゃママさん社員たちも使いづらいことに気付いてしまったのだ。

「考えてみればウチの会社って、育休どころか有休だって取りにくい雰囲気なんです。働くって、本来は人生の一部でしかない行為が人生そのものになっちゃってて、子育て中とか性別とか関係なく、酷く生きづらい状況になってるんです。そのせいでみんな心に余裕が持てずにギスギスしちゃってて、同じ会社の社員なのにそれぞれの立場を尊重しあえずに衝突しちゃってる。そんな現状を目の当たりにして閃いたんです。もうこの際、育児中の女性だけじゃなく、みんなが気持ち良く働ける環境を――男とか女とか未婚とか既婚とか子どもの有無とか関係なく、社員全員が人として生きやすい会社を目指せばいいんだって！」

「それをコンセプトに考え出したのが、痛みを伴わない構造改革ってわけ？」

やっぱりふざけてるよね、と再び眉根を寄せる社長に、だから大真面目なんですってば！　と夢子は弁明を続けて、

「ウチの社員、程度の差こそあれみんなもう十二分に働いてて痛みを感じまくってる

状態だと思うんですよ。昔みたいにバリバリ働いてたら報われるって時代じゃないのに、男女とも依然として従来型のがむしゃらな働き方を踏襲しちゃってて、結果幸せを実感できずに苦しんでる。そんな今だからこそ痛みを伴わない構造改革が――働き方の方向転換が必要なんじゃないかって思うんです」

そのために夢子が提案しているのが、全社員プライベート補完計画であり、その要《かなめ》になるのが、人として輝くための幸せ研修――簡単に言ってしまえば、全社員に育休並みの長期休暇を与え、必要に応じて時短労働も認めようという案だ。

「これまでは、女性が会社で生き残るには男性に合わせてバリバリ激務に励むほかなかったんです。そのせいで育児中の女性たちは仕事と家庭の両立ができず、退職を余儀なくされていた。その構造をぶっ壊して、むしろ男性や男性並みに働いてる女性側に育児中の社員風な働き方を学んでもらおうというのがこの案の肝です。長時間働き過ぎない状態こそが普通で、いつまでも闇雲に残業してる方がおかしいんだって就労スタイルに改革していけばいいと思うんですよ。それで、浮いた時間で各々がプライベートを満喫、働きながらも幸せに――人として輝いちゃおうよって企画なんですけど、いかがでしょうか？」

「いかがでしょうかって、それなら残業減らすって方針でいいんじゃないの？　それを育休並みの休暇も認めろなんて理解しがたいよ。それもただ休んでるだけなのに研修扱いって……とても正気の沙汰とは思えないねぇ」

「それはですね、研修って名目なら、休むのも仕事のうちだぞって、みんな怯まずに休暇を取れるようになるんじゃないかと思ったんです。それに、全社員が長期休暇を保有することで、たとえ育休で誰かが抜けたとしても、持ちつ持たれつの精神で不公平感なくカバーしあえるようになると思うんですよね。いずれは自分も休むからそのときはフォローよろしく的な感じで！　それに長期間の休暇って、今ある短い有休じゃ実現不可能な、働き方のカスタマイズまでできるようになるんですっ！」

同じ会社に勤めているとはいえ、社員それぞれ抱えている事情に違いはあるし、働き方にも個性が認められていいと思うんですよ――。夢子はそう言って、未だ不満顔の社長に即席プレゼンを始める。

「育休並みの長期休暇を保有するとはいっても、何も一気に消化しなくたっていいと思うんです。例えばですけど、毎週水曜を休暇にして週休三日にするとか、毎日半休扱いにして午後からは働かないとか、各々のライフスタイルに合わせて柔軟に消化すればいいと思うんです。もちろん長期ぶっ続けで取って、育児や介護に活用したり、留学みたいに、普通なら一旦会社辞めなきゃできないことに挑戦したり、あるいは趣味や婚活にじっくり取り組むために使うのだってアリだと思うんですよね」

立場の違う社員同士が持ちつ持たれつそれぞれの生活を充実させることができれば、無駄な対立構造がなくなって、息苦しさや生きづらさの少ない会社になるんじゃないでしょうか――。意気揚々と語る夢子だったが、社長の反応はイマイチなようで、

「でもさぁ、会社は利益を追求するところだよ？　社員が私生活を楽しんだところで会社にはなんの旨《うま》みもないじゃない。それも休暇で働いてない社員にも何割かの給与が支払われるなんて案、会社の財布には痛みを伴いすぎる改革じゃないか。そんなんじゃ末長く成長するどころかすぐに破綻《はたん》してしまうよ。私としてはこれまで通り全社員が馬車馬のように倒れるまで働いてくれた方が助かるんだけどねえ」

うわぁ、大黒様からブラック企業発言飛び出しちゃったんですけど――！　その穏やかそうな顔に似合わぬ冷淡な返しにたじろぎながらも、夢子は負けじと続けて、

「休暇を取ったからって必ずしも利益は落ちません！　だって考えてもみてください、休暇中って会社の業務的にはオフかもしれませんけど、私生活的にはバリバリのオン――人生においては仕事と同じかそれ以上に大切な時間を過ごしてて、その中でいろんな経験値を上げてるんです。これって、日用品メーカーであるウチの会社的にはすっごく大事なことじゃないですか？」

ただ魂を磨り減らすように働いていただけじゃ見えてこないこともある。充実した日常生活の中にこそ新商品開発のヒントが隠れているかもしれないのだ。

「休暇中の実体験から得たアイディアが新たなヒット商品に繋がるんだとすれば、お休み中に発生する給与だって立派な経費になるんじゃないでしょうか！」

人差し指をピンと立てつつ力説してみるも、社長は相変わらずの渋い表情で「そんな本当に誕生するかもわからないヒット商品のために莫大《ばくだい》な予算を投入できるわけないでしょ、現実的に考えてよ」と鼻であしらう。

で、ですよねー……。己と違ってなかなか流されてくれない社長を前に、妙な案出してすみませんでした、と思わず撤回してしまいそうになる。——が、だめだめ、こっちだってもう流されないって決めたんだから！　そう己を奮い立たせた夢子は、

「でっ、でもただ働けばいいってもんでもないと思うんですよ！　過労気味で作業能率が落ちてダラダラ非効率な残業してるくらいなら、同じ時間を休暇に使ってリフレッシュした方がよっぽど生産的だし、工夫次第でいくらでも予算や時間は捻出できると思うんです。ほら、業務の中には慣例だからって横行してる無駄な作業があるじゃないですか。本当はいらない工程なのに、ルーティーンだからとそれを省く手間を惜しんで結局時間も労力も浪費しちゃってる——そういう無駄をまるっとカットしたら、

なんやかんやで休暇分に当てられるんじゃないかって思うんですけど！」

それって至極健全なリサイクルじゃないですか？　社長の賛同を得るべく怒濤のプレゼンを続けるも、つれない大黒様は「ふーん、で？」と取り付く島もない。

やっぱり具体的な数字を示さなきゃ経営者の心には響かないのかな……。ちゃんと試算に基づいた資料を用意できればよかったのだけど、そんな時間はとてもなかったし……。せめてもっと現実的でわかりやすい例を挙げられたらいいんだけど——。

必死に考えを巡らせた夢子は、そうだ！　と案を練り始めた当初に立ち返って、

「気兼ねなく休暇が取れて、働き方のカスタマイズまでできるようになれば、これまで時間的な制約から退職を余儀なくされていた女性社員たちの離職率がグンと下がります！　これってめちゃめちゃ経費削減になりません？　だって採用にも人材育成にも莫大なコストと時間と労力をかけてるのに、今まではせっかく育てた優秀な社員を社内制度の不備でみすみす逃がしちゃうって浪費を繰り返してきたんですから！」

なんでしたら試算出しますよ、とデスクにあったリラックモ電卓をかざしながら必死にアピール。それなのに、「ふーん、で？」と、社長の反応は相変わらず冷たい。

「言うのは簡単だけどさ、そんなに上手くはいかないよ。仮に離職率の問題が解決して経費削減が可能になるとしても、結果が出るのは随分先の話だ。そんな気が長い計

画のために莫大な予算を掛けるなんてこと、他の役員や株主たちが黙ってないよ。彼らを刺激していらぬ波風を立てるようなこと、私はしたくないねぇ」

うわぁ、もうなんなのよ、こんな塩対応な大黒様見たことないよ……！

その縁起のよさそうな風貌とは裏腹に、ちっとも福を招く気のなさそうな、後ろ向きな発言ばかりを繰り返す社長に苛立ちを爆発させた夢子は、

「いらぬ波風じゃないですよ、必要な問題提起でしょう！　実際問題、ウチの社員たちみんな旧体制の会社に縛られて心身ともに疲弊した状態で働いてるんです。そんなんじゃ充分なパフォーマンスなんて発揮できないし、向上心だって維持できません。心がささくれ立ったギスギス状態じゃギスギスした商品しか生み出せないし、営業だってギスギスクオリティで成績はガタ落ち——ギスギスのデフレスパイラル発生で会社の成長なんて望めなくなりますよっ！」

勢いで啖呵《たんか》を切ってしまったものの、あれ、もしかして私、社長に喧嘩《けんか》売っちゃってる感じ……？　ヤバい、このままだと私も左遷コースかも……。

背中に嫌な汗が流れたけれど、社員みんなの声にならない叫びが今でも前頭葉を震わせていて、ええい構うもんか、こうなったら全部ぶちまけてしまえ——！

す一っと大きく息を吸った夢子は、

「自慢じゃないですけど私、昔は働き過ぎてほぼゾンビだったんです。考えてもみてくださいよ、死にかけのゾンビが売ってるギスギスした商品なんて欲しいですか？　どうせなら幸福度マックスな人が勧める幸せ感溢れる商品買いたくないですか？　このままじゃ、全社員ゾンビ化どころか、うつや過労死なんて深刻な問題に発展しちゃう恐れもあるんです！　そのリスクを思えば、多少出費はかさんでも時代に合わなくなった歪んだ働き方を更新する方がお得じゃないでしょうかっ！」

「ふーん、で……」

「で？　じゃないでしょ、いい加減にしてくださいよ、それしか言葉知らないんですか！　今どき仕事最優先で倒れるまで働け、なんて時代に合わないこと社員に強いてたらそれこそ破綻しちゃいますよ？　社長はご存じないかもしれませんけど、新しい波はもうそこまで来てるんですからっ！」

　そうなんだ。これは自分自身も今日まで気付かなかったことだけど、仕事と同じくらいプライベートも大事にするキラギラ美月ちゃんや、イクメンなんてやらせっぽい言葉がいらないくらいナチュラルに家庭を顧《かえり》みることができる大喜名――次世代の若者たちは何がなんでも仕事優先とか、男はただ働いていればいいなんて古い価値観には縛られてない。仕事のためなら個人の幸せを犠牲にして当然だなんて悪しき慣習は、少しずつではあるけど着実に淘汰《とうた》されつつあるのだ。

「正直私、会社での生きづらさなんてどうしようもないことで、決してなくせないものだと思ってたんです。みんなそれぞれに事情を抱えて苦しんでるけど、会社ってそういうものだし、仕方ないんだって諦めかけてました。だけど、自分の思っている以上に革新的な後輩たちの姿を見て、それじゃダメだって気付いたんです」

だってこのままじゃ、仕事同様家庭もと、せっかく新しい風を運んできた次世代のホープたちも、私やかつて丸宮主任がぶち当たった壁に阻まれて、その希望を打ち砕かれることになる。彼らに同じ苦しみを味わわせないためにも、そんな壁は今ぶっ壊しちゃわないとダメなんだ――。そんな思いに突き動かされた夢子は、

「この無謀な改革を後押ししてくれる世代は着実に育っています。次世代にも末長くこのミモザ・プディカを残していきたいと願うなら、人として生きやすい会社を――若い世代が夢を抱き続けられる会社を目指すべく今行動するしかないぞ社長よ！」

ヤバい、後半勢い余って軍曹口調になっちゃった……！　さすがに失礼すぎて左遷どころかクビだったりして――？　気付いてサァっと血の気が引くも、

「君ってばいい度胸してるねぇ」

呆れたように、だけどニコリと笑顔で言った社長は、スーツのポケットから取り出

したクラッカーをパンと鳴らして、

「おめでとう、末広ハッピーチャレンジは音芽乃君、君の案に採用決定だよ」

「は……い……？」

何が起こったのか理解できずに放心していると、

「やー、君の企画書、斬新で面白いとは思ったんだけど、ちょっと荒削りっていうか妄想垂れ流しで、説得力のある客観的なデータもないし、もしかして真面目にやってないんじゃないかって疑問にも思ったんだよね。だからさ、どこまで本気なのか確かめたくていろいろ意地悪しちゃったよね、ごめんねー」

先ほどまでの冷たい対応が嘘のように愛想良く謝られてしまった夢子は「いえ、こちらこそ妄想垂れ流しですみません……」と頭を下げる。

「実はさー、女性の離職率の高さは前々から気になってたんだよね。ウチの商品を買ってくれる主力層は女性なのに、彼女たちの声を活かしきれないのは日用品メーカーとしていかがなものかと思ってね」

けど知っての通りウチはまだまだ男社会だから、露骨に女性を優遇するような策に出ると、かえって社内の空気が悪くなってしまう。だからどうしたもんかと頭を悩ませていたんだ——。そう実状を明かした社長は、

「女性からももっと積極的に要望を寄せてほしかったんだけどね、みんな遠慮したり、どうせ何を訴えても無駄だと諦めてしまっていてね。社内コンペでも開いて広く意見を聞いてみたら、何かヒントを得られるんじゃないかと思ったんだ。我が社の業績が伸び悩んでいる今、何かしらのブレークスルーが欲しかったのもあるしね」

そんな思いから末広ハッピーチャレンジを実施したものの、寄せられた案はよく言えば優等生的な、悪く言えば現状を打破するエネルギーに欠けた無難なものが大半で、女性の活躍を支持する案もあるにはあったが、既存の策をなぞるような、小さくまとまったものばかりだったという。

「だけど音芽乃君、君の案は無難にまとまるどころか常識を大きくはみ出していた。はっきりいって絵空事——現実的に考えたら甘過ぎで不十分な点も多々ある」

「たっ、確かに準備不足で問題点の多い企画書ではありますけど、このままじゃ社員みんな本当に息苦しい中で働き続けることになって、会社としても……」

恐縮しつつも、みんなの声を届けるべくなおもプレゼンしようとする夢子に、「ありがとう、もう十分に伝わったよ」と、ゆっくり頷いた社長は、

「私はね、絵空事すら描けないような会社に未来はないと思ってるんだ。考えてみたらさ、義務教育も女性参政権も、取っつきやすいところでいえば恋愛結婚だって、今

では至極当然だけど、一昔前は夢のようなことだったんだ。そう思うとさ、挑戦もせずにできっこないなんて諦めてる方がバカバカしく思えてくるし、そんな弱腰な会社が末長く生き残っていけるわけないよね」

女性だけじゃなく男性の働き方も変える――それも休暇を増やすなんて、現時点じゃ夢物語としか思えないけど、不可能だと諦めずに挑戦し続けることで、その夢が未来でのスタンダードになるかもしれないんだ。そう真摯《しんし》に訴えかけてきた社長は、

「どんなに無茶だと笑われてもへこたれず向かっていく、君のような人が新時代を切り開くパイオニアになるのかもしれないね――」

そんな畏《おそ》れ多い言葉とともに、御利益溢れんばかりの大黒様の顔で笑って、

「このミモザ・プディカが全社員にとって生きやすい、かつ次世代も末長く進化し続ける会社になれるよう、どうか力を貸してほしい」

そう言って夢子の首にピカピカの金メダルをかけてくれたのだった。

「はぁ……私の案が採用されたなんて、夢みたいでまだ信じられない……」

突然の社長登場からのまさかのコンペ優勝で迎えた昼休み、もらった金メダルを手に夢子はデスクで吐息をもらした。嬉しいのはもちろん嬉しいのだけど、未だに現実

感がなく、まるで雲の上を歩いているような、ふわふわと不思議な心地なのだ。

「俺も見たかったなー、先輩がゾンビゾンビ言いながら社長脅してるとこ！　全ゾンビ撲滅《ぼくめつ》計画でしたっけ？　ちょうどそのとき第一のヘルプ行ってたからなー」

美月から社長襲来の件を聞いたという大喜名が、手作りと思《おぼ》しき弁当（私のより美味しそう……！）を食べながら残念そうにこぼした。

「人聞きが悪いこと言わないでよね、別に脅してないし。っていうかそんなバイオハザードみたいな案じゃないしっ！」

美月ちゃんってばどんな説明したのよもう、と同期仲間とランチに出て不在な彼女の席を見やる。ちなみに今日は美月だけでなく丸宮も席を外している。『今日はあんたがコンペに勝ったためでたい日だからね、お祝いにホテルで豪華ビュッフェしてくるよ』と意気揚々と出掛けていったのだが、なぜ勝利した本人ではなく彼女が贅沢しちゃうのかは甚だ謎――主任は今日も相変わらず自由な人だ。

「それにしても、あの短時間でよくそんなスケールのでかい案考えましたよね。先輩ってやっぱ普通じゃないっす、マジですげぇ」

きんぴらを口に運びながらもそんなことを言う大喜名に、「あの案はね、みんなの声を参考にして生まれたの。私一人じゃとても考えつかなかった」と首を振る。

「立場は違っても私たちは同じ会社で戦う仲間だってこと、みんなのこと考えてたらふっと浮かんできたんだよね。大喜名の意見も結構ヒントになったし、私だけの実力ってわけじゃないの」

「そうは言っても、社内の隠れたニーズに気付いて働き方を改革しようってんですからやっぱすごいっすよ、マーケターの鑑って感じ？」

感心したようにうんうんと頷いた大喜名は、今度は卵焼きに手を付けながら、

「それに、今はこの会社の中だけのことですけど、やがては日本の社会全体を変える大きなムーブメントに繋がるかもしれないんすよ？　そんな壮大な夢に向かってく先輩ってなんかカッコいいなーって、一段と惚れ直しました」

「ふっ、ふはっ……？」

周りに人がいないからって、なんでそういうことサラッと言えちゃうかなこのお方は……。面食らってドギマギしてしまった夢子は、気恥ずかしさを誤魔化そうと、

「そっ、そうだコンペに成功したことジョイナちゃんにも報告……って、あ――！」

そうだった、私の頼れるあしながオネェさま、ビッグ・ジョイナちゃんって実は……。思い出して口ごもる夢子に、「ん？　なんすか？　ジョイナちゃんがどうかしました？」と、ニヤニヤ顔の大喜名がわざとらしく聞いてくる。

「や……その……あんただったんだよね、ジョイナちゃんの正体……」

面と向かって確認するのはこれが初めてだ。なんだか気まずくなって顔を背けると、

「そうだよ俺だよ、俺！　俺！」と振り込め詐欺のように捲し立ててきた彼は、

「フォローした瞬間速攻でバレると思ったんすけどねー。まさかのオネェ疑惑まで出てきて、しかもめちゃめちゃ懐かれててどうしようかと焦りましたよ。俺本人にはちっとも靡《なび》かないくせに、ジョイナの方には心開きまくりだしさー」

そう言って拗ねたように唇を尖らせた大喜名はさらに不満をこぼして、

「つーかアカウント名だって先輩の真似して大喜名《ビッグジョイナ》ってほぼ英訳で作ったのに気付かないとかどんだけ鈍いんですか、先輩バカなの？」

「わっ、ほんとだ！　よくよく考えたらまんま大喜名だ……！　っていうかあんたってば私のアカウント名の由来見破ってたってこと……？」

驚きに目を見開くと、「んなもん余裕っすよ」と鼻で笑った彼は、

「高尚なネーミングとか言うから、まさかドリームチャイルドじゃないよなー、だったら超ウケるなーとか思いつつも検索したらドンピシャ！　アイコン画像リラックモだし、呟いてる内容も〈三十路ヤバい！　女子力オワタ！〉とかだし、あ、これ絶対先輩だなって要素ばっかで、特定しやすすぎてドン引きレベルでしたよ」

「わあぁぁーっ！　それ以上はもう言わないでぇぇぇー！」

恥ずかしくなって顔を覆う夢子にさらなる追い打ち。

「何言ってんすか、こっちの方が、わあぁぁーっ！　それ以上はもう聞かないでぇぇー！　って感じでしたよ。特にあのいけすかないジジイについて相談されたときはもうスマホ握り潰すかと……」

いけすかないジジイってミカ様のこと……？　げっ、そういえばジョイナちゃんにいろいろ聞いちゃったんだっけ。確かミカ様と一線を越えるか否かについてまで助言してもらったような……。気付かなかったとはいえ、会社の後輩になんてこと相談してたのよ私っ……！　過去あった小っ恥ずかしいDMのやり取りを思い起こし、

「あんなツイートが知り合いに読まれてたと思うと恥ずかし過ぎていやぁぁぁぁ！」

食べかけの弁当を脇によけ「ヤバい、死にたい、もうお嫁にいけないっ……！」と机に突っ伏す夢子に、

「いいんじゃないっすか、ウチにくれれば」

――うぇっ？　そそそっ、それってまさかプロポーズ――？

またもサラリと飛び出したトンデモ発言にガバッと顔を上げると、

「気付いたんすけど、俺と結婚したら先輩、『乙女の』を卒業して『大きな』夢子にな

るんすよねー。壮大な夢を追いかける先輩にピッタリの名前じゃないっすか？」

ニヤニヤと余裕の笑みをたたえた大喜名が、そのムカつくほどイケてる瞳でロックオンしてくる。

「ああぁっ、あんたってばなんてこと言ってくれちゃうのよ、もう……！」

まんまとハートを狙い撃ちされて、体の熱がぶわっと危険水域まで急上昇——いま心電図測ったら間違いなくエラーが出て再検査になっちゃうんじゃないかってほどに鼓動が乱れる。きゃー、急患です！　この社内にお医者様はいらっしゃいませんかーっ！　そんな緊急事態が脳内で巻き起こってるっていうのに、あれ——？

一番パニクってキャウンキャウン飛び掛かってきそうな軍曹が一向に出てこない。そういえば最近やたらと脳内が静かだったっけ。軍曹と最後に話したのは確かコンペの締め切り日……。もしかして軍曹、私が流されずに企画書を仕上げたことで、アラサー恐慌を乗り切ったって認定してくれたとか——？

そっか、それでもうお役御免ってことで、何も言わずに成仏しちゃったのね……。いない方が普通のことなのに、彼の不在が無性に寂しくなって、

——今までありがとう、私がここまで来られたのは軍曹のおかげだよ……。

ついに天に召されたマックスに向けて静かに祈りを捧《ささ》げる。——と、『勝手に殺すな

夢子よ』と、大脳の向こう岸から声がして、

『しばしの間、旅に出るだけだ。今のお前はもう私なしでも充分歩いていけるだろうからな。だがこれだけは忘れるな、お前の焦るところ軍曹ありだ。またおかしな波に呑まれそうになったなら、その時は容赦なくしごいてやるから覚悟するがいい』

その言葉だけを残して、軍曹はまた何も言わなくなった。

マックスってば、私のピンチになったらまた現れるってこと？　なによそれ、会いたいような、会いたくないような、おかしな気持ちになっちゃうじゃない……。そう思いつつも、またね、と小さく微笑むと、それを見た大喜名が「先輩、なに笑ってんすか？」と不思議そうな顔をする。

「あっ、ごめん軍曹がさ……って意味わかんないよね｜」

「前から気になってたんすけど、その軍曹って何なんすか？　確かツイッターのアカウント名にもいましたよね、ドリームチャイルドｗｉｔｈ軍曹って」

「や、説明すると長くなるっていうか、信じてもらえるかもわかんないおかしな話で、人によっては引いちゃうようなことなんだけど……」

だけど——彼には話してみようかな、と大喜名のまっすぐな眼差しを見ながら思う。

大喜名は、そりゃ生意気だし人のことしょっちゅうバカにしてくるけど、ちゃんと

敬意は忘れずにいてくれる——私のことを一人の人間として見てくれる人だ。意外と包容力があって誠実で、脳内軍曹の一匹や二匹、あっさり受け入れてくれちゃうかもしれない。年下ってとこだけが理想の条件から外れちゃうけど、そんなことはもう大した問題じゃない——。

そう確信した夢子は大喜名の耳元に口を寄せ、小さな声で打ち明ける。

「未来の旦那様には特別に教えてあげる。マックス・リボーンっていう元チワワが脳内で軍曹をやってるんだけどね——」

エピローグ

三十路ノムコウ

その後、母親にはちゃんと話をして、お見合いの件はきっぱりと断った。もしかしたらそう遠くない未来に名字が変わるかもしれないけど、その可能性についてはまだ伏せておいた。あの母のことだ、結婚を前提にお付き合いを始めた人がいると知ったら『やだぁ、その人ってお医者様よりいいのー？　私の肩こり治せるー？』なんて大騒ぎで乗り込んでくるに違いない。今はまだ静かに見守っていてほしいのだ。

その代わりといってはなんだけど、社内コンペで優勝した件を話すと、

『あらまあ新時代を切り開くパイオニアだなんて、夢子ちゃんってば偉人さんになるの？　もしかして未来の朝ドラのモデルになっちゃったりして！　やだっ、お母さん長生きしなくちゃ見届けられないじゃない、みんなに自慢したいのに困るぅー』

そんな、娘のさらに斜め上をいく壮大な夢を抱いた彼女は、『こうしちゃいられないわ、さっきテレビでＣＭしてた命《いのち》延《の》ビールっていう健康ビール注文しなくちゃ！』と、

早々に電話を切ってしまった。

いや、億が一朝ドラのモデルになるとしても半世紀以上は後だよ、私だって没後だよ……。そうツッコミたかったけれど、母が少しでも長生きしてくれるよう、今度帰るときは体に良さそうな、それでいて美味しいものをお土産にしようと思った。できればミーハーな彼女が喜びそうな、とびきりの流行りものを――。

社内コンペの結果発表後、向井川との関係がどうなったかというと、ある日会社の休憩室に夢子を呼び出してきた彼は、

『完敗だよ、俺には逆立ちしても出せない案だ。やってくれるぜまったく』

悔しそうに、だけどどこか清々しい顔で言った。昇進のチャンスを失った恨み節でもぶつけてくるのではとヒヤヒヤしたが、いらぬ心配だった。

一連のことを謝罪してくれた彼に、『もういいよ、むしろあのおかげで賞が取れたと言っても過言じゃないし――』と、苦笑しながらも水に流すと、

『音芽乃の夢物語みたいな案聞いて思ったんだけどさ、俺たちってまだ夢を見てもいいんだよな――』

しみじみとそう言った向井川はさらにこう続けて、

『口ではデカいことやりたいって言っててもさぁ、三〇にもなると自分の限界が見え

てくるっていうか、入社したてのころみたいに無鉄砲じゃいられなくなって、どうせ俺は会社の歯車だよ、現実は甘くないぞって擦《す》れてる自分がいてさ……。けど、まるで現実味のないとんでもねぇ企画立ててる音芽乃見てたら、ああ、俺もまだ夢を見られるんだなって思えて、岩みてぇに重かった心がスッと軽くなったんだ』
だからさ、仮にどこへ飛ばされてもまだ頑張れそうな気がする。まっ、左遷を回避できるようギリギリまでは本業で成果出しまくるけどな――。そう不敵に笑った彼は、『そっちも会社辞めんなよ？　次コンペやるときは俺がリベンジすんだから、勝ち逃げとか絶対許さねぇぞ』
そう言いながらも笑顔で握手を求めてきた。その夢子の知っている本来の彼らしい笑みに、やっぱり向井川が同期でよかった――改めてそう思ったのだった。

そして訪れた三ヵ月後　一月――

「夢子センパイってば早くしてください！　もう会議始まっちゃいますよ？」
「わっ、もうそんな時間？　ごめん今行く！」
美月に急かされた夢子は、ファイルや参考資料の山積みになったデスクから必要書類を引っ張り出し、会議室へと移動するべくオフィスフロアを駆け抜ける。「センパイ、

こっちです！」と一足先を行く美月の先導でエレベーターに乗り込んだ夢子は、

「ごめんね美月ちゃん、いろいろフォロー助かるー」

「しっかりしてくださいよ、一回目の会議から遅刻なんてありえなーい！」

「や、それが、主任業務と新プロジェクト両方って結構ハードでさぁ。大変だとは思ってたけどまさかここまでとは……」

「まぁそれはわかりますけど。丸宮さんって、ああ見えてやっぱりやり手だったんですねぇー。彼女の抜けた穴がこんなに大きいものだなんて……」

肩をすくめる美月に、だよね、と頷く。九月末で第三マーケを去った丸宮の跡を継いで主任になったのは夢子だ。これまでの業務に加え、主任としての役割、さらにはコンペで勝利した例の案が新規プロジェクト——末広ハッピー計画として動き始めたこともあり、目の回るような毎日を送っている。ちょうど今向かっているのが末広ハッピー計画の初回会議だ。

「他部署のそこそこ偉い人がいっぱい出席するみたいですよー？　センパイ、第三マーケだからって舐められないでくださいね！　未来を生きる女子たちの——全人類のためにもビシッとバシッと革命を起こしちゃってくださいっ！」

「うん、みんなで一緒に頑張ってこっ！」

気合いを入れるべく、ぐっと拳を作りながら答える。

とはいえ、クリアすべき課題は山積みだ。社員全員の忌憚《きたん》なき意見を可能な限り取り入れながらも、会社が傾いてしまっては元も子もないため、現実的な折り合いはつけなければならない。反対意見もそれなりにあるだろうし、ちょうど良い落とし所を探るためには、会議や社内調査を根気よく繰り返していく必要がある。

考えただけで眩暈のしてきそうな日々が予想される――が、ゾンビ化してしまう予感は全くない。ドキドキワクワクと、心地良いプレッシャーに守られている気分なのだ。

「着いた！　行こう、美月ちゃん！」

目的階へと到着したエレベーターから駆け出した夢子は、会議室を目指して角を飛び出し――わっ、やっちゃった！　前方不注意で、ちょうど向こうから来た女性社員とぶつかってしまう。

「あなた、何をしてるの？　ちゃんと前を見て歩きなさい！」

その鋭く射貫くような声に美月が「きゃー」と黄色い歓声を上げる。夢子が体当たりしてしまったのは彼女の憧れ――サッチャーこと雷田幸子だったのだ。

「ねっ、姐さん、すみませんっ……！」

慌てて頭を下げる夢子をまじまじと見つめた雷田は、

「あなた、自分の道を見つけたのね。すごくいい顔をしているわ、以前とは大違い」

「あっ、ありがとうございます！　姐さんにアドバイスいただいたおかげですっ！」

予期せぬお褒めの言葉に、頬を赤くしながら答えた夢子は、

「今全力で取り組んでることがあるんですけど、自分のやってることがいろんな人の幸せや未来に繋がっていくんだって思ったら興奮してきちゃって！　実現困難だし、はたから見たら何やってんだって感じなのかもしれないけど、他人にはわからなくても今すっごく楽しいんです。楽しいって幸せですよねっ！」

息を弾ませて報告すると、雷田は「そうね」と優美な笑みを浮かべて、

「前にも話したでしょう。幸せの指針さえしっかりしていれば、外野に何を言われてもあなたの道は揺るがない。さあ、振り向かずに進み続けなさい」

そう言って、爪の先まで凛々しいその手で夢子の向かう道を指し示してくれた。

はい、と頷いた夢子は、サッチャー様ー！　と名残惜しそうな美月を引っ張りつつもようやく会議室へ到着。各部署の代表が集まった広い室内は、ピリリと張り詰めた緊張感に包まれていて、うわぁ、なんだか完全にアウェーだなー、と入り口付近で足がすくんでしまう。――が、

「何やってんだい、進行役が待たせるんじゃないよ！」

懐かしい声に視線を送ると、見知らぬ顔ぶれの中に、アーティスティックなおかっぱ頭を揺らしながら煎餅をバリバリと噛み砕く女性社員の姿があった。

「丸宮主任……じゃなくて課長！　課長もプロジェクトに参加するんですか？」

心強いけれど、事前に知らされていなかったために驚いてしまう。

九月末で第三マーケを巣立っていった丸宮は、長年固辞してきた昇進をついに受け入れ、現在は第一マーケティング部第三課の課長としてその手腕を発揮している。第三とはフロアが異なるため彼女に会うのは久々だが、相変わらず自由そうなその振舞いに夢子はほっと破顔する。

とはいえ第一の、それも課長ともなるとやはり忙しさが増しているのだろうか。丸顔二重アゴだった彼女のフェイスラインは以前よりスッキリとしている。

最前線の部署だもんね、さすがの丸宮課長でも苦戦してるってことか……。まぁ忙しくても間食は続けてるみたいだけど——ってあれ……？　あれあれ——？

片手に煎餅を持ちつつ、もう片方の手でお茶を飲んでいた丸宮に注目していた夢子は、彼女の左手薬指に光るモノの存在に気付いてしまった。

「うえっ！　課長ってば、しばらく会わないうちにどうしちゃったんですか？　そそ、それってエンゲージリングですよね？　おっ、お相手はまさか山伏……？」

寝耳に熱湯ってくらいの衝撃に驚嘆しつつも、矢継ぎ早に質問すると、

「私のことはいいんだよ、それよりもほら早く挨拶しなっ！」

「すっ、すみません軍曹っ！」

厳しくも愛のある丸宮の語調にマックスを思い出し、ついおかしな応答をしてしまう。「誰が軍曹だよ！」とすかさずツッコミが入り、その珍妙なやり取りに周囲からクスクスと笑い声が漏れる。

張り詰めた空気から解放された夢子は、「皆様すみません、お待たせいたしました！」と一礼して演台に進むと、ピンと背筋を伸ばして敬礼――。

「末広ハッピー計画のプロジェクトリーダーを務めさせていただきます音芽乃夢子です！　まるで夢物語のような本計画ですが、実現に向け、特殊部隊のような粘り強さで邁進して参りますので、皆様どうぞよろしくでありますっ！」

あとがき

あれはもう一年も前のことです。ありがたいことに、某新聞記事にて前作をご紹介いただける機会に恵まれたのですが、その中で私はこう答えていました。次回は大人向けのしっとりとした恋愛物を書こうと構想を温めている。年内には出したい――。

それを信じ、切ない系の新作をお待ちになっていた読者さまがいたらきっと、「おのれ星奏《せいそう》、謀ったな！　しっとりどころかカラッカラの能天気小説じゃないか！　刊行も激遅だし記事全部ガセ状態……っていうか脳内軍曹って何……？」

そんな失望に震えていらっしゃるころかと存じます。しかしながら拙者、武士ではござらぬゆえ二言はあるでござるよ、かたじけないニンニン……って忍者化で誤魔化してる場合じゃなかったですね、本当にごめんなさい（土下座）！

少し、いえガッツリ言い訳させていただくと、しっとり系のお話もプロット自体は通っていたのです。（こじらせ系中年男性教師とはっちゃけ女子高生とのセンチメンタルラブコメディの予定でした。ってこう書くとこっちも全然しっとり感ないですね、あれ……？）

それがどうしてこんな軍曹物（？）になったかというと、大変ありがたいことに、やたらとハイテンションな前作『チョコレート・コンフュージョン』に予想を上回る反響をいただきまして、編集さまより急遽予定変更の御達しがあったのです。

「二作目もテンション高い系でいきましょう。（ついでに中年じゃなくて年下イケメン男子出しましょう！）」

「あ、はい。（残念系オッサン派の私に年下イケメンとか書けるのかな――!?）」

安請け合いしつつも、ふと気になりました。というのも、投稿時代から明るい話を書いた後は暗い話を、その次はまた明るい話をと、テンションに高低差をつけることで精神の均衡を保ってきたのです。それなのに二作連続でハイテンションって！

危険を察知した私の中の軍曹が首を振りました。

『やめるのだなつめ。頭のネジがぶっ飛んで人に戻れなくなるぞ！』

「だっ、だけど挑戦もしないうちから諦められないよ……！」

『ええい、ならばテンションマックスでGOだGO！　GOGOGO！』

そんなわけで、リミッター解除という異常事態となったわけですが、結論から申し上げますと全然大丈夫でした。どうやら頭のネジ、とっくの昔に消失していたみたいです。産声を上げたはずみでどこかに弾け飛んじゃったのかな、ウフフアハハ！

遅ればせながらお久しぶりです。もしくははじめまして、星奏なつめです。

テンション的には全く支障がなかった本作ですが、他の要素では初挑戦なことばかりで、執筆にかなり苦戦していたりもします。——が、そんなことはさておき、サラリとお気軽にご笑味いただければ嬉しいです。なにかと生きづらい世の中ではありますが、幸せの扉を開ける鍵はいつも自分自身が握っているのだと、前向きなパワーをチャージしてもらえたら、作者といたしましてはこの上ない喜びです。

また、前作を応援してくださった皆さま、温かいお手紙やご感想、本当にありがとうございます！　お礼と言ってはなんですが、前作のキャラをちょこっとゲスト出演させてみました。楽しんでいただけたら幸いです。はて、何のことだかさっぱりな読者さま、前作の方もどうかよろしくお願いします！　本作第二話に登場した天然バカップルの馴れ初めラブコメ……というかラブギャグになっております。

さて、さりげなく（？）宣伝も入れたところで、ここからは謝辞になります。

この本の刊行にご尽力いただいた全ての皆さまに心より御礼申し上げます。

前作に引き続き、本書のイラストを担当してくださったカスヤナガトさま。ほぼオッサンな夢子をこんなにもキュートに描いてくださって感激です！　大喜名も爽やかにカッコ良くて、思わずキャウンしてしまいました。白目を剝きながらも年下イケメン男子を捻り出した努力が報われた思いです、ううう っ（感涙）！

素敵な無茶振り……じゃない、ありがたいご助言で支えてくださる編集の荒木《あらき》軍曹、藤原《ふじわら》軍曹。一ピコの隙もない細やかなフォロー、感謝してもしきれません。今後も猫じゃらしのように優しくしなやかで的確な鞭を振るってほしいであります（敬礼）！

いつも私に力をくれる家族、親戚、友人、次回作の舞台が学校と信じてご協力くださった群馬の大先生Kさま&メディア族な皆さま、「あれはコンマではなくカンマとするところですよね？」とウザ……ためになるご指摘をくださった駱駝《らくだ》さまを含む同期仲間の皆さま、ありがたすぎて全身がビリビリ痺《しび》れちゃってます（痙攣《けいれん》）！

そしてなにより、この本を手にしてくださったあなたへ最大級の感謝を！

実は次の作品もテンション高い系になる予定です。が、本作がびっくりするくらい売れなかった場合、編集さまより「お通夜みたいなヘビーローテンション物に変更しましょう！」とご指示が下される可能性もございます。その際は、徹頭徹尾救いようのない鬱コメディ――一ページに最低一人は死亡、絶望！　的な作品に挑んでみようかなと。や、書きませんけども。（というか書けません！）

長々と駄文にお付き合いいただき、ありがとうございます&お疲れさまでした。

また次の作品でもあなたとお会いできますことを心よりお祈りしております！

星奏なつめ

星奏なつめ　著作リスト

チョコレート・コンフュージョン（メディアワークス文庫）
ハッピー・レボリューション（同）

本書は書き下ろしです。

メディアワークス文庫

ハッピー・レボリューション

星奏《せいそう》なつめ

発行　2017年3月25日　初版発行

発行者　塚田正晃
発行所　株式会社KADOKAWA
〒102-8177　東京都千代田区富士見2-13-3
プロデュース　アスキー・メディアワークス
〒102-8584　東京都千代田区富士見1-8-19
電話03-5216-8399（編集）
電話03-3238-1854（営業）
装丁者　渡辺宏一（有限会社ニイナナニイゴオ）
印刷・製本　加藤製版印刷株式会社

ISBN978-4-04-892839-7 C0193

メディアワークス文庫　http://mwbunko.com/
株式会社KADOKAWA　http://www.kadokawa.co.jp/

本書に対するご意見、ご感想をお寄せください。

あて先
〒102-8584　東京都千代田区富士見1-8-19　アスキー・メディアワークス
メディアワークス文庫編集部
「星奏なつめ先生」係